Über das Buch:

Zofia liebt ihre Mutter wirklich über alles. Es sind erst drei Tage vergangen, seit ihre Mutter übergangsweise in ihrer Studentenwohnung miteingezogen ist. Und all ihre schön auf dem Boden drapierten Fotos wurden schon fachmännisch an der Wand aufgehangen, alte Erinnerungsstücke, weil unansehnlich, entsorgt, und selbst die Fernbedienungen auf dem Tisch im rechten Winkel ausgerichtet – kurzum, nichts ist mehr so, wie es einmal war.

Und weil Zofia gar nicht einsieht, dass sie das alles alleine aushalten muss, holt sie kurzerhand ihre Schwester Kinga mit ins Boot. Gemeinsam beschließen die beiden: Die Mutter braucht dringend Ablenkung, und am besten wäre da doch ein neues Hobby. Nur ob sie mit einem Instagram-Account die richtige Wahl getroffen haben, muss sich erst noch zeigen …

Über die Autorin:

Die eine oder andere Anekdote aus ihren Romanen hat Bianca Nawrath aus ihrem Leben entlehnt (sie verrät aber nicht, welche): 1997 in Berlin geboren und aufgewachsen, hat auch sie im Laufe ihres Lebens zahlreiche Urlaube bei der erweiterten Familie in Polen verbracht. Nawrath ist freie Journalistin und Schauspielerin – sie stand u. a. mit Jürgen Vogel und Til Schweiger vor der Kamera – und studiert in Berlin Journalismus.

Bianca Nawrath

Wenn ich dir jetzt recht gebe, liegen wir beide falsch

Roman

HarperCollins

1. Auflage 2023
Ungekürzte Taschenbuchausgabe
© 2022 Ecco Verlag in der
Verlagsgruppe HarperCollins Deutschland GmbH, Hamburg
Umschlaggestaltung von Rothfos & Gabler
Umschlagabbildung von Luzia Ellert
Gesetzt aus der Dante und der Avenir
von Pinkuin Satz und Datentechnik, Berlin
Druck und Bindung von CPI books GmbH, Leck
Printed in Germany
ISBN 978-3-365-00273-5
www.harpercollins.de

Für Anni, Bjarne und Lucas

•

**Weil sich mit euch jeder Weg
nach Heimweg anfühlt**

1

bruderszaft • Bruderschaft, die

Zeremonie, die zum gegenseitigen Duzen berechtigt, u. a. verwendet in »Bruderschafttrinken« oder »Brüderschafttrinken« • ceremoniał poprzedzający wzajemne mówienie sobie po imieniu

Die Leute sagen, ein gutes Netzwerk sei wichtig. Bau dir ein Netzwerk auf, wenn du im Leben weiterkommen möchtest.

Ich muss mir kein Netzwerk aufbauen, ich habe eine polnische Familie.

In meinem Fall ist das Herz dieses Netzwerks, also der Dreh- und Angelpunkt der Sippschaft aus dem Osten, in einer einzigen Person vereint: in meiner Mutter.

Sollte Francis Ford Coppola sie einmal kennenlernen, hätte er eine neue Muse gefunden. Es ist Gold wert, Mama um sich zu haben, denn Fehlerquellen werden von ihr lokalisiert und behoben, bevor man sie selbst überhaupt wahrnimmt. Sie ist sofort zur Stelle, wenn man Hilfe braucht. Das ist ein Naturgesetz.

Wenn man keine Hilfe braucht, allerdings auch.

Dass in Mamas Welt der Begriff »Tochter« nur ein Synonym für »Eigentum« ist, wirkt verstärkend. Ebenso wie die Tatsache, dass sie aktuell mehr als nur gelangweilt ist. Mamas eigentlicher Fulltime-Job, Papa, macht gerade seinen zweiten Alkoholentzug in einer Klinik an der Nordsee. Den ersten hat er hinter sich gebracht, als ich noch ein Teenager war, danach war er jahrelang trocken, und eigentlich dachten wir, das bleibt so. Tja.

Mama ist auf jeden Fall vorübergehend bei mir eingezogen, um weniger allein und nicht von all den Erinnerungen an Papa umgeben zu sein. Das hielt ich für eine gute Idee, zumindest drei Tage lang.

Nicht falsch verstehen: Ich liebe meine Mutter, aber gerade geht sie mir hart auf den Senkel.

Es ist Samstag, 22:34 Uhr, und wir wollten uns eigentlich einen entspannten Fernsehabend machen. Samstag läuft meist guter Trash in Form von Castingshows, deren Erfolgsrezept die Wahl eindeutig unsympathischer Chefjuroren zu sein scheint, daneben am besten ein lustiger Ausländer mit überzeichnetem Akzent und eine Frau. Mittlerweile schaffen es auch Kinder in Form von Influencer:innen auf die begehrten Stühle, um das »junge Publikum« abzuholen. In den Werbepausen kann man zu Blockbustern mit Superheld:innen umschalten; zu einfach gestrickten Geschichten, die alle nach dem gleichen Muster funktionieren und die man deshalb trotz regelmäßiger Unterbrechung durch tanzende Schweine und Menschen mit biegsamen Körpern genießen kann.

Aber Mama hat andere Pläne fürs Wochenende. In der Küche rauscht seit einer Viertelstunde das Wasser, und Teller klappern, parallel dazu zählt Mama auf, was in der Wohnung alles gemacht werden müsse. Ihre Stimme klingt dabei nicht, als hätte ich nur vergessen, eine Glühbirne auszuwechseln, sondern als wäre ich zum Messie mit Mottenzucht geworden.

»Mehl und Zucker immer in Tupperdosen packen! Diese Plastikklammern reichen da nicht. Sowieso brauchst du neue Boxen, deine Aufbewahrungsmöglichkeiten sind zu begrenzt für einen funktionierenden Haushalt.« Ich frage mich, ob es mehr aus Mamas Mund oder in der Spüle schäumt. »Ich fasse es nicht! Hier passt kein einziger Deckel mehr zu den Boxen!«

»Das soll so …«, antworte ich so leise, dass es Mamas Puls nicht unnötig weiter in die Höhe treibt.

»Und dein Besteckset rostet, habe ich gesehen. Was machst du nur, wenn Besuch da ist? Wir fahren am besten Montag gleich einkaufen, und du suchst dir was aus. Oder ist morgen vielleicht verkaufsoffen? Zofia? Zofia, Schatz, antworte!«

Ich erinnere mich daran, dass ich sie wirklich sehr doll liebe, und konzentriere mich stattdessen auf den Typen mit dem Talent zum Handfurzen.

»Gleich, Mama! Es läuft gerade etwas Wichtiges im Fernsehen, ich muss zuhören …«

Ich lese meiner Schwester unsere Horoskope vor, natürlich nur ganz ironisch. Wenn etwas zutrifft, wird sich nur heimlich darüber gefreut.

Wie es die Höflichkeit gebietet, beginne ich mit der Auswertung von Kingas Sternenlage: »Du wirst ein neues Lebenskonzept erarbeiten.«

»Ich mag aber mein Lebenskonzept.« Sie legt ihre Beine auf den Tisch und lehnt sich zurück.

Ich fahre fort: »Vertraue deinem Herzen und nicht nur deinem Kopf.«

»Ich mag aber meinen Kopf.«

»Traue dich, deine Komfortzone zu verlassen.«

»Ich mag aber meine Komfortzone.«

»Kinga!«

»Was?« Sie reißt mir das Klatschblatt kopfschüttelnd aus den Händen. »Ich kann mich nicht daran erinnern, dem Horoskop schon das Du angeboten zu haben.«

Mit abfälliger Miene beginnt sie durch die Seiten zu blättern. Ich mag das Rascheln und Knistern der Zeitschrift, die ich völlig abgegriffen am liebsten habe. Meine Schwester und ich sitzen auf ihrem Bett, das an seiner Beförderung zum Ehebett arbeitet. Vor knapp einem Monat hat sie unseren Eltern ihren Freund Mahmut vorgestellt. Da die beiden bereits verlobt sind, wurde das auch höchste Zeit. Kinga hat sich schwergetan mit dem »Geständnis«, weil ein Türke an ihrer Seite vorsichtig ausgedrückt nicht unbedingt der Optimalvorstellung unserer Eltern entspricht. Kurzerhand wurde Mahmut mit zur Familie nach Polen genommen und dem ganzen Clan auf einmal vorgestellt. Eignungstest und Mutprobe auf einmal, sozusagen, mit der Option, die »Ware« noch wieder zurückzugeben. Ich habe mich vor dieser Reise und damit vor Babcia und Co. gekonnt gedrückt, indem ich eine Prüfung für mein Lehramtsstudium erfand. Die Ausrede zieht immer.

Meine Vermutung, dass Kinga ihren Verlobten zu Flaki verarbeitet wieder zurück nach Deutschland bringt, bestätigte sich nicht. Dafür gab es eine andere Überraschung: Papa war rückfällig geworden. Bei dem Gedanken an ihn wird mir schwer ums Herz, deshalb lasse ich ihn nicht zu. Meine

Schwester scheint Papa tatsächlich noch eine Chance geben zu wollen, wenn er die Therapie ernst nimmt. In meinen Augen hat er alle Karten verspielt. Die Trennung von Mama soll keine vorläufige bleiben.

»Warum hast du Mama eigentlich nicht mitgebracht?«, fragt Kinga genau in diesem Moment. Manchmal habe ich das Gefühl, sie kann meine Gedanken hören.

»Ehrlich gesagt ...« Ich atme schwer aus. »Mama und ich ...«

»Ja?« Kinga zieht ihre Beine zum Schneidersitz zusammen und lässt die Zeitschrift sinken. »Habt ihr euch gestritten?«

»Nicht direkt.«

»Aber?«

»Du kennst doch Mama.«

Kinga grinst schief.

»Sie treibt mich in den Wahnsinn!« Ich schlage die Hände über dem Kopf zusammen. »Ich brauchte einfach mal Abstand. Mama will mir alles abnehmen, mir bei allem helfen ...«

»Sie meint es nur gut.«

»Das ist ja das Schlimme! Ich kann mich nicht mal guten Gewissens beschweren.«

»Mama kann übergriffig sein, ich weiß. Aber sie hat eine schwere Zeit.«

»Du könntest sie ja auch mal nehmen!« Es klingt, als hätten Kinga und ich einen Sorgerechtsstreit.

Meine schöne Schwester schiebt sich eine Haarsträhne hinters Ohr: »Das hab ich doch versucht, aber Mama hat das Gefühl, Mahmut und mich zu stören.«

»Ich weiß.«

»Aber ich lade sie diese Woche zum Abendessen ein, dann hast du mal wieder sturmfrei.«

»Okay.«

»Und vielleicht kann ich mir einen Tag freinehmen und etwas mit ihr unternehmen.«

»Danke.« Ich spiele an meinen Fingernägeln herum. »Jetzt habe ich ein schlechtes Gewissen, weil es sich anfühlt, als würde ich sie abschieben wollen, kaum dass sie zwei Wochen bei mir wohnt.«

»Das musst du nicht.« Kinga legt ihre Hand auf meinen Arm und sagt einen der schönsten Sätze dieser Welt: »Das erzählen wir keinem, okay?«

Still beobachte ich, wie sie sich resolut die Zeitschrift wieder vornimmt, weil meine Schwester weiß, dass es die beste Ablenkung ist, die ich jetzt brauchen kann. Manchmal kennt sie mich besser als ich mich selbst. Kinga bleibt auf den Seiten mit den Brautkleidern hängen. Unter meine Dankbarkeit mischt sich ein Gefühl der Belustigung.

»Gefallen sie dir?« Ich muss grinsen.

»Ach was!« Schnell blättert Kinga weiter. »Erst mal klären wir andere Baustellen. Aber schau mal hier, das Quiz können wir machen!«

Wenn es um die Planung ihrer Hochzeit geht, mimt Kinga die Unberührbare, die Pragmatische, die taffe Frau, die auf keinen Fall ein großes Ding draus machen will. Bloß keine Gemeinsamkeiten mit der verschrobenen Verwandtschaft zulassen, die jede Hochzeit zu einer Massenparade der Gefühle macht. Kinga kokettiert mit ihrer gespielten Lässigkeit, wovon Fremde sich vielleicht täuschen lassen – aber bestimmt nicht ich.

Plötzlich springt vor der Zimmertür der Staubsauger an. Kinga horcht auf.

»Doch nicht an einem Sonntag!« Sie sieht mich fassungslos an, als wäre ich für den Lärm verantwortlich. Dann springt sie vom Bett auf. »Mahmut! Schatz!« Mit der Klinke in der Hand lehnt sie sich aus dem Zimmer: »Hör auf damit!«

Das Röhren verstummt.

»Hast du was gesagt?« Ich höre Mahmut näher kommen.

»Du kannst nicht an einem Sonntag so einen Lärm machen!«

»Dauert doch nur fünf Minuten«, kontert er, während er in der Türöffnung erscheint.

»Müssen wir diese Diskussion immer wieder führen?«

Ich muss mir ein Grinsen verkneifen, ebenso wie den Kommentar, dass Kinga mich gerade stark an Mama erinnert. In Mahmuts Gesicht meine ich zu erkennen, dass sich ihm ein ähnlicher Gedanke aufdrängt. Er lenkt ein: »Na gut, wie du meinst.«

Die beiden küssen sich. Sie wirken immer noch so verliebt wie am ersten Tag. Mittlerweile hat auch Mama das eingesehen. Der direkte Vergleich zu ihr und Papa wird dabei geholfen haben.

»Dann störe ich euren Mädelstag nicht weiter …« Mahmut dreht sich um und stolpert dabei fast über den Staubsauger. »Ich bin sozusagen gar nicht da.«

Anfangs habe ich hinter seiner schon fast krankhaft zuvorkommenden Art eine Masche erwartet, wie bei meiner Kollegin Annette, die jede Woche Kuchen mitbringt, um sich bei uns Kolleg:innen einzuschleimen. Im Gegensatz zu Annette ist Mahmut aber wirklich ein herzensguter Mensch. Manchmal vielleicht etwas unraffiniert und laut, aber sympathisch. Heute Nachmittag hat er sich unverzüglich zurückgezogen, als ich unangekündigt, aber deutlich übermüdet vor ihrer Tür stand.

Ich hatte dieses wahnsinnige Lachen aufgelegt, das ich sonst nur von durchzechten Nächten vorbei am toten Punkt von mir kannte.

»Ach, Quatsch! Es wird eh Zeit, dass ich verschwinde«, ich schwinge meine Beine über die Bettkante, »und euch in euren Sonntag entlasse.«

»Was?« Gleichzeitig landen Kingas und Mahmuts Blicke auf mir.

»Du bist doch erst seit einer Stunde da!«, ruft meine Schwester.

»Seit drei«, korrigiere ich mit Blick auf mein Handy.

Mahmut schüttelt den Kopf: »Du kannst jetzt noch nicht gehen. Ich habe gerade so viele Nudeln ins Wasser geschmissen, dass es für uns alle reicht.«

»Ach ja?« Mit gespitzten Ohren recke ich mein Kinn. »Ich höre gar nichts kochen.«

»Das ist, weil ich so laut atme.« Mahmut grinst und ist bereits dabei, das Staubsaugerkabel einfahren zu lassen. Sehnsüchtig starre ich auf das klobige Gerät und verspüre plötzlich eine absurde Lust, damit sauber zu machen. Ich liebe Staubsaugen, weil es so eine einfache wie effektive Tätigkeit ist. Ich wünschte, man könnte alles so einfach wegsaugen wie Staub. Sorgen, Schulden, Regen.

Kinga legt ihren Arm um meine Schulter. »Und wenn du unbedingt dein schlechtes Gewissen beseitigen willst, weil du meinst, unseren Pärchensonntag zu stören, kannst du mich zum Ausgleich für unsere Gastfreundschaft massieren, bis Mahmut das Essen fertig hat.«

Der Kirschkuchen ist in authentische blau-weiße Topflappen gewickelt, die nach Landhausstil aussehen und für diesen wichtigen Auftritt mit Sicherheit frisch gebügelt wurden.

»Ich habe Annette und ihre ganzen selbst gebackenen Kuchen, die sie nur mitbringt, um sich Komplimente abzuholen, so satt«, flüstert meine Kollegin Alexandra mir zu.

»Wenn sie dabei wenigstens aus Versehen einen Kirschkern mit einbacken würde, den man ihr als Tötungsversuch unterschieben könnte ...«, zische ich grinsend zurück, während ich die frisch kontrollierten Klausuren in meiner Tasche verstaue. Sie finden kaum Platz zwischen den Brotboxen, die Mama mir heute Morgen gepackt hat. Sie hat sogar die Weintrauben von den Stielen gezupft und die harte Kruste von den liebevoll geschmierten Stullen entfernt. Etwas, worüber ich mich mehr freuen würde, wenn ich noch vierzehn und nicht vierundzwanzig wäre, Schülerin und nicht Referendarin. Ich traue mich kaum, die Boxen vor meinen Kolleg:innen oder der Schülerschaft zu öffnen, und werde zukünftig wohl auf dem Schulklo frühstücken. Nicht dass noch jemand denkt, ich schneide mir selbst die Gurkenscheibchen in Herzform. Oder die Wahrheit erfährt.

»Ach, Zofia! Jeffrey aus deiner Klasse macht mir Sorgen.« Alexandra hält mich auf, bevor ich das Lehrer:innenzimmer verlassen kann. »Er kommt immer zu spät, dann stört er den Unterricht. Letztens hat er Mustafa den Stuhl weggezogen, der hat nach dem Sturz kaum noch Luft bekommen.«

»Ich weiß.« Schnaufend wie nach einem Marathon atme ich aus. Nach drei ausgeschlagenen Einladungen zum Elterngespräch betrat letztlich das Problem selbst die Tür: Jeffreys Erziehungsberechtigte. Bei so ignoranten und nur aufs kleine

Geschwisterkind konzentrierten Eltern würde ich auch Tische bemalen und Federmappen ankokeln. Auf meine Schilderungen hin reagierten sie wenig erfreut: »Sie sind doch selbst noch grün hinter den Ohren, Kindchen! Als wenn wir uns ausgerechnet von Ihnen sagen lassen müssen, wie wir unseren Sohn zu erziehen haben.«

»Laber, Rhabarber ...«, nuschelte ich etwas zu laut, was nicht unbedingt meine Seriosität unterstrich. Leider habe ich eine Vorliebe für griffige Wortspiele dieser Art, worüber sich meine Schüler:innen gern lustig machen. Jeffreys Eltern hingegen konnten gar nicht darüber lachen: »Wie bitte? Könnten Sie das noch mal wiederholen?!«

Kurz gesagt: Ich bin überfordert, und das nicht nur mit Jeffreys Eltern. Als Referendarin gehört es theoretisch nicht zu meinen Aufgaben, die Arschkartentätigkeiten einer Klassenlehrerin zu übernehmen. Der Grund dafür, dass ich es doch tue, ist der Lehrer:innenmangel an unserer, wie an vielen anderen Schulen im Land. Ich habe noch nicht mal fertig studiert, geschweige denn besonders viel praktische Erfahrung gesammelt. Wie soll eine, die sich von Mama Brotboxen packen lässt und weiß, wie sämtliche Protagonist:innen der RTL-Abendunterhaltung (zumindest) beim Vornamen heißen, Verantwortung für Kinder übernehmen? Sogar Harry Handfurzer würde erkennen, dass ich mein Leben kaum selbst unter Kontrolle habe.

Ausgerechnet in diesem Moment schiebt sich Annette in mein Sichtfeld. Sie streckt mir ein Stück Kuchen auf einer Serviette entgegen, die das Muster der Topflappen aufgreift.

»Nicht der Rede wert«, flötet sie. »Das habe ich doch gerne gemacht.«

So ist sie nun mal, die Annette. Das Herz am rechten Fleck.

»Danke.« Ich lächle, wie ich zum Lächeln erzogen wurde.

•••

Kinga guckt so optimistisch wie die in Omas guter, alter Rinderpansensuppe schwimmenden Fettaugen. Dabei kaut sie auf dem Stiel ihres Lutschers herum.

»Jetzt hab dich nicht so!« Ich bin genervt davon, dass sie genervt ist. In letzter Zeit ist Kinga sich zu cool für alles geworden. Selbst für die genialen Spiele, die ich mir für uns ausdenke. Am allerliebsten spiele ich Schule.

»Du musst das anders sagen, und das weißt du!« Ich stemme die Hände in die Hüften, wobei mein aus Papier gedrehter Zeigestock abknickt. »Das ist mehr ein Singsang. Komm, sprich mir nach: »Guuuuteeeen Mooorgeeeen, Fraaaau …«

»Ich bin zu alt für so was.«

»Wohl eher zu langweilig!«

»Wenn du meinst …« Kinga will aufstehen und gehen. »Wer will schon Lehrerin werden? Lehrerin ist ein Scheißjob.«

»Das sagst du nur, weil du nicht das Zeug dazu hättest.«

Kinga zuckt mit den Schultern und schiebt unsanft die Kreide von sich, die ich von meinem eigenen Taschengeld bei Woolworth gekauft habe. Genauso wie die Textmarker, die nach Farben sortiert auf meinem »Pult« liegen. Mein ganzes Zimmer ist aufwendig zum Klassenraum umgestaltet, Mama hat mir ein bisschen dabei geholfen und Plakate für die Wände gebastelt.

»Jetzt bleib schon hier!« Ich stelle mich Kinga mit ausgestreckten Armen in den Weg. »Wer spielt denn sonst meine Schülerin?«

»Das hättest du dir vorher überlegen können.«

»Okay, pass auf: Wenn du jetzt eine Stunde lang mit mir spielst, dann darfst du die ganze Woche entscheiden, was wir abends im Fernsehen gucken.« Manchmal muss man als Lehrerin einen Schritt auf seine Schüler:innen zugehen.

Kinga knabbert nachdenklich an ihrer vom Lutscher bereits blau verfärbten Unterlippe herum. Endlich sieht sie mir wieder in die Augen: »Ich darf zwei Wochen lang entscheiden, was wir gucken.«

»Zehn Tage«, willige ich ein. »Und nur, wenn du dich auf dem Wandertag benimmst und den Tafeldienst ordentlich ausführst.«

»Na gut. Das heißt jetzt aber nicht, dass ich glaube, dass du das Zeug zur Lehrerin hast.«

»Setzt euch, liebe Kinder!« Stolz recke ich das Kinn und deute auf den Stuhl, den ich meiner Schwester bereitgestellt habe. Manch ein Kommentar ist es wert, überhört zu werden. »Der Unterricht hat bereits angefangen.«

• • •

2

anlaufrad • Anlaufrad, das

**Ein Teil des Schlagwerks in Räderuhren, mit dessen
Hilfe die Uhrzeit zusätzlich zur optischen Anzeige
auch hörbar mitgeteilt wird • koło, które w zegarkach
kieszonkowych ogranicza gwałtowne działanie
sprężyny zegarkowej podczas uderzenia**

»Du musst kommen.« Hätte ich das Klingeln meines Handys doch einfach ignoriert.

»Was ist denn?«, will ich wissen, doch Mamas Stimme verrät bereits, dass sie keine Widerrede duldet.

Es war ein langer Arbeitstag, und ich freue mich wirklich auf mein Zuhause. Ich will nichts weiter, als im Bermudadreieck der Gemütlichkeit, bestehend aus Bett, Netflix und Abendessen, unterzugehen. Doch stattdessen rekrutiert Mama mich ins Märkische Viertel, in die Platte, in der ich aufgewachsen bin und in der Mama und Papa bislang gelebt haben. Obwohl sie gerade bei mir unterkommt, fährt sie alle drei Tage hin, um zu putzen. Die Vorstellung, dass es in ihrer Wohnung nicht völlig staubfrei ist, macht sie wahnsinnig.

Vielleicht, weil potenzielle Einbrecher:innen sonst schlecht über sie denken könnten oder falls Hausgeister spontan ein Bad nehmen wollen.

Doch deshalb hat Mama nicht angerufen. Seit ich denken kann, kümmert sie sich um einige der alten Nachbar:innen in unserem Haus. Der Respekt alten Menschen gegenüber ist in Polen eine Sache der Selbstverständlichkeit, was Mama dazu veranlasst, regelmäßig nach ihren Ü75-Nachbar:innen zu sehen. Eine Pflicht, der sie heute wieder nachgekommen ist und bei deren Vollendung sie nun meine Hilfe braucht.

Juhu.

Mama packt mich an den Schultern – nachdem ich zu ihr gefahren, in Richtung der Hausnummer 7 getrottet und mit dem Fahrstuhl im achten Stockwerk angekommen bin. Sie dreht und wendet mich wie Fleisch am Spieß, dessen gleichmäßige Röstung sie kontrollieren muss. Dabei tut sie so, als hätten wir uns nicht gestern Abend zuletzt gesehen. Wenn man es genau nimmt, sogar heute Morgen, nur lag ich da noch verschlafen im Bett, während sie um halb sieben aufgebrochen ist, weil es bei Aldi Thermounterwäsche im Angebot gab.

»Gut siehst du aus. Schöne Hose.« Mama verteilt Komplimente im selben Ton wie Befehle.

»Danke, Anke.« Die Hose habe ich letztes Weihnachten von ihr geschenkt bekommen. Also, offiziell von Papa, aber machen wir uns nichts vor. Scheinbar nebensächlich zieht sie den Reißverschluss meiner Strickjacke etwas weiter zu. Mit genauso beachtlicher Selbstverständlichkeit und ohne Vorwarnung haut Mama mir auf den Hintern: »Den hast du von mir geerbt.«

Ich nicke.

»Damit könnten wir es auch schaffen in die *Vogue*.« Sie spricht es »Wok« aus.

»Weshalb sollte ich denn so dringend vorbeikommen?«, frage ich, um meine Zwangsmusterung abzukürzen. Und tatsächlich, es ist, als würde sich bei Mama mit meiner Frage ein Schalter umlegen: Sie verfällt in ihre übliche Geschäftigkeit. Sie reibt sich die Hände und marschiert los.

»Ich kriege Wanda nicht ins Bett.« Mamas polnischer Akzent klingt härter, wenn sie genervt ist. Sie beugt sich zu mir und flüstert für einen Moment. »Hat aus Versehen genommen Schlaftabletten anstatt Vitamin B und Eisen.«

»Ach, Wanda ...« Beim Anblick der alten Dame atme ich erschöpft aus. Ich bin mehr oder weniger mit ihr aufgewachsen, und sie war schon immer verpeilt. Einmal mussten wir mit ihr ins Krankenhaus fahren, weil sie ihre Hand mit Sekundenkleber an der Tischdecke festgeklebt hatte. Ein anderes Mal hatte sie sich den Rücken beim Bürsten ihrer Teppichfransen verrenkt. Wir haben zwar erst September, aber Wandas Wohnung ist weihnachtlich geschmückt. An jedem Türknauf und sogar an einer Lilie hängen handbemalte und mit Styroporschnee befüllte Weihnachtskugeln. Da hat Wanda den Jahresumsatz von QVC ordentlich in die Höhe getrieben. Wobei ich auch die Krippe aus dem Vorjahr wiedererkenne.

»Letztes Weihnachten hat der Esel noch nicht geglitzert, oder?«, frage ich Mama, die nur mit den Schultern zuckt. Sie hat gerade keinen Kopf dafür, weil sie den Ein- und Ausfallswinkel von Wandas 110 Kilo berechnet, die wir gleich irgendwie ins Bett hieven müssen. Sie hängt mehr in ihrem Sessel, als dass sie sitzt. Und hat mittlerweile mitbekommen, dass ich da bin, und nuschelt meinen Namen vor sich hin.

»Hallo, Wanda. Ich freue mich auch, dich zu sehen.«

Mama und ich machen uns an die Arbeit. Mit geübten Griffen stützen wir die Rentnerin von beiden Seiten ab und lehnen sie zusätzlich gegen unsere Knie. Jetzt schnaufen und ächzen Mama und ich mit Wanda um die Wette. Als sie ins Bett plumpst, wackeln die Wände so sehr, dass mir eine Glaskugel vom oberen Regal entgegenfällt. Wenige Zentimeter von meinem Kopf entfernt fängt Mama sie mit ihren kurzen Armen auf: »Das war knapp.«

Ich frage mich immer wieder, wie so viel Energie und Kraft in 1,60 Meter reinpassen. Beinahe mechanisch deckt sie Wanda mit der dicken Daunendecke zu und sorgt mit Kissen in ihrem Rücken dafür, dass sie auf der Seite liegen bleibt.

»Dann können wir ja jetzt ...« Ich habe es eilig, in meinen wohlverdienten Feierabend zu kommen. Doch als wir in den Fahrstuhl steigen, drückt Mama zu meiner Überraschung nicht auf die EG-Taste, sondern will noch im dritten Stockwerk zwischenhalten.

»Wo willst du hin?«, frage ich.

»Zu Frau Utrecht.«

Selbstverständlich. Was auch sonst? Ich will heimlich mit den Augen rollen, doch der Fahrstuhlspiegel verrät mich. Mama straft mich mit einem mahnenden Blick.

»Jaja ...«, murmle ich, mich pflichtbewusst meinem Schicksal fügend.

Im Gegensatz zu Wanda ist Frau Utrecht ansprechbar, wobei das relativ ist. Die Zweiundachtzigjährige textet uns zur Begrüßung wie gewohnt voll: »Zofia, mein Schatz! Wie schön, dich mal wiederzusehen.«

»Ich freue mich auch.«

»Wenn ich gewusst hätte, dass du kommst, hätte ich dir eine Yogurette aufgehoben. Ich habe gerade die letzte gegessen.« Das erklärt auch den kleinen Rest Schokolade, der in Frau Utrechts Mundwinkel klebt. »Dabei magst du die doch so!«

»Wie geht es Ihnen heute, Frau Utrecht?« Mama unterbricht uns mit lauter Stimme, weil Frau Utrecht sich nach wie vor gegen ein Hörgerät wehrt. Es ist ein Mythos, dass die Vernunft mit dem Alter kommt. »Was macht die Blase heute?«

»Es geht schon ... Mal so, mal so. Aber es gibt gute Neuigkeiten!« Frau Utrecht klatscht in die von Altersflecken überzogenen Hände. »Mein Enkelsohn kommt bald zurück. Dann muss ich euch Herzenskinder nicht ständig nerven.«

Mama winkt ab: »Unsinn, Sie nerven doch nicht. Aber schön ist natürlich trotzdem, wenn Enkel kommt zuruck.«

»Er hat jetzt zwei Jahre lang als Arzt ohne Grenzen gearbeitet.« So stolz habe ich Frau Utrecht noch nie erlebt. »Davor hat er Medizin studiert.«

»Wow, ein Arzt!« Für Mama sind das Götter in Weiß. In Polen teilen Ärzt:innen sich schon fast ein Treppchen mit dem Papst. Geduldig nickend hört sie sich alle Erzählungen über Anton an, angefangen bei seiner bevorzugten Windelmarke bis hin zum Thema seiner Doktorarbeit. In Frau Utrechts Geschichten klingt ihr Enkel wie ein Superheld.

Ich erinnere mich noch dunkel an einen blassen, kleinen Jungen, der sie früher ab und an besucht hat. An das Piratenpflaster, mit dem das eine Auge unter den dicken Brillengläsern zugeklebt war, damit er das Schielen verlernte. Dieser Junge war zu weich gewaschen fürs Märkische Viertel und hat sich kaum zu uns auf den Bolzplatz getraut. Immer hatte er irgendeine Ausrede parat: ein verstauchter Fuß oder Kopfschmerzen. Wahrscheinlich ist diese ganze Ärzte-ohne-Grenzen-Geschichte auch nur erfunden, weil er zu faul ist, seine Oma zu besuchen, und die Arbeit lieber den gutmütigen polnischen Nachbarinnen überlässt.

• • •

Gestern hat Herr Kaschalek mich dank Frau Utrechts Enkelsohn dabei erwischt, die aus den Karabinerhaken gerissene Schaukel reparieren zu wollen. Wegen der blöden Petze habe ich mir einen ordentlichen Anschiss abholen dürfen. Als wenn es so ein Kunststück wäre, eine Schaukel zu reparieren! Von »Lebensgefahr« hat der feine Herr Hausmeister gesprochen, dabei wäre ich doch weich im Sand gelandet, selbst wenn ich von dem Holzgestell gerutscht wäre.

»Komm da sofort runter!« Seine Augen sind ihm fast aus dem Gesicht gesprungen, nachdem dieser Anton ihn am Ärmel herbeigezogen hatte, weil ich auf dem Weg nach oben vielleicht kurz ins Schwanken gekommen bin.

»Das ist meine Lieblingsschaukel!«, habe ich ihm zu erklären versucht.

Vergeblich: »Das ist nicht dein Job, Zofia.«

»Nee, stimmt, das ist Ihrer.«

»Werd nicht frech.«

»Warum denn nicht?«

»Ich warne dich!« Herrn Kaschalek sind die Argumente ziemlich schnell ausgegangen. Ich würde mir ja etwas drauf einbilden, aber leider lag das in erster Linie an seiner Einfältigkeit und nicht an meinem Argumentationstalent.

»Die Kinder im Kiez brauchen eine Beschäftigung«, versuchte ich es weiter.

»Du bist selbst noch ein Kind. Hör auf, so zu tun, als wärst du dreißig statt dreizehn.«

»Vierzehn.« Also, ab nächster Woche.

»Du brichst dir noch das Genick.«

»Bevor hier irgendjemand an einem Genickbruch stirbt, dann ja wohl eher an Langeweile.«

Leider hat der Kaschalek danach angefangen, mir damit zu drohen, zu meinen Eltern zu gehen. Ab da habe ich eingelenkt, weil Mama und Papa mir meine Comics finanzieren. Reine Abwägungssache.

Gerade noch rechtzeitig fällt mir auf, dass der geisterhafte Anton unter der Buche auf der zugesprayten Bank sitzt, um zu lesen. Zumindest tut er so, als würde er lesen, in Wirklichkeit schielt er arglistig über den Rand seines Buches hinweg und wartet nur auf die nächste Gelegenheit, jemanden zu verpetzen. Man merkt, dass er nicht von hier ist. Wäre Anton in der Platte aufgewachsen, würde er verstehen, dass es keine schlaue Überlebensstrategie ist, die Stärkeren (mich) gegen sich aufzubringen. Würde er auf meine Schule gehen, würden die anderen ihn schneller auseinandernehmen, als er seine Brille mit dem Mittelfinger den Nasenrücken hochschieben kann.

Um mir eine erneute Diskussion mit unserem Hausmeister zu ersparen, lasse ich die Fortsetzung meiner Reparaturarbeiten also so lange bleiben, bis Antons Besuch bei seiner Oma beendet ist. Er hält sich selten länger als ein Wochenende bei ihr auf. Vielleicht wird diese Zeitspanne auch Herrn Kaschalek eine Lehre sein: Wahrscheinlich muss der meine Arbeit erst vermissen, um sie wertzuschätzen.

•••

Während Mama und Frau Utrecht sich unterhalten, fülle ich die Formulare für einen bei ihr anstehenden Arztbesuch aus. Die Worte sind zu fein und klein gedruckt für alte Augen und zu kompliziert formuliert für jemanden, der nicht aus Deutschland stammt.

»Können wir den Fernseher kurz leiser stellen?«, bitte ich, um mich besser konzentrieren zu können. Die Boxen der alten TV-Röhre krächzen bei der Lautstärke, die nötig ist, damit Frau Utrecht den »Bergdoktor« nicht als Stummfilm genießen muss. Um nicht auf der durch das Papier drückenden Spitzentischdecke schreiben zu müssen, benutze ich einen Puzzlekarton als Unterlage: »Venedig bei Nacht«, dreitausend Teile, für Fortgeschrittene.

Kaum dass ich die Fragen auf dem Bogen beantwortet habe, soll ich noch eine Vollmacht aufsetzen, mit der Mama auch als Nichtfamilienangehörige Frau Utrechts Untersuchungsergebnisse beim Arzt abholen kann.

»Und, was habt ihr heute noch Schönes vor, meine Damen?« Frau Utrechts Augen leuchten beinahe jugendlich auf, als ihr Blick zwischen mir und meiner Mutter hin- und herwechselt.

Je mehr sie das Gefühl hat, dass bei Mama und mir Aufbruchsstimmung aufkommt, umso vielfältigere und komplexere Antworten erfordernde Fragen fallen ihr ein. Manchmal ist der Fragenkatalog so endlos, dass er wie vorbereitet wirkt: »Und wie geht es eigentlich dem lieben Adam? Ich habe ihn schon lange nicht mehr gesehen …«

Mama fällt bei Papas Namen einer von Frau Utrechts Sammellöffeln aus der Hand, mit dem sie einen Zuckerwürfel in ihren Tee werfen wollte. Sie sieht blass aus.

Frau Utrecht scheint das nicht zu bemerken. Munter plappert sie weiter: »Unternehmt ihr etwas Feines mit ihm? Lädt er euch Grazien vielleicht zum Essen ein?«

»Nicht dass ich wüsste«, antworte ich schnell an Mamas Stelle. »Wir haben nichts Besonderes geplant.«

Und damit war der Fehler passiert.

»Dann bleibt doch noch!« Frau Utrecht ist schnell wie eine Schlange. »Ich bestell uns was Feines beim Italiener.«

Sie beißt zu.

»Auf meine alten Tage würde es mich freuen, mal wieder etwas Abwechslung zu genießen.«

Auf meine jungen Tage würde es mich auch freuen, mal wieder etwas Abwechslung zu genießen. Nur ist ein Abend mit Mama und Frau Utrecht nicht unbedingt meine Auslegung von Abwechslung. Mama sieht das leider anders: »Warum nicht?«

»Ja, warum nicht …?«, murmle ich.

»Darum«, antwortet Nadja auf meine Frage, warum es in den 80er-Jahren zu immer stärker werdenden Friedensprotesten kam. Zu ihrer eigenen Überraschung lasse ich ihr das durchgehen und beende die Doppelstunde zehn Minuten vor dem Klingeln. Ich tue mir damit in doppelter Hinsicht selbst einen Gefallen. Zum einen, weil ich Nadjas flapsigem Verhalten so das erhoffte Gagpotenzial nehme, und zum anderen, weil ich selbst die große Pause nötig habe. Ich muss mich noch darauf vorbereiten, gleich Herrn Svoboda, der sich erst heute Morgen krankgemeldet hat, in der 10b zu vertreten. Ich soll nicht etwa an seiner Stelle Geschichte oder Musik unterrichten, die Fächer, die ich studiere, nein, ich springe in einer Deutschstunde ein. Wenn mehrere Krankheitsfälle im Kollegium gleichzeitig auftreten, wird es schnell mal eng, und es kommt vor, dass ich Fächer unterrichten muss, von denen ich in etwa so viel Ahnung habe wie die Schüler:innen selbst. Also keine – oder maximal »Galileo«-Wissen.

Ich ermahne meine Schüler:innen noch, leise auf den Hof zu gehen, um die anderen Klassen nicht zu stören, und verkrümle mich dann ins Lehrer:innenzimmer, in der Hoffnung, dort ein paar stille Minuten für mich allein zu haben. Statt ein paar stiller Minuten wartet aber Annette auf mich: »Nanu? Die Stunde geht doch noch fünf Minuten?«

»Ja«, antworte ich so ausführlich, wie Nadja es mir vorgemacht hat. Schließlich sollten Lehrer:innen stets die Bereitschaft besitzen, auch von ihren Schüler:innen zu lernen. Ich wähle den Tisch, der so weit von Annette entfernt steht wie möglich, positioniere mich mit dem Rücken zu ihr und vertiefe mich ohne Umschweife in meine Lektüre. Ich sende jedes nur mögliche international verständliche »Lass mich in Ruhe«-Signal. Annette spricht kein International.

»Ich habe gesehen, du musst Deutsch vertreten?«

Ich nicke.

»Kann ich dir behilflich sein?« Ich wundere mich, dass sie ihre Hilfe anbietet – wir sind die einzigen Kolleg:innen im Lehrer:innenzimmer. Es ist also gar kein Publikum da, das Annette wegen ihrer Hilfsbereitschaft bewundern könnte.

»Schließlich bin ich Deutschlehrerin und du nicht …« Ihre Stimme erinnert mich an die von Cruella de Vil aus »101 Dalmatiner«. Meine Stimme hingegen entspricht im Disney-Universum am ehesten der von Dumbo: Ich rede einfach gar nicht beziehungsweise gebe Laute mit Interpretationsbedarf von mir. Stattdessen schenke ich meine Aufmerksamkeit dem

Smartphone, das ich auf die Lehrbücher draufgelegt habe. Natürlich hat Google eine Idee, was man Zehntklässler:innen im Deutschunterricht beibringen kann. Ziemlich schnell stoße ich auf die Verlinkung zu einer PDF-Datei, die aus einer nützlichen Auflistung von Stilmitteln besteht, die bei der Textarbeit helfen können. Da im Lehrplan des folgenden Halbjahres Redeanalysen für die Zehnten vorgesehen sind, bleibe ich auf der Seite hängen.

»Wirklich. Das macht mir nichts aus.« Cruella klebt an meinen Fersen. Ich sehe mich gezwungen, ihr Aufmerksamkeit zu schenken, in der Hoffnung, sie damit loszuwerden. Obwohl sich das Lehrer:innenzimmer so langsam mit Kolleg:innen füllt, die keine Hofaufsicht haben, scheint Annette nicht das Bedürfnis zu haben, sich ein neues Opfer zu suchen.

»Das passt schon, danke!« Ich hebe meinen Daumen, verziehe meine Lippen zu einem schmalen Lächeln und wende mich sofort wieder ab. Wirklich *sofort*, um keine weiteren Missverständnisse aufkommen zu lassen. Für einen kurzen Moment erinnert sie mich an Mama, ohne Mama beleidigen zu wollen. Auch Mama ist immer einfach da. Zu sehr da, wenn man mich fragt. Es reicht nicht, dass meine Geduld aktuell im eigenen Zuhause auf die Probe gestellt wird, nein, in der Schule sorgt meine Lieblingskollegin also für zusätzliche Anstrengung. Mich zur Konzentration ermahnend, lese ich weiter. Schließlich muss ich selbst die Stilmittel erst mal verstehen, bevor ich sie Kindern beibringe.

»Per|for|ma|tiv, Adjektiv«, erklärt Google, »ist eine mit einer sprachlichen Äußerung beschriebene Handlung, die zugleich vollzogen wird, Beispiel: Ich helfe dir.«

»Ich helfe dir gerne!« – Kann doch nicht wahr sein. Für

einen Moment habe ich das Gefühl, Annette würde in ihrer Hartnäckigkeit direkt hinter mir stehen und von meinem Handy ablesen. Aber nein, die Frau wird, ohne es zu wissen, zum leibhaftigen Praxisbeispiel der Stilform, die ich mir gerade beizubringen versuche. Darf ich vorstellen, das ist Annette, performativer Bockmist auf zwei Beinen. Vielleicht sollte ich sie bitten, mit in den Unterricht zu kommen, damit die Schüler:innen wirklich verstehen, gar live erleben, was es mit dieser Begrifflichkeit auf sich hat. Praktischerweise könnte Annette dann gleichzeitig als Beispiel für eine Hyperbel herhalten. Denn die Frau ist übertrieben zu viel, immer und von allem.

Wenn Annettes Wesen einer Hyperbel entspricht, bin ich ein Oxymoron. Ich kann mich nämlich gerade nicht entscheiden, was ich fühlen soll. Meine Gefühle sind ein Widerspruch in sich. Sie widersprechen sich mehr als die Worte »Mädchenmannschaft«, »Friedenspanzer« und »Fleischkäse«. Apropos Käse. Beim Duft von Mamas Nudelauflauf schließe ich die Augen und fühle mich für einen Moment ganz besonders schlecht, weil ich eben noch genervt von der Vorstellung war, dass sie zu Hause auf mich wartet. Ich sollte mich besser zusammenreißen. Früher haben Mama und ich schließlich auch zusammengelebt, warum sollte es jetzt für ein paar Wochen nicht wieder möglich sein? Wahrscheinlich ist meine Einstellung das Problem.

Noch einmal tief durchatmend stoße ich die Tür zu meiner Wohnung auf und grüße Mama so freundlich ich kann. Schöne Gedanken, Zofia, hab schöne Gedanken. Mein Versuch, die positive Einstellung zu wahren, ist ernst gemeint. Ich will wirklich durchhalten.

Doch dann sehe ich, dass jede Fernbedienung symmetrisch zur Tischkante ausgerichtet ist. Schlagartig verfinstert sich meine Miene. Ich mag meine Unordnung. Ein perfektes Zuhause ist ungemütlich, es ist unnahbar. Es ist wie Annette.

»Ich hab auch dein Lieblingseis gekauft.« Mama gibt mir einen Kuss.

Ich atme durch. Entspann dich, Zofia. Es sind nur Fernbedienungen. Die Bilder samt Rahmen im Schlafzimmer stehen immer noch auf dem Boden, und die Fenster klappern immer noch bei zu starkem Wind. Nichts perfekt, alles gut. Mama hat Eis gekauft.

»Eis ist jetzt genau das Richtige.«

»Erst mal musst du aber was Vernünftiges essen.« Mama mahnt mich strafenden Blickes. »Eis ist keine vollwertige Mahlzeit. Das hab ich dir schon als Kind beigebracht.«

Durchatmen, Zofia, durchatmen.

Mama streift in ihrem gemütlichen Hausanzug zwischen Wohnzimmer und Küche hin und her, um das Essen aufzutischen. Kinga und ich nennen ihn heimlich den »Porno-Anzug«. Er besteht aus weichem, tiefrotem Flausch, mit goldenem Reißverschluss. Aus irgendeinem Grund strahlt Mama in diesem Anzug eine wahnsinnige Gemütlichkeit aus. Außerdem hat er, zusammen mit ihren auftoupierten Haaren und den leicht überschminkten Augen, an ihr sogar richtig Stil. Deshalb sagen wir ihr nicht, dass wir ihn den »Porno-Anzug« nennen, sonst zieht sie ihn nicht mehr an, nicht mal zu Hause. Und das wäre traurig, denn Kinga und ich sind uns zu 99 Prozent sicher, dass der Anzug an jemand anderem als Mama dramatisch an Strahlkraft verlieren würde. Ich zum Beispiel würde damit einfach nur billig aussehen.

Auf dem Tisch wartet eine ganze Auflaufform kohlenhydrathaltigen Glücks auf mich. Wenn es früher nach der Schule Nudelauflauf gab, musste ich schnell sein. Kinga, die olle Kuh, hat immer den ganzen Käse runtergegessen, wenn ich nicht aufgepasst habe. Vielleicht war es doch keine so schlechte Idee, dass Mama vorübergehend bei mir einzieht. Ich muss den Nudelauflauf so sehr loben, dass Mama morgen nicht wieder auf die Idee kommt, Gurkensuppe oder Kapuśniak zu kochen.

Ich steche beherzt mit meiner Gabel direkt in die Form und manövriere die Spirelli in meinen Mund.

»Hey!« Mama schlägt mir auf die Hand. »Ich tue dir auf!«

»Sorry, das ist einfach zu lecker. Ich kann es kaum erwarten!«

Und Mama kann sich ihr zufriedenes Lächeln kaum verkneifen.

Es landet eine Papaportion auf meinem Teller. Irgendjemand muss schließlich seinen Job übernehmen, wenn er und sein Freund, der Alkohol, sich nicht benehmen können.

Kauen statt denken, Zofia. Ich gebe mir einfache Anweisungen zum Glücklichsein, denn das war ja mein Plan. Glücklich sein. Positiv denken. Entspannt bleiben. Ich schiebe direkt die nächste Ladung Nudeln hinterher.

»Wusste ich doch, dass es dir schmeckt …« Mama nimmt nun auch ihren ersten Bissen. »Wie war dein Tag?«

»Gut. Deiner?« Für mehr Wörter bleibt mir keine Zeit, ich muss schmatzen.

»Auch.« Normalerweise endet Mamas Antwort an dieser Stelle. Sie fügt maximal noch ein »Du weißt doch, bei mir passiert nix Spannendes« hinzu. Doch heute ist es anders. Sie plant nämlich die Bepflanzung meines Balkons und war deshalb in Baumarkt und Blumenladen unterwegs: »Es ist nicht leicht, schöne winterharte Blumen zu finden, aber ich denke, ich habe gute Ideen.«

»Schön.« Durchatmen, Zofia. Es sind nur Blumen. Keine schlimme Einmischung. Und sie hat Eis gekauft.

Mama verfällt in einen regelrechten Monolog, der meinem aktuell aufs Kauen fokussierten Mundwerk nur recht ist. Ich beschränke mich aufs Nicken, so lange, bis Mama mich erwartungsvoll ansieht.

»Freut mich, dass du so einen aufregenden Tag hattest.« Ich lege meine Hand auf ihrem Unterarm ab. »Und dass du dann trotzdem noch Zeit und Muße hattest, so lecker zu kochen ...«

»Ich wusste, dass es dir schmeckt.« Mama lächelt so, wie sonst nur, wenn sie beim Monopoly gewinnt. Meiner Meinung nach funktionieren Familien in dieser Hinsicht nach einem Entweder-oder-Prinzip: Entweder man ist eine Spielefamilie oder man ist keine. Wir gehören ganz klar zu Letzteren. Einzige Ausnahme: Monopoly. Das wird einmal im Jahr, am ersten Weihnachtsfeiertag, ausgepackt. Keine Ahnung, wieso sich dieses Ritual etabliert hat, aber auf jeden Fall lächelt Mama sonst nur auf diese schalkhafte Art, wenn sie gerade wieder Scheine aus der Bank abgreifen durfte.

Ich will ihr meinen fast leeren Teller reichen, um das Gefühl einer gewürfelten Sechs noch zu verstärken – da entdecke ich etwas in meinem Essen. Kleine, dunkelrote Würfel. Auf millimeterfeine Größe heruntergedrechselt, aber unverkennbar ölig glänzend.

»Ist das ...?« Ich kann es kaum fassen. Schlingend und eindeutig abgelenkt von Mamas Erzählungen, habe ich den rauchigen Geschmack verdrängt, der sich jetzt beinahe pelzig auf meiner Zunge ausbreitet. »Ist das *Fleisch*?«

Mama spitzt die Lippen und starrt, eindeutig meinem Blick ausweichend, auf ihren Teller. Dann zuckt sie mit den Achseln: »Siehst du, es schmeckt dir noch.«

»Mama!«

»Was?!«

»Das kannst du doch nicht bringen! Du weißt ganz genau, dass ich kein Fleisch esse!«

»Du musst doch aber mal was Vernünftiges zu dir nehmen.«

»Du bist unmöglich!«

»Wo bekommst du denn sonst deine Nährstoffe her, hm?«

Ich bin kurz davor, mein Geschirr gegen die Wand zu donnern. Selten habe ich mich so hintergangen gefühlt: »Mama, du hast meine Entscheidungen zu respektieren! Nimmst du mich überhaupt irgendwann mal ernst?«

»Natürlich …« Immerhin hat sie den Anstand, beschämt zu wirken. Ich bin trotzdem fuchsteufelswild. Und ich habe mir auch noch eingeredet, es sei meiner negativen Einstellung geschuldet, dass wir ständig aneinandergeraten. Den Teller auf dem Tisch von mir stoßend, stehe ich auf, die Lightvariante von Geschirr-gegen-die-Wand-Donnern. Dass das schmallippige Lächeln in ihrem Gesicht verhaftet zu sein scheint und Anstand und Fassung vorgaukeln soll, macht mich wahnsinnig. Meine Hände ballen sich zu Fäusten zusammen, dann spreize ich die Finger weit, nur um kurz darauf wieder eine Faust zu machen.

»Das geht zu weit!« Ich gebe einen Wutschrei von mir, der sich gewaschen hat, und stürme in mein Schlafzimmer. Mit geschlossenen Augen lehne ich mich an die Tür und versuche ruhig durchzuatmen, doch als ich die Augen öffne, blicke ich auf meine Bilder. Sie hängen an der Wand. So gerade wie mit der Wasserwaage ausgemessen. Einfach perfekt.

    Mein zweiter Wutschrei übertrifft den ersten bei Weitem.

3

kluski • Klöße, die

Die leckerste aus Teigmasse bestehende kugelförmige Speise der Welt • najsmaczniejsza masa kulista tortowa na całym świecie

Ich kann nur so lange sauer auf Mama sein, wie ich sie sehe und mit ihr zusammen bin. Sobald ich etwas Abstand gewinne und mich daran erinnere, was für eine Scheiße sie in letzter Zeit mit Papa durchgemacht hat, bildet sich ein Kloß in meinem Hals. Noch während der Schulchor jeden einzelnen Ton von Marterias »Lila Wolken« versemmelt. Deshalb versuche ich gleich am nächsten Tag die Speckaffäre hinter mir zu lassen und mich auf den gemeinsamen Fernsehabend zu freuen.

Schon das breite Grinsen, mit dem sie mir die Tür öffnet, hätte mir zu denken geben sollen. Auch die Tatsache, dass sie ihre teuerste Perlenkette angelegt hat, hätte mir ein eindeutiges Indiz sein müssen. Doch stattdessen öffne ich völlig grün hinter den Ohren die Tür zu meinem Wohnzimmer. Ich erstarre. Da sitzt Kai Pflaume. Na gut, nicht das Original. Aber dafür eine genauso dauergrinsende und glatt geleckte jüngere Version des Originals. Die gefälschte Pflaume sitzt an meinem Tischchen, auf meinem Stühlchen, isst von meinem Tellerchen und prostet mir mit meinem Becherchen zu.

»Mama, wer ist das?«

»Freut mich.« Die gefälschte Pflaume erhebt sich und kommt auf ihren dünnen Beinen auf mich zumarschiert. Sie ist kleiner, als es im Sitzen den Anschein machte. »Anton mein Name.«

Anton? Es klingelt irgendwo ganz hinten in meinem Kopf, doch die kleinen Heinzelmännchen da oben brauchen einen Moment, um die notwendigen Informationen ins Bewusstsein zu transportieren.

Mama ist schneller als die Heinzelmännchen: »Das ist Frau Utrechts Anton. Der Arzt ohne Grenzen.«

»Und du musst Zofia sein, freut mich.« Galant übernimmt die gefälschte Pflaume die Moderation, was sie noch schlechter vom Original unterscheidbar macht. Auf den zweiten Blick erkenne ich ihn: Die blasse Haut hat Farbe bekommen, dafür ist die Brille weg, das Haar trägt er noch genauso zerzaust wie als Kind. »Mir wurde schon viel von dir erzählt.«

»Das kann ich mir denken.« Ich reiche ihm meine Hand, weil Mama zuguckt. Die Heinzelmännchen in meinem Kopf betätigen alle Alarmglocken auf einmal. So verträumt sieht sie normalerweise nur Guido Maria Kretschmer an. Sie blinzelt häufiger, als ein Falter mit den Flügeln schlägt.

»Sitzen wir uns doch ab!« Meine Mutter hat eine Hand auf meinem Rücken und die andere auf Antons Rücken abgelegt. Sanft, aber bestimmt werden wir an den Tisch geführt, in dessen Mitte ein riesiger Kerzenleuchter prangt.

»Wo ist der denn her?« Ich strecke den Zeigefinger nach dem silbernen Ungeheuer aus, woraufhin meine Mutter den Arm unwirsch nach unten drückt.

»Ich denke nicht, dass das jetzt wichtig ist.«

»Ich denke schon.«

»Zofia!«

»Mama?«

»Den hab ich aus deine Schrank gefunden.«

»Das wüsste ich aber ...«

»Weit hinten stand er, sehr weit hinten ...« Mama schnappt sich ein Feuerzeug und zündet die langgliedrigen Kerzen an, um sich anschließend wieder Anton zuzuwenden: »Meine Tochter Zofia hat nämlich eine ganz hervorragende Geschmack.«

So langsam, aber sehr sicher verdichten sich die Indizien zu einem eindeutigen Tatort.

»Sieht sehr schön aus, der Kerzenständer.« In Antons blassgrauen Augen spiegelt sich das Flackern der Flammen wider. »Sowieso die ganze Wohnung ist hübsch eingerichtet.«

»Hat meine Tochter Zofia eingerichtet.« Mama nickt, als hätte sie einen Wackeldackel verschluckt. »Ihr scheint eine ähnliche Geschmack zu haben. Deine Blumen passen perfekt hier in Zimmer.«

Den fetten Strauß in der Vase auf dem Klavier hat also die falsche Pflaume mitgebracht. Das hätte ich mir ja denken können. Anton sieht aus wie einer, dem die Mama das Hemd gebügelt hat, der gern Dokus guckt und einen sauberen Browserverlauf hat. Das sind die Gefährlichsten.

»Ach, und bevor ich es vergesse«, unser reizender Gast beugt sich zu einer Ledertasche hinunter (Tiermörder) und zieht eine Flasche Rotwein hervor, »ich war mal so frei, uns einen edlen Tropfen auszusuchen.«

»Freches Früchtchen, du«, flüstere ich. Ich dachte, Menschen, die »edler Tropfen« sagen, wären mit den Dinosauriern zusammen ausgestorben. Da hab ich mich wohl geirrt. Schade, Schokolade.

Derweil kriegt Mama feuchte Augen: »Das war doch nicht nötig gewesen!«

Wenn Anton jetzt noch seine Verehrung von Marie Skłodowska Curie verrät, in dem Wissen, dass sie Polin war, hat er Mama komplett um den Finger gewickelt. Am liebsten würde ich Anton seinen edlen Tropfen über dem Hemd verschütten. Das wäre in etwa so befriedigend wie Tapetenfetzen abreißen, Pickel ausquetschen und Knisterfolie zerdrücken.

Doch da ich zu feige bin für solch avantgardistische Befreiungsakte, muss ich ihm weiter beim Schleimen zugucken: »Das ist doch das Mindeste, nachdem Sie sich so rührend um meine Großmutter gekümmert haben und mich dann auch noch zum Essen einladen.«

»War alles Idee von Zofia.« Mamas Worte sorgen dafür, dass ich mich fast an meiner eigenen Spucke verschlucke. »Sie hat sich so auf dich gefreut, seit Frau Utrecht von dir hat erzählt. Nur noch von dir hat sie geredet.«

Von ihr hat Kinga also gelernt, so gut zu lügen. Mama wird nicht mal rot dabei. Ich wünschte, mein Talent in dieser Richtung wäre auch etwas besser ausgeprägt. Zu allem Überfluss lässt sie Anton und mich in genau diesem Moment allein, um das Essen aus der Küche zu holen.

Und damit beginnt ... die Stille. Da ist nur das romantische Knistern der Kerzenflammen und das Alibiklappern der Töpfe in der Küche. Ich glaube Mama gar nichts mehr, sie sitzt da wahrscheinlich einfach nur und hofft, dass Anton und ich in der Zwischenzeit übereinander herfallen und gleichzeitig mit der Hochzeitsplanung beginnen. Das hat sie sich ja fein überlegt. Bevor das zweite Kind sich auch noch einen Türken aussucht, treibt sie selbst einen Schwiegersohn auf. So urdeutsch, dass er fast schon schwedisch aussieht und genauso gut Gartenzwerge anstatt Menschen verarzten könnte.

»Also …« Anton saugt Luft zwischen den mit Sicherheit gebleachten Zähnen hindurch. Verunsichert rutscht er auf seinem Stuhl von der linken auf die rechte Pobacke und wieder zurück. Trotz Heimvorteil habe ich kurzzeitig ein ähnliches Bedürfnis, allein schon, weil sich seine Nervosität auf mich überträgt. Doch dann stelle ich mir vor, was Kinga sagen und machen würde. Meine Schwester würde sich das hier nicht gefallen lassen. Sie würde zu mir sagen, dass ich meine Schulklassen doch auch im Griff hätte und dass es nicht mein Problem sei, wenn Anton die Stille unangenehm sei. Dass ich mich darauf konzentrieren solle, nicht auf Mamas Kuppelspiele reinzufallen. Sie würde mir den Nacken massieren, mir Wasser in den Mundwinkel sowie über den Kopf gießen und den Schweiß von meinem Oberkörper wischen. Rein in den Ring!

»Also?« Ich stütze mich mit den Ellenbogen auf dem Tisch ab, so, wie Mama es Papa immer verboten hat.

»Ich …« Anton schaut sich suchend im Raum um, aber seine Umgebung scheint keinen Gesprächsstoff zu liefern. »Ich … habe gehört, du bist Lehrerin?«

»Ja und du bist Arzt?«

»Kinderarzt, ganz richtig.«

»Zum Neurologen hat es wohl nicht gereicht, hm?«

»Sooo! Essen ist fertig!« Mama rauscht durch den Raum wie eine gewaltige Funkstörung. Der Zeitpunkt und der Blick in meine Richtung verraten, dass sie wie ein Spitzel gelauscht haben muss. »Es gibt Klöße in eine vegetarische Bratsoße mit Ersatzhähnchen.«

»Wobei man sich da bei dir nicht so sicher sein kann …« Skeptisch schiele ich in die Töpfe.

Mama übergeht meinen Kommentar: »Anton ist auch vegetarisch.«

Das soll mich wohl beeindrucken. Vielmehr ärgert es mich, dass bei anderen ein Vorzug zu sein scheint, was mich Beliebtheitspunkte bei meinen eigenen Eltern kostet.

Ich stecke meinen Zeigefinger in die Soße und koste schmatzend, natürlich nicht, ohne auf dem Weg von Topf zu Mund die Tischdecke zu bekleckern.

»Zofia!« Meiner Mutter fällt fast die Kelle aus der Hand.

»Was denn?« Jetzt löse ich auch noch das Haargummi, sodass meine brustlangen Strähnen in die Teller hängen. »Ich will doch nur sichergehen, dass unser vegetarischer Gast nach seinem Geschmack bedient wird.«

Schon bevor wir mit dem Essen angefangen haben, gehe ich gnadenlos in Führung. Heute regiert die Politik der verbrannten Erde. Mama bereut sichtlich, mich überhaupt herausgefordert zu haben. Gut so, es soll ihr eine Lehre sein. Anton tut natürlich so, als würde er nichts von der Spannung im Raum mitbekommen. Er lenkt ab mit Geschichten aus seiner Studienzeit und von der Reise nach Kenia für Ärzte ohne Grenzen. Wahrscheinlich ist er nur vorbeigeflogen, um sich für seinen Instagram-Account als der weiße Held ablichten zu lassen und sich praktischerweise gleich mal von der Last der Privilegien und dem damit verbundenen schlechten Gewissen zu befreien, das einen als von schnöseligen Eltern verpäppelten Bonzensohn doch schier erdrücken muss.

In einigen Momenten muss ich mich daran erinnern, in welchem Team ich spiele. Leider sind ein paar der Sachen, die Anton erzählt, nämlich tatsächlich interessant, weshalb ich ein paarmal kurz davor bin, Fragen zu stellen. Zum Beispiel, als es darum geht, wie drastisch sich der Klimawandel in Afrika bemerkbar macht. Dass die Lebenserwartung in Kenia sowohl bei Männern als auch bei Frauen bei sechzig Jahren oder sogar darunter liegt und auf tausend Geburten neunundvierzig Totgeburten fallen, während es in Deutschland gerade mal vier sind.

In Anbetracht dieser Faktenlage schraube ich mein freches Verhalten etwas zurück. Mama klebt ohnehin viel zu sehr an Antons Lippen, als dass sie mir noch Beachtung schenken würde, und aus meiner Führungsposition heraus kann ich mir das sowieso leisten. Erst als Anton nach dem Essen auf mein Klavier deutet und fragt, ob er etwas spielen dürfe, kann ich mir das spöttische Zucken mit der Augenbraue nicht verkneifen: »Bitte. Wenn du meinst.«

Die Nummer kenne ich schon. Sie erinnert mich an Dates mit Typen, bei denen bereits nach fünf Minuten klar war, dass es auch bei *einem* Date bleiben würde. Typen, denen man keines ihrer schmierigen Komplimente glauben konnte. Wer so einstudierte Schmeicheleien verteilt, hat mit Sicherheit auch nur einstudierte Sexstellungen zu bieten.

Theo war so einer.

»Darf ich, schöne Frau?« Hätte er mich auch noch als »Perle«

beschimpft, hätte ich ihm wohl eine watschen müssen. »Ich würde dir gerne etwas vorspielen.« Theo deutete auf mein Klavier, wie ich auf der Geburtstagsfeier einer Kommilitonin auf ihn gedeutet hatte, bevor sie uns einander vorstellte. Ich hatte erwartet, dass das kommt. Dass von Theos Spiel nicht besonders viel zu erwarten sein würde, wusste ich schon, bevor er sich die Hände rieb und die Finger auf den weißen Tasten verteilte. Es ist doch immer das Gleiche: Frauen setzen sich, wenn überhaupt, nur mit sehr viel Zurückhaltung an mein Klavier und kündigen vorab schon an, lediglich rudimentäre Fähigkeiten vorweisen zu können. Nicht aus einer falschen Bescheidenheit heraus, sondern weil sie tatsächlich so von sich denken. Dabei beherrschen meine weiblichen Gäste die Klaviatur meist mindestens so gut wie Männer die Selbstüberhöhung. In der Regel richten meine männlichen Gäste ihren imaginären Frack ohne Vorwarnung und spielen mehr schlecht als recht die drei immer gleichen Stücke, bestehend aus den immer gleichen Akkorden. Dann sehen sie mich an wie ein Kind am Weihnachtsabend, das die Pflicht erfüllt hat und nun Geschenke verdient.

Ich gestehe es nur ungern, aber ich habe mich geirrt. Gewaltig sogar. Anton weiß genau, was er tut, und hat seine Fähigkeit bestimmt nicht nur ein oder zwei YouTube-Tutorials zu verdanken. Seine schmalen Hände scheinen die Tasten fest im Griff zu haben. Sie tanzen über die Klaviatur, beginnen die schwarzen Tasten hier und da neckisch zu liebkosen, um kurz darauf mit voller Bestimmtheit zuzugreifen. Ich schließe die Augen und stelle mir vor, im Gehäuse meines Klaviers zu Hause zu sein. Dass die stählernen Saiten direkt neben mir gezupft werden, ich mich an den geleimten Resonanzboden anlehnen kann, dass das Knacken des alten Holzes, die dumpfen Klänge der Hämmer, dass die Vibrationen sich auf mich übertragen. Antons Interpretation löst ein Gefühl in mir aus. Ein Gefühl wie Lust ohne schlechtes Gewissen. So wie man sich nur fühlt, wenn man verliebt oder betrunken ist.

Ohne schlechtes Gewissen wie auch ohne Schmerz kann ich ihm mein Klavier überlassen und genießen, dass zur Abwechslung mal jemand nicht nur für mich spielt, weil er eine gute Note im Zeugnis haben möchte.

Als ich die Augen wieder öffne, trifft mich Mamas hämisches Grinsen. Erwischt. Der Punkt geht an sie, zur Abwechslung überlasse ich ihr den kleinen Erfolg bereitwillig.

Mama und ich schweigen, bis Anton fertig ist. Seine Hände ruhen noch einen Moment länger auf der Tastatur, als sie müssten. »Das war ein Stück von Chopin. Er komponierte es kurz vor seinem Tod.«

Chopin. Natürlich. Der Toastbrot-Deutsche interpretiert das Werk eines polnischen Nationalhelden wie ein Profi. Besser, als ich es je könnte. Jetzt hat Mama wirklich Tränen in den Augen: »Das war soooo schöööön.«

»Es ist auch ein wirklich tolles Klavier.« Anton klappt den Tastaturdeckel vorsichtig herunter. »Ich habe nur eins bei meinen Eltern und komme deshalb selten zum Spielen.«

»Zofia hat bestimmt nichts dagegen, wenn du mal zum Spielen bei ihr vorbeikommst.« Mama wittert sofort ihre nächste Chance.

»Das kann Zofia ihm dann ja selbst sagen, wenn es tatsächlich so sein sollte«, zische ich.

Anton übergeht Mamas Dreistigkeit mit einem seichten Lächeln in meine Richtung. »Ich muss mir unbedingt selbst eins holen. Ich rede schon viel zu lange davon und tue es nicht.«

Irre ich mich oder schlägt Anton sich da gerade auf meine Seite? Möglicherweise gaukelt mein Kopf mir nur etwas vor, weil Männer mit musischen Fähigkeiten in meinen Augen zwangsweise an Attraktivität gewinnen. Leider.

»Das Klavier stand schon in meinem Kinderzimmer«, höre ich mich selbst erzählen, während Anton sich wieder zu uns an den Esstisch setzt. Vielleicht legen Mama und ich eine Spielpause ein, damit ich kurz nett sein kann. »Meine Schwester und ich haben beide gleichzeitig angefangen, aber während ich dabeiblieb, entdeckte sie Rugby für sich.«

»Und dann Basketball und dann Handball!« Mama unterbricht mich mit einem Schnauben. Sie zieht ihre Stoffserviette vom Schoß, um sich rabiat den Mund abzutupfen.

»Mama hat sich immer gewünscht, dass wir Instrumente lernen«, versuche ich zu erklären. »Und wenn wir Sport machen, dann doch bitte Klassischen Tanz oder noch besser Ballett.«

»*Coś kulturalnego* eben. Wie sagt man auf Deutsch?«

»Etwas Kultiviertes, Feines, Damenhaftes.« Ich übersetze mit entschuldigendem Lächeln, während Anton sich ein Grinsen verkneifen muss.

Mama scheint allerdings nichts Falsches an ihren Ansichten zu finden: »Für Kinga war immer alles nur Phase.«

»Sie hatte eben viele Interessen …«

»Sie hatte vor allem Hormone!« Für einen Moment vergisst Mama sich vor Wut und schlägt mit der Faust auf den Tisch. »Du hingegen hast von erste Unterrichtsstunde nichts anderes mehr gemacht als Musik, bist sogar Musiklehrerin geworden.«

»Referendarin, in einer achten Klasse.«

»Du unterrichtest Zukunft von unsere Menschheit!« Mama wendet all ihre Händlerinnen-Qualitäten an, um mich anzupreisen. Da haben sich die Stunden intensiver »Bares für Rares«-Studien also gelohnt. Kurz holt mich die Angst ein, dass Mama mich gegen Kamele eintauschen will.

»Sei nicht so hart mit Kinga.« Zur Abwechslung nehme ich meine Schwester in Schutz. Sie kann es ja zum Glück nicht hören, und ein anderes Thema fällt mir spontan nicht ein, um von Mamas Lobeshymnen auf mich abzulenken.

Dann wende ich mich direkt Anton zu: »Meine Schwester war vielleicht nicht so musikalisch, aber dafür im Sport echt gut.«

Wahrscheinlich würde mein Klavier nicht mehr leben, wenn wir Kinga als Jugendliche weiter brachial auf die Tastatur hätten einhämmern lassen. Die Pedale wurden von ihr durchgedrückt wie bei einem Formel-1-Auto, und sie hat keinen einzigen sauberen Akkord aus dem Korpus bekommen.

»Ich habe mir auch immer ein Geschwisterkind gewünscht.« Anton nimmt den letzten Schluck aus seinem Glas.

»Du bist Einzelkind?«, frage ich, ohne zu übersehen, dass Mama Anton und mir Wein nachgießt, sich selbst dabei aber gepflogen auslässt.

»Ich hole dann mal Nachtisch!«, flötet sie stattdessen und lässt uns erneut länger allein als nötig.

Ich weiß nicht, wann ich zuletzt so sauer auf Mama war. Ach nee, stimmt nicht.

Das war gestern.

Die Frau hat eine erstaunliche Ausdauer dabei, peinliche

Momente entstehen zu lassen. Sie zieht das bis zu Antons Abschied durch.

»Hier ist noch das Rezept für deine Oma«, sagt sie und überreicht Anton feierlich einen zusammengefalteten und, wenn mich nicht alles täuscht, nach *meinem* Parfüm duftenden Zettel.

»Was ist es denn für ein Rezept?« Gerade als er den Zettel entfalten will, greift Mama nach seinen Fingern und ballt sie mit einem in Zeitlupe durchgeführten Augenzwinkern wieder zu einer Faust.

»Ein wichtiges Rezept, sehr wichtig«, tönt sie verheißungsvoll. Als ich Mama nach Antons Abgang zur Rede stelle und meine Vermutung äußere, dass anstelle von Mengenangaben meine Telefonnummer auf dem Zettel vermerkt sein könnte, ist sie auch noch stolz drauf. Also wirklich.

»Erst mischst du mir heimlich totes Tier ins Essen, und dann schleppst du hier irgendwelche Typen an!« Bei Mama ist gerade wohl Woche des Frischfleisches. »Ich will nicht von dir verkuppelt werden!«

Ich schreie wirklich selten. Allein schon, weil ich dabei klinge wie ein dreizehnjähriger Junge im Stimmbruch und meistens Dinge sage, die ich besser anders hätte ausdrücken sollen. Doch jetzt schreie ich los, kaum dass die Wohnungstür ins Schloss gefallen ist, und das so laut, dass Anton uns im Flur mit Sicherheit noch hören kann. Mir doch egal. Ich sehe den schließlich nie wieder, und Mama soll die Situation ruhig peinlich sein. Das wäre zumindest ein schwacher Trost, wenn ich schon umsonst auf Einsicht ihrerseits warten kann.

Mama spaziert an mir vorbei und beginnt den Tisch abzuräumen. Sie schenkt den Tellern mehr Aufmerksamkeit als mir und legt eine beachtliche Selbstverständlichkeit in ihre

Stimme: »Erstens ist Anton nicht *irgendein* Typ, er ist Arzt ohne Grenzen. Und zweitens …«

»Jetzt bin ich aber mal gespannt.«

»Zweitens habe ich Anton nicht eingeladen, um dich zu verkuppeln.«

»Ach, interessant. Und warum dann? Damit er hier den Privatpianisten gibt?«

»Nur so.« Mama verlässt schulterzuckend den Raum. Auf ihren Händen stapelt sich das Geschirr wie auf meiner Zunge die Flüche. Ich versuche sie mit dem letzten Schluck Wasser aus meinem Glas hinunterzuspülen, doch das führt nur dazu, dass sich die Wut jetzt beinahe wie ein Knoten im Bauch anfühlt.

Mama kommt zurück ins Wohnzimmer, um die nächste Ladung zu holen. »Du könntest ruhig mal helfen.«

»Und du könntest ruhig mal respektvoll mit mir streiten. Guck mich wenigstens an, wenn ich mit dir rede.«

»Das würde ich tun, wenn du mit mir reden *würdest*. Aber du schreist.« Auf Polnisch klingt alles, was Mama sagt, wie gesungen. Das lässt mich, die ich ihr auf Deutsch antworte, schon allein soundtechnisch wie den Rammbock im Vergleich zum Lamm dastehen. Mein Polnisch ist zwar gut, aber nicht gut genug, um nach *dem* Tag ernste Debatten auszufechten.

»Weißt du, wie demütigend sich das anfühlt, wenn die eigene Mutter es für nötig hält, einen zu verkuppeln?« Es mischt sich Verzweiflung unter meine Wut, als Mama erneut den Raum verlässt. Ich dackle ihr hinterher und fühle mich wie der hoffnungsloseste Fall auf Erden. »Als wenn du mir nicht zutrauen würdest, dass ich es selbst zustande bringe, jemanden Passables für mich zu begeistern.«

»Ich dachte, du freust dich, mal wieder jemanden in deinem

Alter dazuhaben …« Mama scheint in der Zeit stecken geblieben zu sein, in der es noch Süßigkeitentüten auf Partys gab und Partys »Feten« hießen.

»Ich bin kein kleines Kind mehr, dem du den Geburtstag planen musst!«

»Du übertreibst.« Mama beginnt in aller Seelenruhe, den Geschirrspüler einzuräumen. »Eigentlich müsste ich es sein, die sich hier aufregt. Immerhin hast du dich am Tisch zeitweise benommen, als wenn ich dich gar nicht erzogen hätte.«

»Entschuldige bitte?!«

»Du hast ins Essen gefasst und von deinem Finger geleckt. Stell dir mal vor, der Anton erzählt das Frau Utrecht, und die erzählt das im ganzen Haus herum …«

»Okay, Mama. Jetzt pass mal auf.« Ich nehme ihr das Schneidebrett aus der Hand, das sie im Begriff ist einzuräumen, und klappe schwungvoll den Geschirrspüler zu. Nachdem Schreien so mittelmäßig gut funktioniert hat, versuche ich es nun mit Bedrohlichkeit. »Bloß weil Kinga sich einen Türken geangelt hat, den du zwar magst, aber der eben trotzdem ein Türke bleibt, heißt das nicht, dass du mich als deine letzte Hoffnung opfern kannst.«

»Ach, aber deine Wäsche darf ich machen?«

»Nein! Darum hab ich dich nie gebeten! Seit du hier wohnst …«

»Also soll ich ausziehen?«

»Mama, jetzt hör bitte auf, mir die Worte im Mund umzudrehen!«

•••

Ich ziehe mein Cap tiefer in die Stirn und richte die Sonnenbrille auf meiner Nase.

»Das ist doch lächerlich, Zofia!« Kinga reißt mir das Magazin aus den Händen und hält es geschickt von mir weg, sodass ich wie ein Hündchen um sie herumtanze.

»Gib mir meine Tarnung zurück!« Mit einem Auge bereits Ausschau nach Gebüschen haltend, hinter denen ich mich alternativ verstecken kann, merke ich gar nicht, wie mir dabei mein Walkie-Talkie aus der Jackentasche rutscht.

Kinga rollt mit den Augen: »Du hast echt zu viel ›Kim Possible‹ geschaut.«

»Hab ich nicht!«
»Hast du wohl!«
»Du bist blöd!«
»Selber!«

»Achtung, da kommt er!« Mit einem Satz springe ich durch das schmale Tor zu einem fremden Kleingarten und verstecke mich hinter einer wuchernden Rosenhecke. Ich greife nach Kingas Ärmel und ziehe sie mit mir.

Doch zum Glück ist es nicht Milo, der durch einen der Haupteingänge des Kleingartenvereins zur Pappel spaziert kommt, sondern nur der alte Herr Tinski. Wie üblich ist Herr Tinski viel zu schick gekleidet, um sich die Hände mit Erde schmutzig zu machen. Hauptsache, das Familienwappen an seinem Gartentor sitzt.

»Entwarnung.« Ich hebe mein Cap an, um den Schweiß auf meiner Stirn mit dem Ärmel abzutupfen, und atme durch. Zumindest so lange, bis wenige Sekunden später die Besitzerin des Gartens, in dem Kinga und ich uns verstecken, aus ihrem kleinen Holzhaus gestiefelt kommt und uns anmeckert, wir würden ihr Tomatenbeet zertreten.

Kinga und ich verlassen das Grundstück so hastig, wie wir es betreten haben, wobei ich beinahe gegen den Fahnenmast renne, an dem eine etwas löchrige Deutschlandflagge gehisst wurde.

»Jetzt reicht's mir!« Kinga verlangsamt ihr Schritttempo selbst dann nicht, als wir uns in sichere Entfernung von der zeternden Tomatenbeetbesitzerin gebracht haben. Ganz im Gegenteil sogar. »Ich gehe jetzt zu Milo und erzähle ihm, dass du ihn gut findest.«

»Bist du verrückt geworden?!« Ich will nach ihrer Schulter greifen, doch da ist Kinga bereits vorausgeeilt.

»Wir verbringen seit fast drei Wochen jeden zweiten Nachmittag in diesem öden Kleingarten«, zischt sie. »Also habe ich einen guten Grund, langsam verrückt zu werden.«

»Kinga, du bist so peinlich!«

»Ich bin vor allem eine gute Schwester, dass ich das hier mit dir aushalte.«

»Ich hab dich dafür ordentlich entlohnt«, erinnere ich Kinga an die Kaugummizigaretten, die ich mit ihr geteilt habe. Und zwar die guten, mit Puderzuckerrauch.

»Wenn du dich nicht traust, ihn anzusprechen, muss ich das eben übernehmen.« Kinga ist dem Kleingarten von Milos Familie mittlerweile gefährlich nah gekommen.

Ich heule gleich. »Aber ich muss doch erst mal recherchieren, was Milo so mag!«

»Wenn er dich nicht mag, ist er es, der nicht mögenswert ist.«

Wäre ich nicht so aufgeregt, könnte ich mich vielleicht sogar über Kingas Kompliment freuen. Doch sie hat ihre Hand schon am Gartentor. »Und ich will mein Privatleben zurück.«

Zugegeben, meine Schwärmerei für Milo hat in den letzten Wochen überhandgenommen. Ich habe Kinga dazu überredet, den Kleingarten von Milos Eltern und somit ihn zu beschatten. Anfangs war meine Schwester noch motiviert bei der Sache, weil sie sich sichtlich darüber freute, dass ich meine Gefühle mit ihr und nicht mit meinen Freundinnen geteilt habe. Außerdem hätte auch Kinga Nutzen aus einem Schwager ziehen können, der einen Kleingarten in die Familie bringt. Mittlerweile ist ihre Geduld am Ende.

»Es wird Zeit, dich zu verkuppeln.« Kinga entzieht sich meinem festen Griff, öffnet die Pforte und lässt mich davor stehen. »Sonst wird das nie was mit dir.«

Sofort ducke ich mich hinter eine Hecke und versuche schmerzvolle Flüche zu unterdrücken, als mir ein paar Zweige den Oberarm zerkratzen.

Sonst wird das nie was mit dir.

Kingas Worte hallen in mir nach und fühlen sich schmerzvoller an als jeder Kratzer. Da teile ich meine Gefühlswelt mit ihr, und sie nutzt es gnadenlos aus, um sich in mein Leben einzumischen. Wirke ich wie ein hoffnungsloser Fall? Bin ich allein weniger komplett?

Na klar, ich bin bald zwölf und habe immer noch keinen Freund. Es wird schon langsam Zeit, aber es muss ja auch nicht jede total früh dran sein.

Oder?

Ich ziehe meinen Lippenstift hervor, weil sich meine Lippen so spröde anfühlen wie meine Gedanken. Als wenn er beides fixen könnte, wenn ich nur genügend auftrage, ziehe ich meine Bahnen. Und na ja ... für alle Fälle.

Als sich die Tür des kleinen Gartenhauses öffnet, halte ich mitten in der Bewegung inne und schmule durch ein faustgroßes Loch in der Hecke. Da ist er! Milo selbst hat die Tür geöffnet! Und er sieht so gut aus, dass ich nur noch in Ausrufezeichen denken kann! Von wegen Schmetterlinge! Ein Gefühl wie Feuerameisen im Bauch!

»Hallo, Milo.« Selbstbewusst streckt Kinga ihm die Hand entgegen

wie eine Staubsaugvertreterin. »Wir kennen uns noch nicht, aber du kennst jemanden, den ich kenne.«

Anstatt zu antworten, schiebt Milo sich einen Fetzen der Butterkäsescheibe in den Mund, die er langsam in den Händen zerreißt, während meine Schwester weiter auf ihn einredet: »Dieser Jemand findet dich gut. Sie scheint eine Vorliebe für Jungs mit ungekämmtem Haar, verschmierten Brillengläsern und zerknitterter Jogginghose zu haben.«

O Gott, Kinga. Was sagst du da nur? Milo sagt erst mal gar nichts.

»Ihr kennt euch aus der Schule, sie ist in deiner Parallelklasse und hat viele Talente vorzuweisen«, fährt stattdessen Kinga fort. Und fort: »Zum Beispiel kann sie das Geräusch eines sich öffnenden Kronkorkens mit dem Mund nachmachen.«

Ich schließe meine Augen ganz fest, so als könnte ich mich auf diese Weise in Luft auflösen. Leider ist da immer noch Milos Schmatzen und schlimmer noch – Kingas Stimme.

»Sie ist auf jeden Fall ziemlich toll, und ich muss dir was brechen, wenn du sie nicht zu schätzen weißt, also überleg dir vorher gut, was du sagst, machst oder denkst.« Na gut, das war wieder ziemlich lieb von ihr. Kinga hat so ihre Momente. »Also, haben wir einen Deal?«

Vorsichtig öffne ich ein Auge und schmule durch meinen Wimpernkranz und an den Blättern vorbei in Richtung Gartenhaustür. Milo wischt sich gerade die fettigen Finger an der Jogginghose ab und zuckt mit den Schultern: »Okay.«

Mein Brustkorb hebt und senkt sich vor Aufregung. Er hat »Okay« gesagt! Das schönste Okay meines Lebens! Ich presse mir die Hand auf den Mund, um nicht vor Freude zu kreischen.

»Top.« Kinga schüttelt zum Abschied und zum Vertragsabschluss *erneut Milos Hand, die ich vielleicht schon bald bei langen Spaziergängen um die Kleingartenkolonie werde halten dürfen. »Ihr Name ist übrigens Zofia, sie wird sich dann die Tage bei dir melden.«*

• • •

Es dauert ein paar Tage, bis ich Mama wieder in die Augen sehen kann, ohne wütend zu werden. So lange braucht es, bis Mama eingesehen zu haben scheint, dass ihr Handeln übergriffig war, und sich alle Mühe gibt, es wiedergutzumachen.

»So warst du in der Schule?« Mama zupft an meiner neuen Bluse herum, noch bevor ich meine Tasche abgelegt habe. Sagen wir, sie gibt sich Mühe auf ihre *ganz eigene* Art.

»Was stört dich denn?«

»Na ja …«

»Na ja?«

»Ich lege dir für morgen einfach eine von meinen Blusen heraus.« Mama schlüpft aus der Küche, bevor ich etwas sagen kann. »Die eine wollte ich dir sowieso schenken.«

»Mama, ich will keine Bluse von dir.«

»Aber die ist schön.«

»Trotzdem.«

»Sicher?«

»Heute läuft ›Let's Dance‹«, versuche ich abzulenken. Normalerweise würde ich jetzt einen Film bei Netflix raussuchen, oder wie Mama sagen würde bei »Napflix«, »Netflick« oder »Netzfick«. Doch vielleicht kann die Sendung als unsere Friedenspfeife fungieren. Als ich noch bei meinen Eltern gewohnt habe, gehörten Tanzsendungen aller Art zu den TV-Highlights, die wir als feste Termine in unsere Kalender eintrugen.

Ich in den Kalender auf meinem Handy, Mama dreimal umkreist und mit Herzchen in den Kalender an der Wand. Mama weiß auch heute natürlich schon Bescheid. Und in alter Tradition hat sie zu diesem Anlass Schokolade gekauft, die teure von Lindt, damit wir um 20:15 Uhr mit genügend Nervenfutter versorgt sind, um die genialen Spannungsbögen emotional aushalten zu können. Das Trüffelschwein in mir findet sogar noch angebrochene Chipstüten im Knabberkram- und Süßigkeitenversteck und Eiscreme im Tiefkühlfach. So sitzen Mama und ich kurz vor Sendungsbeginn auf unseren Primetime-Hintern vor dem Fernseher und unterhalten uns über den Unterschied zwischen gutem und schlechtem Trash, wobei das Wort »Trash« aus Mamas Mund klingt, als würde eine Kölnerin von ihrer Tasche schwärmen.

»Warum eigentlich ›Täsch‹?«

»›Trash‹ ist das englische Wort für ›Müll‹.«

»Apropos.« Mama schiebt sich empört einen gehäuften Löffel Eiscreme in den Mund. Der darauffolgende Hirnfrost ist ihr anzusehen. »Wegen deiner Bluse noch mal …«

»Na, danke.«

»Also willst du sie doch gegen meine eintauschen?« Mama strahlt.

»Wie oft muss ich dir noch sagen, dass ich deine Kleidung nicht geschenkt haben möchte?« Sie erinnert mich an mein Sparschwein Wilbo, das nie voll wurde, weil Kinga die Münzen mit einer Pinzette heimlich aus seinem Bauch gefischt hat. Ich kann so oft Nein sagen, wie ich will, Mama wird doch immer wieder nachfragen. »Ich will deine Bluse *immer noch nicht* haben.«

»Du hast sie doch noch gar nicht gesehen.«

»Trotzdem!« Ich ziehe meine Kuschelsocken aus, weil Mama die Heizung abends immer viel zu doll aufdreht. »Nutz deine Energie lieber, um die Kleidung der Tanzenden zu bewerten.«

Zwar rollt sie noch einmal demonstrativ mit den Augen, lehnt sich dann aber endlich auf dem Sofa zurück. Ich tue so, als würde ich kein Wort verpassen wollen, um ihr Schweigen nicht zu unterbrechen. Und tatsächlich lohnt es sich für Sätze wie »Der Tanzbär ist wieder da wie eine Rakete« und »Ich sieze keine Grashüpfer« aufmerksam zu bleiben. Außerdem wird bei »Let's Dance« ein Abbild der Gesellschaft unserer Zeit geschaffen: Der Wettkampfgeist spiegelt auf feinste Weise den Kapitalismus wider und die Anwesenheit einer knallharten Jury die Existenz von Hierarchien. Wobei diejenigen, die am unteren Ende der Fahnenstange versauern, von den Bewertungen derer abhängig sind, die im lauen Lüftchen schwingen.

»Voll viele Ausländer«, stellt Mama nicht ohne Stolz in der Stimme fest. Die gute Ausländer:innenquote macht sich vor allem in den Reihen der Tanzenden bemerkbar: Tänzer:innen, deren Kostüme Gesprächsstoff bieten. Ich frage mich, ob »The Masked Singer« die bei »Let's Dance« ausrangierten Kleider mit minimalen Veränderungen wiederverwertet oder andersherum. Na bitte: Nachhaltig sind diese Shows also auch noch. Und allein, wie alle zehn Minuten verlässlich die Werbung einsetzt, um uns mit angestautem Adrenalin warten und gleichzeitig die Möglichkeit zu bieten, angestauten Urin fließen zu lassen, ist geniales Timing.

Mama ist noch etwas verwundert darüber, dass jetzt auch zwei Männer ein Tanzpaar ergeben dürfen (»Macht man heutzutage wohl so«), doch nimmt die auch ansonsten diverse Besetzung sehr gut an (»Irgendwie auch schön, dass die immer so laut lachen, die Schwarzen!«). Nur dass der Moderator mit dem »ungekämmten Haar und der viel zu großen Brille« noch nicht ausgetauscht wurde, stört sie. Seinen Humor versteht sie nicht, und Mama will sich auch keine Mühe geben, das zu ändern.

»Vielleicht solltest du dich da als Moderatorin bewerben«, schlage ich ihr vor und vergesse für einen Moment, wie schwer sich Mama mit Ironie tut.

»Spinnst du?« Die Lindor-Kugel hat ihre Wange zu einer Hamsterbacke ausgebeult. »Ich kriege da kein Wort raus!«

»Dann bewerbe *ich* mich eben. Dank meiner Schüler:innen bin ich auf jeden Fall ein hartes Publikum gewohnt.«

»Zofia, also wirklich ... Ich dachte, du wärst vernünftiger.«

»Mensch, Mama, das war ein Scherz.«

»Blöder Scherz.« Mama zerreißt die eben noch ordentlich von ihr zusammengefaltete glänzende Folie der Schokokugel. »Wobei mich das eigentlich gar nicht wundern sollte, so wie du aktuell rumläufst.«

»Sehr geschickte Überleitung.«

»Willst du meine Bluse nicht vielleicht doch haben?«

»Ach, Mama ...«

»Wirklich nicht?«

Schweigend zermatsche ich das schon ordentlich geschmolzene Eis. Mit der Rückseite des Löffels ziehe ich über die cremige Oberfläche und wünschte, es wäre ebenso einfach, die Wogen zwischen Mama und mir zu glätten.

»Vielleicht solltest du mal wieder ausgehen.« Ich will es nicht so bedeutungsschwanger klingen lassen, muss aber feststellen, dass es mir nicht gelingt. Mama kaut plötzlich deutlich langsamer. Ihr Blick verhärtet sich. Die Stimmung zwischen uns kippt schlagartig.

»Mal mit einer Freundin treffen ...«, werfe ich schnell hinterher. »Ein bisschen Spaß haben.«

»Was denn für eine Freundin?« Mama rutscht unmerklich ein Stück von mir ab.

»Vielleicht ist das ja das Problem.« Ich wünschte, ich würde mir nicht so böse dabei vorkommen, meine Gedanken auszusprechen. Es war einfacher, wütend auf sie zu sein. »Du brauchst mal jemanden ... in deinem Alter.«

»Aha.«

»Also mit deinen Erfahrungen, ähnlichen Interessen, deinem Humor.«

»Kann sein.«

»Du könntest ...«

»Ich muss mal auf Toilette.« Mama unterbricht mich, indem sie sich aufrafft. »Danach kann ich dir die Bluse vielleicht wenigstens mal zeigen. Willst du?«

Ich lasse meinen Kopf in Richtung Sofalehne sinken.

»Ja«, antworte ich in das Kissen hinein, weil mir für ein weiteres vergebliches Nein die Energie fehlt.

»Wusste ich doch, dass du sie haben willst!« Triumphierend eilt Mama aus dem Zimmer. Wie schwer kann es sein, einen gemütlichen und sorgenfreien Abend zu verbringen?

4

makler • Makler, der

Jemand, der sich beruflich mit der Vermittlung in Handelsangelegenheiten, mit Kauf, Verkauf und Vermietung beschäftigt • osoba zajmująca się zawodowo pośrednictwem w sprawach kupna, sprzedaży, usług handlowych

»Danke, dass du da bist!« Sie schüttelt mir mit klammen Fingern die Hand. »Das Taxi kommt in zwanzig Minuten.«

Frau Utrecht bleibt im Hausflur stehen, als würde sie diese zwanzig Minuten jetzt hier verweilen wollen. Ich mache ihr den Vorschlag, dass wir doch so lange noch etwas fernsehen könnten: »Jetzt müssten die Tagesthemen kommen. Die verpassen Sie doch so ungern.«

Bevor wir uns setzen, wackelt Frau Utrecht zu den Fenstern, um sie zu schließen und noch mal über die »lauten Burschen auf dem Bolzplatz« zu meckern, »die lieber für die Schule lernen sollten«. Ihre Nerven liegen blank. Selbst als die alte Dame sich setzt, versinkt sie nicht wie üblich in den Polstern ihres Ohrensessels, denn sie nimmt heute auf einem der steifen Esstischstühle Platz. Ihre Schultern wirken schmal wie die eines Kindes, doch sie hält sie aufrecht gestrafft. Sie ist bereit zum Aufbruch.

Als Mama mich bat, mit Frau Utrecht zum Arzt zu gehen, war ich mehr als verwundert. »Warum geht denn ihr toller Enkelsohn nicht mit ihr, wenn er schon zurück ist von seiner Weltrettung? Er ist Spezialist und Angehöriger in einem.«

»Gerade deshalb. Frau Utrecht möchte nicht, dass ihre Familie sich unnötig Sorgen macht.« Mama deutete auf ihren Hals. »Ich würde ja mit ihr gehen, aber ...«

Das Krächzen, das ehemals Mamas Stimme war, hat sie einer fiesen Erkältung zu verdanken.

Frau Utrecht hingegen hat mit schlimmeren Sorgen zu kämpfen: Meine ehemalige Nachbarin hat beim Abmessen ihres Brustumfangs einen Knubbel erspürt. Eigentlich wollte sie nur die neue Nähanleitung aus der *Burda* umsetzen und nicht zur potenziellen Brustkrebspatientin werden. Sie hat sofort einen Termin bei einem Spezialisten im Brustzentrum vereinbart, aber zu viel Angst, allein hinzufahren.

»Die Welt ist schlimm geworden«, flüstert sie mit Blick auf ihren kastigen Fernseher, der genauso gut im DDR-Museum stehen könnte. Der anstehende Arzttermin lässt die alte Dame nervös auf ihrem Stuhl hin und her rutschen.

Ich versuche sie abzulenken: »Schade, dass Claus Kleber nicht übernimmt, hm?«

Ich weiß, dass Frau Utrecht dem unaufdringlichen Charme des Moderators heimlich verfallen ist. Doch sie ist so aufgeregt, dass sie meine geniale Vorlage links liegen lässt. Die Finger knetend, starrt Frau Utrecht weiterhin verdrossen auf die matten Pixel, die über den Bildschirm flimmern.

»Deshalb hat Heinrich nie Nachrichten geschaut. Nur Tiefseedokus«, brummt sie vor sich hin und macht Anstalten wieder aufzustehen, obwohl wir uns gerade erst hingesetzt haben.

Schmunzelnd reiche ich ihr die Hand, um ihr beim Aufstehen zu helfen. »Hat er das?«

»Ja doch! Mein Mann hat nur über Tintenfische geredet. Als wenn er jemals welche im echten Leben vor die Nase bekommen hätte, also unfrittiert, meine ich.« Frau Utrecht formt ein O.-k.-Zeichen mit Daumen und Zeigefinger. »Und er hat nur noch in Handzeichen gesprochen, seit er diese Dokus für sich entdeckt hat.«

Heinrich ist ein Thema, über das Frau Utrecht stundenlang referieren kann, wobei ihre Mundwinkel dabei dann meist einem klaren Abwärtstrend folgen. Soll sie sich ruhig in Rage reden, wenn es sie ablenkt. Dann war Heinrich wenigstens für *etwas* gut. Selbst als wir uns eine Viertelstunde später auf den Weg runter zur Straße machen, hört sie nicht auf, mir von ihrem verstorbenen Gatten zu erzählen: »Der Heinrich hatte viele Gesichter. In vierzig Jahren Ehe kriegt man die hübschen genauso zu sehen wie die hässlichen.«

Heinrich und sie haben sich bei der Arbeit kennengelernt. Sie war Sekretärin in der Kanzlei seines Vaters, die er irgendwann übernommen hat. »Als alles geklärt war, fehlte noch eine Frau, um das Bild komplett zu machen.«

Was die alte Dame erzählt, klingt nach allem anderen als nach romantischer Liebe. Bevor ich genauer nachfragen kann, werden wir von dem Taxi abgelenkt, das uns im Schatten der Hochhäuser entgegenkommt.

● ● ●

Die Schatten fallen tief in der Platte. Tief genug für die Schattenjagd. Mein Lieblingsspiel hat eigentlich nur eine Regel: Tritt auf deinem Weg, wo auch immer er dich hinführt, niemals (wirklich niemals!) aus dem Schatten heraus. Dein Fuß darf den Boden nur da betreten, wo die Sonne ihn nicht berührt. Das bedarf Konzentration, selbst für eine erfahrene Schattenjägerin wie mich. Da kann es schon mal passieren, dass man die Aufmerksamkeit für anderes verliert.

»O Gott, das tut mir leid!« Ich mache einen großen Sprung zurück, so als hätte ich mich bei dem Aufprall auf unsere Nachbarin Frau Utrecht verbrannt. Ausgerechnet Frau Utrecht, die ich auf ihrem Balkon sitzend erst gestern mit Frau Maximilian aus der 3 über die fluchenden polnischen Bauarbeiter habe lästern hören. Die Männer, die auf dem Netto-Parkplatz ihre Freizeit verdödelten, indem sie sich die Kante gäben und ihr eingelöstes Pfand für noch mehr Alkohol ausgeben würden.

Frau Utrecht schnalzt verärgert mit der Zunge und macht eine wegwerfende Handbewegung in meine Richtung.

»Wirklich, das war nicht meine Absicht.« Schnell bücke ich mich, um die drei Orangen aufzuklauben, die samt Netz zu Boden gegangen sind und nun über den Asphalt rollen. »Kann ich es wiedergutmachen? Irgendwie?«

Doch Frau Utrecht tut meine Entschuldigung nur ab wie ein benutztes Taschentuch.

»Nein, spar dir das«, bringt sie zwischen zusammengebissenen Zähnen hervor, wobei die Adern an ihrem Hals überdeutlich hervortreten. Die Schattenjägerin würde sich jetzt am liebsten von einem der Schatten auffressen lassen, stattdessen reicht sie ihrer Nachbarin das Netz mit den Orangen. Die lässt keine Zeit verstreichen, um sich in sichere Entfernung zu bringen und dabei etwas zu murmeln, das sich wie »typisch« anhört. Oder »Tetanus«, aber »Tetanus« erscheint *mir irgendwie der Situation nicht angemessen. Gerade als ich meinen Weg mit beschämt gesenktem Blick fortsetzen will, bleibt Frau Utrecht doch noch mal stehen und dreht sich zu mir um: »Wobei ... Ich hätte da vielleicht doch eine Idee.«*

Das ist meine Chance. Papa sagt immer, dass ich höflich sein und helfen solle, dass sich manche Menschen nur an uns gewöhnen müssten.

»Ich mache, was Sie wollen!« Mit drei Schritten habe ich Frau Utrecht eingeholt. Die Hände ordentlich hinter dem Rücken gefaltet, den Brustkorb rausgestreckt und das Gleichgewicht unter Kontrolle, versuche ich dabei so wenig wie möglich einem der polnischen Bauarbeiter zu ähneln, die sich vorm Netto immer die Kante geben. Meine Eltern beschweren sich genauso über diese Männer wie Frau Utrecht und Frau Maximilian, sie sagen, dass wir uns benehmen müssten in einem Land, das nicht unseres ist. Während die polnische Verwandtschaft verwirrenderweise frotzelt: »Fahrt nach Deutschland, das Geld eurer Großväter ist schon da.« Und die Zeit der laufenden Verhandlungen, bis uralte Besitzansprüche geklärt sind, was sie noch lange nicht sind, wird mit flachem und diskriminierendem Humor überspielt. Die polnische Nationalhymne wird umgedichtet (»Das ist alles nur geklaut«), und die deutschen Fußballspieler werden mit deutschem (und natürlich schlechtem) Essen gleichgesetzt (»Müsste aus Polen gebracht werden, um gut zu sein«). Der Mittelfinger zeigt nicht umsonst nach oben, lustig wird sich in Polen gern über die vermeintlich Stärkeren und Reichen gemacht. Die Kirche ausgenommen. In Deutschland tritt man eher nach unten, da müssen die vermeintlich Schwächeren und Ärmeren herhalten. Wobei bei allem Humor immer ein ernster Beigeschmack bleibt. Das Ganze schwebt irgendwo zwischen Selbstzweifel und Arroganz, in beiden Ländern, vielleicht, weil Letztere Ersteres so gut übertünchen kann. Na ja.

Ich gebe mich in diesem Moment auf jeden Fall ganz bewusst alles andere als arrogant. Und sehe es in Frau Utrechts Gesicht arbeiten. Sie scheint sich noch nicht ganz sicher zu sein, ob sie meine Hilfe wirklich in Anspruch nehmen will. Andererseits scheint sie Hilfe bei etwas zu brauchen. Und ich bin nun mal da.

Während wir unseren Weg gemeinsam in Richtung ihrer Wohnung fortsetzen, erklärt Frau Utrecht, worum es geht. Die Schattenjagd muss warten, denn es gibt einen Duschhahn zu fixieren und Kartons in den Keller zu tragen. Ich finde es toll, dass Frau Utrecht nicht denkt, ich sei zu jung oder zu schwach dafür. Wer hätte gedacht, dass sich der kleine Unfall am Ende sogar lohnen würde?

Frau Utrecht lächelt mich plötzlich sogar an, wenn sie mit mir redet. Jetzt, wo sie sieht, wie arbeitsam und ordentlich ich bin oder zumindest sein kann. Und es stellt sich heraus, dass Frau Utrecht einen großen Vorrat an Yoguretten im Kühlschrank hat, den sie bereit ist zu teilen, während wir eine Arztserie schauen. Die Geigenmusik im Hintergrund ist etwas anstrengend, aber ich mag die tollen Aufnahmen der Berge, in denen gedreht wurde.

»Du sprichst übrigens wirklich gut Deutsch«, lobt sie mich nach einer Weile, als wir gerade dabei sind, aus dem Yoguretten-Papier kleine Schwäne zu basteln.

»Sie sprechen auch toll Deutsch«, gebe ich das merkwürdige Lob zurück. Jetzt, wo Frau Utrecht es aus meinem Mund hört, merkt sie es wohl auch, so verwundert, wie sie guckt. Wie sollte ich denn sonst Deutsch sprechen? Bin ich doch genauso hier in Berlin geboren wie sie. Mein Polnisch ist da schon eher ein Problem. Wenn wir in den Sommerferien die Familie besuchen, brauche ich immer eine ganze Weile, um reinzukommen. Einmal hat mich eine Kassiererin gefragt, was mich als Touristin in ein polnisches Dorf verschlägt, weil mein Gestammel wohl klang, als würde ich die Vokabelliste aus einem

Reiseführer vorlesen. Mama und Papa haben beschämt zu Boden gesehen, obwohl sie mir die Sprache doch hätten beibringen sollen. Kinga musste die Geschichte unbedingt Cousine Marta erzählen, und die wiederum hat sie vor der ganzen Familie breitgetreten, was meine Angst nur noch größer macht, die silhouettenartigen polnischen Wörter in meinem Kopf über die Lippen zu bringen. Die mitleidigen Blicke und das Kopfschütteln lassen mich jedes Mal rot anlaufen, wenn eine Satzendung nicht so klingt, wie sie soll, oder ganze Buchstaben auf ihrem Weg nach draußen verloren gehen.

»Weißt du, Zofia«, es ist Frau Utrechts Stimme, die mich zurück ins Jetzt holt, meinen Namen hat sie echt schnell gelernt, »es bringt viel mehr Spaß, die Yoguretten zu zweit zu essen. Und Serien zu schauen sowieso.«

Irgendwie sieht sie ganz schön traurig aus, dafür, dass sie gerade etwas Schönes feststellt.

Frau Utrecht hält ihren rosa-silbernen Schwan (der ehrlicherweise mehr nach einem Huhn aussieht, aber wir wollen mal nicht so kleinlich sein) zwischen Daumen und Zeigefinger fest, während er durch die Lüfte gleitet. »Vielleicht magst du in Zukunft öfter vorbeikommen? Also nur, wenn du auch willst.«

»Na klar!« Ich muss nicht lange überlegen. »Und das nächste Mal bringe ich Faltmuster mit und richtiges Origamipapier.«

• • •

»Es ist Umut, wie schön!« Frau Utrecht winkt aufgeregt. »Keine Sorge, er ist in Ordnung.«

»Ihr kennt euch?«

»Ja, Umut hat mich schon oft zum Arzt gefahren, das ist sein Revier.«

Aus dem Wagen steigt ein junger Kerl Mitte zwanzig, der mindestens genauso breit lächelt wie Frau Utrecht in diesem Moment. »Anneliese, das freut mich jetzt aber!«

Anstatt mir dabei zu helfen, *Annelieses* Rollator zusammenzufalten, um ihn im Kofferraum zu verstauen, berichtet Umut von seinem Urlaub. Als würde seine olivfarbene Haut nicht schon neidisch genug machen.

»Entschuldigen Sie mal, bitte?«, unterbreche ich die beiden, als Umut gerade dabei ist, Frau Utrecht »ein paar Fotos von der lieben Familie« zu zeigen. »Ich bräuchte da mal kurz Hilfe.«

Auch mit vereinten Kräften benötigen wir eine halbe Ewigkeit und bringen den Rollator trotzdem in keine verstaubare Form. Es ist ein mir unangenehmer Anruf bei Mama nötig, um das Problem zu lösen.

»Aber den Hebel an der Seite habt ihr benutzt?«, fragt sie als Erstes.

»Denkst du, wir sind bescheuert?«, antworte ich in beleidigtem Tonfall und gebe Umut wortlos zu verstehen, dass er mal den Hebel an der Seite ausprobieren soll. »Das ist ja wohl offensichtlich …«

Zwei Sekunden später liegt der Rollator im Kofferraum. Während ich Mama noch ein paar weitere Möglichkeiten herunterrattern lasse und jedes Mal so tue, als würden wir sie ausprobieren, steigen wir langsam ein. Ich sitze offenbar allein hinten.

»Komisch, jetzt funktioniert es plötzlich«, nuschle ich dann halb in den Hörer, halb in meinen Schal. »Ich muss auflegen. Tschüss!«

Immerhin kann Umut über unsere gemeinsame Unfähigkeit lachen.

»Anneliese, hast du eigentlich mein neues Trikot gesehen?«, fragt er, als er sich von all dem Spaß erholt hat. Er biegt auf die Hauptstraße ein, wirft aber immer wieder Blicke zu Frau Utrecht auf dem Beifahrersitz. »Auch aus dem Urlaub. Das ist mein Lieblingsverein in der Süper Lig.«

»Tolle Farben!« Anerkennend nickend dreht sich die alte Dame so weit nach links, wie es ihr trotz Anschnallgurt und eingerosteter Gelenke möglich ist. »Spielst du denn auch Fußball?«

Umut fährt sich mit einer Hand über die schwarzen Bartstoppeln. Im Rückspiegel sehe ich ihn deutlich grinsen: »Nicht der Rede wert, hobbymäßig. Aber schon gut, sagen meine Jungs.«

»Sehr beeindruckend, ist ja ein anstrengender Sport. Allein wie viele Kilometer man da pro Spiel macht …« Ich frage mich, was auf dem Weg ins Taxi mit Frau Utrecht passiert ist, die doch eben gerade noch über die »lauten Burschen auf dem Bolzplatz« geschimpft hat …

Auch wenn mir Umuts unbeschwerte Art eingehendst auf die Nerven geht, kann ich sie ihm umso weniger übelnehmen, je länger ich ihm zuhöre. Seine Anekdoten sind lustig, weil *er* es ist, der sie erzählt. Nach fünf Minuten lacht Frau Utrecht zum ersten Mal laut auf, etwas, was mir heute noch nicht gelungen ist. Als wir angehupt werden, macht sie sich sogar für Umut stark: »Ruhe da hinten!« Die sich sonst lieber im Stillen aufregende Frau Utrecht schüttelt entrüstet den Kopf und peitscht mit der flachen Hand durch die Luft. Leider kann uns außerhalb des Autos, bei geschlossenen Fenstern und dem Lärm der Kreuzung, niemand hören, aber Umut und ich tauschen einen belustigten Blick über den Rückspiegel aus.

Frau Utrecht schließt mit mildem Tonfall unbeirrt an ihre Schimpftirade an. Sie erzählt Umut und mir von der Stadt, wie sie mal war, und er berichtet davon, wie sie jetzt ist.

»Wo ist denn die schöne Trauerweide hin?«

»Auf dem Vorplatz haben sie jetzt einen Club gebaut.«

»Und haben wir ein neues Stadion?«

»Nein, das ist ein Einkaufszentrum.«

»Als ob wir das bräuchten …« Frau Utrecht schüttelt verständnislos den Kopf, doch schon im nächsten Moment weicht ihr Unverständnis stürmischer Euphorie. »Schaut mal da!«

Wie ein kleines Kind ditscht sie mehrmals hintereinander mit dem Zeigefinger gegen die Fensterscheibe: »Da habe ich das beste Schweineschnitzel meines Lebens gegessen. Und die Bratkartoffeln, ein Traum!«

»Ich liebe Bratkartoffeln.« Umut kommt an einer roten Ampel zum Stehen und revanchiert sich hier mit einem Restauranttipp für hervorragende Manti. Falls er praktizierender Moslem ist, wie das Bild der berühmten Sultan-Ahmed-Moschee aus Istanbul vermuten lässt, das an seinem Armaturenbrett klemmt, dürften Schweineschnitzel eher selten auf seinem Speiseplan stehen.

»Manti?« Frau Utrecht sieht Umut verwundert an.

»So was wie Maultaschen, nur auf Türkisch«, dolmetsche ich von der Rückbank aus. Spätestens seit Mahmut Teil unserer Familie ist, kenne ich mich bestens mit türkischem Essen aus.

Die Stimmung hat sich so sehr gebessert, seitdem wir losgefahren sind, dass ich fast vergesse, was noch mal unser Ziel ist. Am liebsten würde ich mit Frau Utrecht einfach im Taxi sitzen bleiben.

Die Stimmung im Wartesaal des Arztes ist dann auch deutlich gedrückter. Es riecht nach Desinfektionsmittel und Gummiboden. Jedes Husten klingt unangenehm laut. Alle starren irgendwohin und zählen die Sekunden, bis endlich ihr Name aufgerufen wird. Frau Utrecht und ich setzen uns in die hinterste Ecke, um den Anamnesebogen in Ruhe auszufüllen. Sie bittet mich aufgrund ihrer schlechten Augen für sie zu schreiben, was zur Folge hat, dass ich Frau Utrecht über unangenehm private Einzelheiten ausfragen muss.

Was ich selbst weiß (ich vermute zumindest stark, dass sie mit ihren neunundsiebzig Jahren nicht schwanger ist), fülle ich eigenständig aus, aber zum Beispiel den Zeitpunkt ihrer letzten Regelblutung kenne ich nicht, und auch über Vorerkrankungen bei ihr oder ihren Familienmitgliedern weiß ich nicht oder nur ungenau Bescheid. Ich muss wieder daran denken, dass es ganz schön nützlich gewesen wäre, wenn statt meiner ihr Enkelsohn Anton mitgekommen wäre. Aber es scheint mir übergriffig, Frau Utrecht darauf hinzuweisen, deshalb konzentriere ich mich weiter auf das Klemmbrett auf meinen Knien.

»Tuberkulose?«
»Nein.«
»Diabetes mellitus?«
»Nein.«
»Harninkontinenz?«
»Bisschen.«
»Reizdarm?«
»Ja.«
»Seit wann?«
»Seit der Chemo.«
»Rheuma?«

»Ja.«

»Glaukom?«

»Was ist das?«

Mit jeder weiteren Erkrankung, die ich abfragen muss, sinkt unsere Laune. Keuchhusten, Arthrose, Osteoporose – plötzlich scheint mir mein eigener Körper kein Dampfer im sicheren Hafen, sondern umgeben von mehr Eisbergen als Wasser zu sein. Ich bemühe mich, leise zu sprechen, um nicht den ganzen Wartesaal mit den intimsten Einzelheiten aus Frau Utrechts Leben zu unterhalten. Doch das gestaltet sich in Kombination mit Frau Utrechts nachlassender Hörkraft als gar nicht so einfach. Immerhin dauert es nur noch wenige Minuten, bis wir dran sind, nachdem wir den Anamnesebogen, der von seiner Länge her eher ein Telefonbuch werden wollte, endlich bezwungen haben.

Wir betreten das Büro von Herrn Doktor Nordheide, dessen Wohlstandsbäuchlein ihn beim Setzen ein Schnaufen kostet: »Was haben wir denn da?«

Sein Tonfall erinnert mich an den eines Grundschullehrers. Und er sieht uns durch seine schmale, bügellose Brille doch tatsächlich an, als würde er auf eine Antwort warten.

»Ich bin hier wegen des Verdachts auf Brustkrebs«, sieht Frau Utrecht sich gezwungen, auf die lapidar gestellte Frage einzugehen. Die Hoffnung ist so spürbar, als säße sie auf dem Stuhl neben sich. »Da ist so ein Knubbel auf Höhe meiner Achsel.«

»Verstehe, verstehe.« Er beginnt in Erklärungen zu verfallen, deren Inhalt nur schwer nachzuvollziehen ist, wenn man kein Medizinstudium absolviert hat. Die meisten seiner Worte enden auf -itis, -arus, -erimus oder so ähnlich. Dabei spielt er auffällig und ununterbrochen an seiner klobigen Uhr herum, als würde er unsere Aufmerksamkeit bewusst darauf lenken wollen. Ich beobachte Frau Utrecht, die nicht zum Schlachtfeld ihrer eigenen Ängste werden will, von der Seite. Sie rutscht auf der Stuhlkante ganz weit nach vorn und klebt dem Arzt beinahe an den Lippen, während er mehr mit mir als mit ihr spricht. Herr Doktor Nordheide brabbelt so leise vor sich hin, dass selbst ich Schwierigkeiten habe, ihn zu verstehen.

»Entschuldigen Sie?! Ich kann Sie nicht höööreeen!«, brüllt Frau Utrecht den Mediziner irgendwann beinahe an, als er mal wieder nur mir in die Augen schaut. Ich kann mir ein Grinsen nicht ganz verkneifen. So einfach lässt Frau Utrecht sich Herrn Doktors Verhalten nicht gefallen und kratzt damit ganz schön an seinem Ego herum. »Außerdem sollten Sie mich doch untersuchen, anstatt zu quatschen. Oder nicht?«

Trotzig schreit Doktor Nordheide jetzt lauter als nötig. Akademische und soziale Intelligenz gehen leider nicht zwangsläufig Hand in Hand. Letztlich frage ich mich, was wir überhaupt bei ihm verloren haben, die eigentliche Mammografie wird von einer Röntgenassistentin durchgeführt.

»Sie sind eine coole Socke«, sage ich, kaum dass wir besagter Röntgenassistentin aus dem Raum gefolgt sind und sich die Tür hinter uns geschlossen hat.

»Was?« Frau Utrecht versteht nicht.

»Na, wie Sie vor dem dreisten und selbstherrlichen Doktor da drin gerade für ihr Anliegen eingestanden sind – das hat mir gut gefallen.«

Mit gespitzten Lippen versucht sie, nicht allzu offensichtlich zu grinsen. Frau Utrecht errötet. Ihre Wangen sehen aus, als hätte jemand reingekniffen. Es ist eine sympathische Eigenschaft, wenn Menschen in Anbetracht eines Kompliments Scham empfinden, finde ich. Hoffentlich vergisst sie aber bei all der Scham nicht, stolz auf sich zu sein. Ich sehe auch, dass die Röntgenassistentin einer Kollegin hinter dem Empfangstresen verschwörerische Blicke zuwirft. Die Damen müssen Herrn Doktor jeden Tag ertragen, sie wissen vermutlich ganz genau, wovon ich spreche.

• • •

Seit einer gefühlten Ewigkeit warten Mama, Kinga und ich auf dem Vorplatz der Kirche darauf, dass Papa endlich zu Potte kommt. Als wäre die Messe nicht schon anstrengend genug gewesen, müssen wir jetzt auch noch Papa bei seinen Predigten zuhören. Wir sind seinem alten Freund Janek aus dem Übersiedlerheim begegnet, die beiden haben sich seit über zehn Jahren nicht gesehen und dementsprechend gibt es viel zu erzählen. Janek sieht aus wie ein Schauspielagent aus dem Hollywood der 50er-Jahre: Pilotensonnenbrille auf der vom Alkohol großporigen Knollennase, ein Hut mit weiter Krempe und ein Stofftuch mit Initialen in der Brusttasche. Fehlt nur noch, dass er die oberen Knöpfe seines hellen Leinensakkos öffnet. Seine Hand will ich nicht mehr schütteln müssen, nachdem er sich damit immer wieder durch das in Pomade ertränkte Haar fährt.

Auch Janek hat viel zu erzählen, davon, wie er es in Deutschland geschafft hat. Irgendwas von einer Karriere in der Werbung. Ich schalte ab, weil ich mir für meinen Geschmack heute schon genügend Geschichten über Männer angehört habe, die übers Wasser laufen können.

Erst als Mama sich nach Janeks Frau erkundigt, werde ich wieder hellhörig, denn es wird zur Abwechslung kurz still. Bei seinem

Arbeitspensum sei es schwer, Job und Familie zu verbinden, erklärt er dann.

Aha.

Aber er wolle natürlich etwas von seinem Erfolg abgeben, führt Janek weiter aus, er spende viel. Er sagt es so selbstverständlich, als wenn das irgendetwas mit Mamas Frage zu tun hätte: »Ich würde nie für Tiere spenden, aber ich spende für Menschen!«

Papa nickt bekräftigend, er scheint ganz Janeks Meinung zu sein.

»Es gibt so viele Menschen, die es nötig haben, und wir machen uns Sorgen um ein paar Schweine.« *Je mehr ich von Janek erfahre, umso unsympathischer wird er mir. Papa hingegen ist kurz vorm Headbangen.* »Ich spende für Kinder in Not, in Afrika.«

Mein abfälliges Schnauben kann ich nicht unterdrücken. Nicht mal seinen Pfandbon spendet er.

Ich erwarte, dass Mama mir einen mahnenden Blick zuwirft, um mich daran zu erinnern, mich vor Papas Freunden zu benehmen. Doch stattdessen sieht sie schelmisch aus. Kinga, Mama und ich grinsen also verschwörerisch um die Wette, spielen in Gedanken alle möglichen Szenarien durch, in denen man ihn für seine großen Töne blamieren könnte. Vielleicht beim nächsten Mal.

• • •

Leider wird es einige Tage dauern, bis Frau Utrechts Untersuchungsergebnisse ausgewertet sind, so lange muss sie mit der fiesen Ungewissheit leben.

»Dass das nicht schneller geht! Das liegt sicher nur daran, dass die Menschen heutzutage so faul sind«, analysiert Frau Utrecht die für sie ungünstige Situation. »Die lahme Arzthelferin eben hat auch ewig für dieses Mammodings gebraucht.«

Der Stress des Tages zeichnet sich in Frau Utrechts Augenringen und ihrer Stimmung ab. Umso mehr fehlt uns Umuts gute Laune auf der Rückfahrt. Frau Utrecht hat sich diesmal zu mir nach hinten gesetzt, vermutlich, um sich von der negativen Ausstrahlung des Taxifahrers zu evakuieren. Doch die alte Dame sorgt nicht nur für einen Platz-, sondern auch für einen ungeahnten Themenwechsel: »Schätzchen, willst du eigentlich Kinder?«

Ihr Blick ist aus dem Fenster gerichtet, wo ich den potenziellen Auslöser ihres überraschenden Gedankenganges vermute. Wir halten gerade an der roten Ampel einer Kreuzung, direkt neben einer Mutter mit ihrem Sohn an der Hand. Gewissenhaft nutzt sie die Stehpause, um zu kontrollieren, ob der kleine Kerl seine Mütze richtig aufgesetzt hat. Sie zurrt seinen Schal fest und verstaut dessen zottelige Enden in der Jacke. Ihm scheint dabei die Luft wegzubleiben und Spucke bis zu Zunge und Zähnen hochzukommen.

»Ich hab mir ja immer ein zweites Kind gewünscht«, fährt Frau Utrecht fort, bevor ich mich von ihrer Frage genug erholt habe, um zu antworten. »Aber vielleicht ist mir auch einiges erspart geblieben.«

»Bestimmt!«, bekräftige ich und laufe wie ein Esel einer Möhre der hoffnungsvollen Vorstellung hinterher, dass das Thema Kinderwunsch damit beendet sei. »Sie und Ihr Mann konnten bestimmt viel gemeinsam unternehmen, nicht wahr? Reisen zum Beispiel.«

»Heißt das etwa, du willst keine Kinder?« Frau Utrecht sieht mich jetzt direkt an.

Ich schlucke. »Doch ... doch. Denke schon.«

»Gut.« Sie tätschelt mir den Oberschenkel. Irgendwas fühlt

sich hier gerade ganz komisch an. Frau Utrecht lächelt jetzt zufrieden, als hätte ich die richtige Antwort gegeben, dabei weiß ich nicht mal, ob es eine ehrliche war. Sie fühlt sich ehrlich an, das schon, aber was weiß ich, was ich in ein paar Jahren darüber denke? Als ältere Schwester hat Kinga bislang wie ein Dämpfer zwischen mir und dem Druck einer konservativen Mutter gewirkt. Zumal ich aktuell niemanden habe, der als Vater infrage käme. In meinem Freundschaftskreis werden noch die Namen von Tinder-Matches anstatt Kinderärzt:innen ausgetauscht. Bis auf einige wenige, selten geplante Ausnahmen vielleicht.

Zu meiner Erleichterung gibt Frau Utrecht sich offenbar mit meiner Antwort zufrieden und verfällt einfach wieder in Erzählungen von früher. »Weißt du, mein Heinrich hatte eine andere Definition von Liebe als ich. Er hielt die Liebe für eine Erfindung der Industrie.«

Als würde Heinrichs Geist am Steuer sitzen, halten wir in diesem Moment vor einem Kino, dessen Frontseite mit dem Plakat einer neuen Romantic Comedy tapeziert ist. Die Hauptdarstellerin beißt sich auf die Unterlippe und schielt dabei fragend Richtung Himmel. Hinter ihrem Rücken erscheinen die Köpfe dreier Männer, die allesamt Photoshop zur Mutter haben. Wie die Hauptdarstellerin natürlich auch. Direkt vor dem Kino wechseln sich auf einer elektrischen Werbetafel drei Anzeigen ab: die erste für Tinder und die zweite für ein neues Frauenmagazin. »Zehn Tipps gegen Liebeskummer« steht auf dem Cover. Auf dem dritten Plakat kündigt sich eine harmlose Werbung für eine Streichwurst an, doch selbst da lassen Mann und Frau sich gegenseitig verliebt lachend von ihren Brötchenhälften abbeißen. Der kurze Stau lockert sich, und der Taxifahrer kann weiterfahren. Vielleicht hatte Heinrich recht. Zumindest ist Liebe *auch* eine Erfindung der Industrie.

»Heinrich hat mir deshalb immer leidgetan. Er hat es nie gefühlt, dieses *Etwas*. Das schönste Etwas der Welt.« Wären meine Augen geschlossen, ich hätte das Gefühl, eine junge Frau säße neben mir, so schwärmerisch klingt sie auf einmal. Im Gegensatz zu ihrem Mann hat Frau Utrecht dieses Etwas offenbar fühlen dürfen. Fragt sich nur, mit wem. Dass es nicht Heinrich war, nehme ich zumindest stark an.

»Heinrichs Herz hat sich viel zu viele Dinge von seinem Verstand verbieten lassen. Es ist nie mal ausgebüxt, um dann vielleicht sogar zerschunden und mit einem neuen Verständnis für Schmerz zurückzukommen – aber auch dafür, was es heißt, zu wagen und zu leben.«

»Au. Armes Herz.« Ich bemühe mich trotz tiefer Berührung um ein Lächeln.

»Ach was, ein Herz verkraftet viel, wenn es das muss!« Frau Utrecht klopft sich mit geballter Faust auf die eigene Brust, in der eine neue Herzklappe ihr Bestes gibt. »Und dann wird es sich etwas kleinlaut beim Hirn entschuldigen, wenn es zurückkommt von seiner Forschungsreise: ›Ich weiß, du hast es von Anfang an gewusst‹.«

»Und das nächste Mal wird es dann hoffentlich klüger sein …«

»Unsinn!« Frau Utrechts belustigtes Schnauben gibt mir das Gefühl, schrecklich naiv zu sein. »Das Herz *denkt*, es wird das nächste Mal klüger sein, bis es nicht anders kann, als sich wieder in etwas Ungewisses zu stürzen. Weil es einfach so verführerisch winkt, dass das Herz ihm folgen muss, selbst wenn das Messer in seiner Hand schon aus der Ferne aufblitzt.«

Es ist still geworden im Taxi. Für einen Moment habe ich das Gefühl, sogar unser grummeliger Taxifahrer schielt gerührt zu uns herüber.

»Mein Sohn hat leider dieselbe Definition von Liebe wie sein Vater.« Frau Utrechts Hand legt sich auf meine, während sie fortfährt: »Ich frage mich immer, wie mein Enkel es geschafft hat, so ein emotional gereifter Junge zu werden. Zu verstehen, dass Verantwortung nichts ist, das man schwänzen kann wie den Sportverein nach der Schule.«

Ihr Blick ist aus der Ferne zurückgekehrt, ganz klar geworden und richtet sich nun direkt auf mich. »Die Guten, die gibt es nicht wie Sand am Meer. Also wenn du dir einen geschnappt hast: Halt ihn bloß fest!«

Ich nicke zögerlich, weil ich das Gefühl habe, alles andere wäre Frau Utrechts Satz nicht angemessen, weiß aber gar nicht genau, was ich davon halten soll, in welche Richtung sich unser Gespräch gerade bewegt. Frau Utrechts Lächeln wirkt unschuldig, genauso der Blick auf ihre schmale Armbanduhr. »Liebes, sag mal, hast du noch Zeit für einen kleinen Umweg? Vielleicht können wir einen Zwischenstopp bei ›Curry und Co. 58‹ machen? Heute ist mir nach was Gutem.«

Zu Hause angekommen, macht Frau Utrecht es sich mit ihrer Wurst direkt vor dem in voller Lautstärke laufenden Fernseher gemütlich und lässt sich vom Bergdoktor in das schon ordentlich mit Curry und Ketchup verschmierte Gesicht schreien. Ich hole uns noch Getränke aus der Küche und räume bei dieser Gelegenheit die gewaschenen Teller und Schüsseln in die Schränke. Während das Geschirrtuch durch meine Hände gleitet, sehe ich es am Ende des länglichen Flurs im Wohnzimmer flimmern. Jemand sagt: »Mir fällt nur einer ein, der da helfen kann!«

Wahrscheinlich nickt Frau Utrecht jetzt eifrig, sodass die grauen Locken wippen wie kleine Sprungfedern.

Ich gehe zu ihr, um mich zu verabschieden.

»Jetzt schon?«, fragt sie, als ich gleichzeitig ein Klingeln vernehme. Frau Utrecht greift mit dem Ansatz eines Hechtsprungs nach der Fernbedienung: »Huch! War das die Tür?«

Ich lausche aufmerksam, was gar nicht so einfach ist, wenn gleichzeitig ein Streichquartett alles gibt, um den Kuss des Bergdoktors mit seiner großen Liebe Nummer 38 gebührend zu untermalen. Endlich findet Frau Utrecht den Knopf, mit dem sich das Gedudel stummschalten lässt.

»Also, die Post wird es so spät nicht mehr sein«, überlege ich laut. Vielleicht ein:e Nachbar:in, der:die sich über die Lautstärke des Fernsehapparats beschweren will, denke ich. Frau Utrecht bittet mich, nach dem Rechten zu sehen: »Ich sitze gerade so gemütlich. Das wäre wirklich zu lieb von dir.«

Als ich durch den Türspion schmule, blicke ich direkt in blassgraue Augen.

»Was machst *du* denn hier?«, frage ich, noch bevor die Tür den Türstopper berührt.

»Das könnte ich wohl eher *dich* fragen.« Auf Antons Arm stapeln sich zwei Styroporboxen. »Meine Oma hat mich eingeladen.«

Wir sehen uns schweigend an. Ich vermute, dass der Groschen nicht nur bei mir fällt.

»Wann genau hat sie dich angerufen?«, frage ich, um meinen Verdacht zu bestätigen.

»Spontan, vor etwa zwei Stunden …«, antwortet Anton,

während ich nachrechne. Das muss ungefähr zu der Zeit gewesen sein, als sie bei der Mammografie war und ich auf sie gewartet habe. Dann hat »das Mammodings« wohl doch nicht nur wegen der »lahmen Arzthelferin« so lange gedauert, sondern auch, weil die liebe Frau Utrecht noch wichtige Telefonate zu erledigen hatte.

»Die Guten, die gibt es nicht wie Sand am Meer. Also wenn du dir einen geschnappt hast: Halt ihn bloß fest!«, höre ich ihre eindringliche Stimme in meinem Kopf. Ich sehe sie im Taxi neben mir sitzen, mit plötzlich klarem Blick. Mama scheint nicht die Einzige mit einem Plan zu sein ... Vielleicht stecken sie sogar unter einer Decke?

Der Gegenstand von Frau Utrechts Plan hat sich mittlerweile jedenfalls Schuhe und Jacke ausgezogen.

»Das ist ja ein lustiger Zufall, dass wir uns nach so kurzer Zeit schon wiedersehen.« Seine Worte, die wohl unbeschwert klingen sollen, es aber nicht tun, sondern eher etwas beschämt – schließlich ist es seine Oma –, bestätigen meine Vermutung, dass auch er sich verkuppelt fühlt.

»Mütter ...«, seufze ich.

»Omas ...«, schnaubt er.

»Ich liebe dich!«, schreit der Bergdoktor.

Anton und ich bewegen uns in Richtung Wohnzimmer, wo Frau Utrecht so tut, als wenn das hier alles ein großer Zufall wäre und auch für sie eine Riesenüberraschung: »Das trifft sich ja hervorragend!«

Sie meint wohl, man würde ihr aufgrund ihres Alters alles verzeihen und durchgehen lassen. Und ein bisschen hat sie damit leider auch recht.

»Und du hast Essen mitgebracht? So viel?« Sie steckt ihr

Gesicht in eine der Styroporboxen und atmet mit flattrigen Nasenflügeln tief ein. »Dann muss die Zofia aber noch bleiben, das schaffen wir niemals allein!«

Spätestens jetzt glaube ich Frau Utrecht gar nichts mehr. Sie wirkt mindestens so zufrieden wie Dr. Gruber, der gerade das Fenster seines moosgrünen 200er-Mercedes herunterkurbelt, den Ellenbogen rausschiebt. Er lächelt so breit in die Kamera wie in Zeiten, als der Fernseher noch ein Fernseh*apparat* war und man ihn als Regal verwenden konnte, um seine halbe Dekoabteilung darauf zu verteilen. Vanilleduftkerzen, eine kleine Blumenvase, Erzgebirgsfiguren auf Spitzendeckchen ...

»Ich hole dann mal Besteck.« Anton scheint dieser unsagbare »Zufall« nicht weiter zu stören, er grinst in sich hinein, während er sich Richtung Küche wendet. »Zofia, was möchtest du trinken?«

Ich würde gern antworten, aber ich werde von Frau Utrecht übertönt, die aufgeregt in die Hände klatscht: »Juhu! Heute bringen sie eine Doppelfolge. Dann können wir zusammen dem Hansi zuschauen!«

•••

Kinga hat mir gestern stundenlang von einem vielversprechenden Date mit einem Bankersohn erzählt: »Aber sag es niemandem.«

Daraufhin habe ich es Mama, Papa und Frau Utrecht nicht gesagt. Und meiner Freundin Maja habe ich es auch nicht gesagt.

»Hast du eine Ahnung, warum plötzlich unsere Verwandten aus Polen anrufen und sich bei mir nach einem Hochzeitstermin erkundigen?!« Der Kajalstift um Kingas Augen betont ihren starrenden Blick. Die Augen wirken größer als sonst.

»*Ist gerade schlecht, Kinga, ich muss etwas für die Uni machen.*«
Ich deute auf die Tür, durch die sie gekommen ist, ohne anzuklopfen.
»*Aber du kannst gern später …*«

Kinga lässt mich nicht ausreden: »*Zofia, dir kann man ja gar nichts erzählen! Du hast versprochen zu schweigen!*«

»*Ich hab niemandem etwas gesagt!*«

»*Ach nein?!*«

»*Nein!*«

»*Du bist aber die Einzige, die davon wusste!*«

Oh.

Mist.

Jetzt fühle ich mich schlecht. Nicht nur, weil Ausreden zwecklos sind, sondern auch, weil es mich auf unangenehme Weise ehrt, dass Kinga ausgerechnet mich als ihre kleine Schwester ins Vertrauen gezogen hat. Leider bin ich nicht gerade pfleglich mit diesem Geschenk umgegangen.

»*Kinga, ich …*« *Wenn ich mich schon nicht mit Ruhm bekleckern kann, so will ich es doch wenigstens mit Reue tun.* »*Tut mir leid. Ich schulde dir was. Such dir was aus.* »

»*Dann schreib du die wöchentlichen Analyseberichte meiner Dates, die Tante von nun an einfordert. Oder plane am besten gleich die Hochzeit.*«

»*So schlimm?*«

»*Es gibt kein anderes Thema mehr. Mama will seine Eltern kennenlernen, um ›Einzelheiten‹ zu besprechen. Kannst du mir sagen, was das für Einzelheiten sein sollen?*«

»*Hmm …*«

»*Ich kann es dir sagen! Mamas Otto-Katalog ist nämlich schon voll mit Eselsohren auf den Seiten mit reduzierten Kinderwagen.*«

»*Mama ist echt unmöglich.*«

»Lenk nicht von dir ab!« Meine Schwester *wirft die Arme in die Luft, die, wenn es nach Mama ginge, schon bald in weiße Seide gehüllt wären. »Das ist alles deine Schuld!«*

Ich nicke schwach: »Es wird mir eine Lehre sein, versprochen.«

»Warte bloß ab, bis du erst mal in meiner Lage bist. Dann erzähle ich Mama brühwarm von deinen Liebschaften.«

● ● ●

Zu Hause angekommen, forderte Mama lückenlose Aufklärung: »Wieso bist du erst jetzt zurück? Was hat so lange gedauert beim Arzt? Wie geht es Frau Utrecht?«

Während meiner Antworten beobachtete ich jede Regung in ihrem Gesicht, jedes noch so kleine Zucken ihrer Mundwinkel oder Wimpern. Schließlich wollte ich herausfinden, ob Frau Utrecht sich mit ihr abgesprochen hat. Oder ob ich paranoid bin.

Ich habe den kompletten gestrigen Abend darauf gewartet, dass Mama weitere auffällig unauffällige Fragen stellt. Darauf, dass sie sich mir neugierig aufdrängt, weil sie hofft, ich würde ihr dann von Anton erzählen. Aber entweder sie konnte sich verdammt gut zusammenreißen, oder Frau Utrecht hat tatsächlich vollkommen unabhängig von Mama unser Doppeldate mit Anton und dem Hansi arrangiert.

Ich denke immer noch viel zu viel über gestern nach. Die lediglich von Kugelschreibergekratze und Papierraschen durchbrochene Stille lässt zu viel Raum für unnötige Gedanken darüber, dass Anton gestern überraschend sympathisch gewirkt hat. Dabei gäbe es andere Dinge, über die es sich lohnen würde nachzugrübeln. Beispielsweise könnte ich mich auf die anschließende Lehrer:innenkonferenz vorbereiten, in der wir im Kolleg:innenkreis schwerpunktlastig über das sich verschärfende Drogenproblem an unserer Schule reden wollen. Oder ich könnte mal mit skeptischem Blick bei Kim vorbeischlendern und nachsehen, warum sie so auffällig am Flaschenetikett des neonfarbenen Getränks auf ihrem Tisch herumpult, anstatt sich auf den Test vor ihrer Nase zu konzentrieren. Ich könnte darauf achten, dass Gustav nicht heimlich bei Zainab abschreibt, und alle noch mal daran erinnern, dass ich nur Punkte vergeben kann, wenn sich auch entziffern lässt, was da geschrieben steht.

Stattdessen wandern meine Gedanken immer wieder zu Anton. Er ist lange nicht so langweilig, wie ich es mir dringend einzureden versuche. Aufgrund seines Daseins als hemdtragender, diplomatisch lächelnder Arzt und Ärzt:innensohn hatte ich möglicherweise, aber nur ganz vielleicht, ein paar Vorurteile ihm gegenüber. Die ich revidieren muss. Weil ich gestern ohne Mama bei Frau Utrecht war, habe ich mir sogar erlaubt, über Antons Witze zu lachen. Mama darf nie davon erfahren.

Ja, gut. Anton mag ganz nett sein. Mehr auch nicht.

Er ist mir echt egal.

Voll egal.

Er folgt mir jetzt auf Instagram.

Und er hat mir ein Meme geschickt.

Ist das schon Flirten im 21. Jahrhundert?

Als mir der Name »Anton.Utrecht« in meinen Neuigkeiten bei Instagram angezeigt wird, frage ich mich zuallererst, wie er mich finden konnte. Zwar haben mich trotz Undercoverprofils auch schon einige meiner Schüler und Schülerinnen in den sozialen Netzwerken ausfindig gemacht, aber die sind auch echte Stalker:innen. Und als mir das zum ersten Mal passiert ist, habe ich alle Fotos mit meinem Gesicht drauf gelöscht und nie wieder etwas in die Story gepostet. Vor allem nicht in Kombination mit einem Oscar-Wilde-Zitat. Mir wurde gesagt, das machen nur häkelnde Katzenmuttis (»vollpeinlichFrauLehrerin«).

Doch dann fällt mir ein, dass Mama Anton nach unserem Abendessen meine Handynummer zugeschoben hat, über die ich auch bei Instagram angemeldet bin. Wahrscheinlich wurde ich ihm einfach vorgeschlagen, und als er den Namen »PolskaKluska« las, hat er eins und eins zusammengezählt. Er ist ja schlau. Immerhin ist er Arzt.

Trotzdem ist es eine bewusste Entscheidung, mir zu folgen.

Und jetzt hat Anton auch noch ein Bild geliket. Eins von ganz unten.

Zu sehen ist das Haus, das Kinga und ich bei einem Schwesternurlaub in der Toskana gemietet hatten. Mein Lieblingsbild. Ich habe ihm von dem Urlaub erzählt, während wir dem Bergdoktor beim Cruisen durch die Berge zusahen.

Jetzt hat Anton noch mehr geliket.

Er ist unter seinem richtigen Namen bei Instagram angemeldet und hat bis auf zwei Fotos, auf denen er inmitten einer Gruppe von Freunden steht, keine Bilder von sich gepostet. Genau wie ich. Finde ich sympathisch. Irgendwie.

Es sind auch keine Fotos von ihm und afrikanischen Kindern zu sehen, dafür viel afrikanische Natur. Anton teilt außerdem offenbar gern Informationen über medizinische Neuentdeckungen oder irgendwelche Nobelpreisträger:innen. Das sagt vermutlich mehr über ihn aus als die zwei Fotos, und trotzdem erwische ich mich dabei, wie ich genau *die* am längsten anschaue. Ich zoome an Antons Gesicht heran. Leider ist die Bildqualität zu schlecht, um die interessanten Schattierungen von Grau und Blau in seinen Augen zu erkennen oder um den feinen Zügen um seinen Mund gerecht zu werden. Seine gepflegten Hände sind auf dem einen Foto hinter den Rücken seiner Jungs und auf dem anderen in dicken Handschuhen versteckt. Schade. Ich stelle mir vor, wie seine Finger wieder über die Klaviertastatur wandern, nur dass es sich in Wirklichkeit nicht um Tasten handelt … Huch! Ich scheine etwas auf »Entzug« zu sein. Wie lange braucht mein Satisfyer Pro noch auf der Ladestation?

Schnell scrolle ich zu den Bildern aus Kenia, nur um feststellen, dass es mich irgendwie beruhigt, dass nur Kerle auf den Fotos zu sehen sind.

O Mann. Ich bin ja wie meine Schülerinnen.

Anton und ich texten ein wenig hin und her. Er schreibt, dass seine Großmutter ihm mittlerweile gestanden habe, dass sie mit mir bei der Untersuchung gewesen sei. Er bedankt sich und schreibt, dass die Ergebnisse da seien. Wir könnten aufatmen. Es handele sich um ein harmloses Geschwür und nicht um Krebs. Anton bedankt sich dafür, dass ich mich gekümmert habe, und auch noch mal für den schönen Abend bei mir. Ich frage nach dem Namen des Stückes, das er gespielt hat, um die Notenblätter im Netz zu finden.

Anton.Utrecht schreibt … *Pling.* Er hat sie mir abfotografiert, samt der Notizen am Blattrand.

»Ich habe das Modul ›Ärztehandschrift‹ damals mit Bravour bestanden.« Er schickt noch einen Smiley hinterher: »:)«. Dass seine Wahl als Arzt auf das anatomisch inkorrekte Emoji ohne Nase fällt, sollte zu denken geben.

»Ach, das kann man doch fast entziffern«, witzele ich. »Danke!«

Normalerweise mache ich mich lustig über Menschen, die bei Instagram chatten. Doch irgendwie muss ich dabei ununterbrochen grinsen und bin heilfroh, dass Mama mich gerade nicht sieht.

»Was machst du am Wochenende? Ich habe sturmfrei«, die Nachricht ist raus, bevor ich realisiere, dass sie mich klingen lässt, als wäre ich sechzehn. Ich will sie löschen, sehe aber, dass Anton.Utrecht sie schon gelesen hat.

Mist.

Eigentlich ist er doch gar nicht mein Typ. Der gefällt Mama viel zu gut, um mir zu gefallen.

»Tut mir leid, dieses Wochenende ist schlecht«, antwortet Anton. »Bin auf einem Ärzt:innenkongress in Weimar.«

Ärzt:innenkongress in Weimar. Alles klar! Für wie dumm hält er mich? Jeder weiß doch, dass »Ärzt:innenkongress« das global gültige Codewort für eine Affäre ist. Also, bei verheirateten Paaren. Bei uns, die wir füreinander Frischfleisch sind, bedeutet es: »Vor lauter Weltverbesserung vergesse ich leider, mich bei dir zu melden. Ups.«

Anton sagt, er kann nicht, weil er gar nicht will, aber zu feige ist (was ich denke) oder zu nett ist (was er denkt), um ehrlich mit mir zu sein. Es genügt ihm meine Bitte um ein Date. Egopush per Chat, ich gratuliere. Bestimmt führt die falsche Pflaume Strichlisten über die Mütter seiner jungen Patient:innen, die ihm ihre AOK-Karte über den Tresen schieben. So ein weißer Kittel lässt sich schnell mit einer weißen Weste verwechseln.

Eigentlich kann ich mich glücklich schätzen, dass ich ihn

zum einen so schnell durchschaut habe und er zum anderen nicht doch einer von den Guten ist. Dann hätte ich Mama nämlich recht geben müssen und wäre wieder mal die langweilig angepasste Zofia. Die Zofia, die Klavier spielt, wie Mama es mag. Die Lehrerin wird, wie Mama es mag. Die sich die Typen aussucht, wie Mama es mag. Das einzige Mal rebellisch gezeigt habe ich mich, als ich zur Vegetarierin wurde. Kinga war immer schon die Coolere von uns beiden. Ich wäre gerne diejenige von uns, deren Verwegenheit zu neuen Erfahrungen antreibt. Stattdessen bin ich diejenige, die die Namen sämtlicher Quiz-Moderator:innen der Öffentlich-Rechtlichen auswendig kann.

Also bleibt alles beim Alten. Dann soll die falsche Pflaume sich auf dem »Ärzt:innenkongress« vergnügen, und ich gestalte mir das Wochenende anders schön.

•••

Bloß weil wir eine LED-Glasfaserlampe anschalten und am Rand unserer Gläser brauner Zucker klebt, ist das hier noch lange keine Party. So sollten Samstagabende nicht aussehen, nicht, wenn man schon dreizehn ist. Aber das versteht Mama natürlich nicht. Sie denkt ernsthaft, dass ein Abend mit ihr auf dem Sofa einer Party gleichkommt, wie Kinga sie gerade erlebt.

Kingas Freundin Tascha feiert heute ihren Geburtstag. Es ist eine Übernachtungsparty mit Jungs (!), für die sie extra einen Raum gemietet hat. Natürlich bin ich nicht eingeladen, weil ich in den Augen meiner Schwester und ihrer Freundinnen »ein Kind« bin. Die werden schon noch sehen, was sie davon haben. Wenn ich erst mal achtzehn bin, kann mir keiner mehr was! Alkohol statt Apfelsaft, Livemusik statt Bravo-Hits, bauchfreie Tops statt Blumenkleid. Ich werde die coolsten Partys schmeißen und weiß schon, wer nicht eingeladen ist. Kein Wochenende wird verschwendet, erst recht nicht als Berlinerin. Die Klubbesitzer kennen meinen Namen, ich will eine Runde ausgeben für mich und meine Leute, doch der Barkeeper lädt uns ein: »Schön, dass ihr hier seid, Mädels!«

Leider ist es nicht das rauchige, tiefe Timbre eines Mannes, das in diesem Moment erklingt, um mir Drinks zu versprechen, sondern Mamas aufgeregt-gehetzte Stimme.

»Das Wichtigste habe ich ja ganz vergessen!« Sie springt vom Sofa auf und verlässt das Zimmer. In der Küche poltert und rumpelt es, bevor Mama sich wenige Augenblicke später vor mir aufbaut und verheißungsvoll etwas hinter ihrem Rücken hervorzieht: »Keine richtige Party ohne neonfarbene Strohhalme!«

Fehlt nur noch, dass sie als Nächstes Topfschlagen vorschlägt.

Ich schlucke: »Danke, Mama.«

•••

5

urlop • Urlaub, der

Die Abwesenheit einer Person von ihrer ausgeübten Tätigkeit zum Zwecke der Erholung • nieobecność osoby w bieżącej działalności w celu rekreacji.

Noch im Bett öffne ich den Podcast, bei dem ich gestern eingeschlafen bin.

Weil er nicht unterhaltsam genug war, rede ich mir ein.

Weil ich Rundumbeschallung gewöhnt bin, weiß ich.

Als mich die Selbsterkenntnis streift, fasse ich den Vorsatz, später einen Spaziergang ohne Musik im Ohr zu machen. Vielleicht sogar im Auto mal das Radio abzuschalten oder nächste Woche nicht jeden Abend fernzusehen, nur um davon nichts mitzubekommen, weil ich parallel auf Pinterest oder Instagram versacke. Auch hier hat sich mein Kopf schon die perfekte Ausrede erdacht: Ich mache das nur, damit ich meine Schüler:innen besser verstehe, indem ich ihre Trends und Vorlieben verfolge. In Wirklichkeit stehe ich auf die mit schlechter Chartsmusik zusammengeschnittenen Rezeptvideos, ohne jemals eines davon nachzukochen. Noch mehr fühle ich mich in der Welt der Alman-Memes zu Hause. Immer wieder muss ich teils schockiert, teils belustigt feststellen, dass erstaunlich viele auf mich zutreffen. Und noch mehr auf Mama und Papa, obwohl die doch ihre komplette Jugend in Polen verbracht haben.

Ihren gestrigen Abend hat Mama bei Kinga verbracht und auch schon den Tag. Kinga hat mir großzügigerweise ein ganzes Wochenende freigeräumt und Mama zu diesem Zweck gestern Morgen abgeholt, um sie erst heute Abend nach einem sonntäglichen Zoobesuch wiederzubringen. Anstatt mich erneut in sozialen Netzwerken zu verlieren, sollte ich wenigstens den zweiten Tag Sturmfreiheit nutzen, denke ich, und erhöhe parallel die Lautstärke meines Smartphones, damit ich dem Inhalt des Podcasts trotz der Duschgeräusche folgen kann. Kaum dass ich mich abgetrocknet habe, greife ich noch nackt nach meinem blinkenden Handy. Es lässt mich die Uhr leiser ticken hören. Zwei Nachrichten von Kinga. Sie hat mir Fotos von Mama am Frühstückstisch geschickt, wie sie gerade dabei ist, die Messer akkurat zu den Tellern auszurichten. Grinsend stelle ich mir vor, wie sie dabei die nachlassende Qualität des Geschirrspülers bemängelt und die dadurch entstandenen Schlieren auf dem Edelstahl mit einem Handtuch wegrubbelt. Sie ist so süß, wenn sie sich aufregt.

Mama hat sich für den anstehenden Zoobesuch so hübsch gemacht, als wäre sie auf den Bundespresseball eingeladen. Doch über der bei TK Maxx geschossenen Tommy-Hilfiger-Bluse (»War reduziert! Echte Marke!«) und der Goldkette trägt sie zwecks Gemütlichkeit die Jacke ihres Pornoanzugs. Mein Grinsen verwandelt sich in ein wehmütiges, seichtes Lächeln. Ich stelle mir den Ausflug in den Zoo vor, auf dem sie wirken werden wie eine frisch aus dem Werbespot gepellte Mutter mit Tochter. Sie werden die Zeit im Affenhaus vergessen und den Nilpferden bei der Fütterung zusehen. Dann werden sie auf der Parkbank eine Pause einlegen, während sie Müsliriegel und geschmierte Stullen auspacken. Vielleicht wird Mama sogar eine Ausnahme machen und Slush oder eine Wegbrezel erlauben.

Um Himmels willen, was ist nur los mit mir? Da spiele ich doch tatsächlich mit dem Gedanken, Kinga anzurufen und zu fragen, ob ich nicht mitkommen kann. Dabei hasse ich Zoos. Den Tieren, vor allem den Raubkatzen, sieht man ihren gestörten Geist schon von Weitem an. Wie sie aufgrund schlechter Haltung nicht mehr mit sich anzufangen wissen, als seitlich an der Glasscheibe zu kleben und daran auf und ab zu laufen. Wer beobachtet da eigentlich wen? Ich stelle mir vor, wie die Tiger nur darauf warten, ihren Knast zu verlassen und sich an ihren Peinigern und denen, die sie in ihrem traurigen Wahnsinn begaffen, zu rächen.

Und trotzdem schwebt mein Daumen immer noch über den Anruftaste. Dabei wäre ich sofort auf hundertachtzig, wenn das meine Messer wären, die Mama auf dem Foto in der Hand hält. Ich wäre wesentlich weniger gerührt von Mamas Verhalten, wie ich die letzten Tage auch schon eindrucksvoll unter Beweis gestellt habe.

Muss ich mich jetzt noch schlechter fühlen, weil Kinga offenbar so viel mehr Geduld mit Mama hat?

Zu allem Überfluss ist jetzt auch noch der Podcast zu Ende. Auch wenn ich mir kein einziges Detail der letzten fünfzehn Minuten gemerkt habe, wähle ich direkt die nächste Folge aus. Die Stille ist keine Alternative. Ich sehne mich nach den

Studierendenpartys vor dem Referendariat, die in meiner Erinnerung plötzlich viel aufregender gewesen zu sein scheinen. Partys, auf denen ich das normale Leben einer Vierundzwanzigjährigen geführt habe. Zu behaupten, der Alltag mit Mama hätte mich blitzartig altern lassen, wäre eine Ausrede. Vielmehr war sie die willkommene Tarnung meines feierfaul gewordenen Ichs, ausgelöst durch das Bedürfnis, kontrolliert und erwachsen zu erscheinen. Wird Zeit, dass ich mal wieder in diese Normalität ausbreche. Dass ich in eine artgerechte Umgebung eintauche, anstatt mich im selbst gewählten Ernst des Alltags zu verlieren.

Doch dann fällt mir ein, dass heute die Wiederholung von »Shopping Queen« läuft.

»Wo warst du so lange? Ich habe mir Sorgen gemacht.« Das Klappern der Schlüssel hat mich aus meinem Delirium gerissen. Müde vom Nichtstun bin ich auf dem Sofa eingeschlafen, dabei ist es gerade mal halb neun. Während Mama sich die Schuhe auszieht, trete ich zu ihr in den Flur. »Du hättest dich wenigstens melden können.«

»Wir waren nach dem Zoo noch etwas essen.« Mamas Grinsen verrät, dass sie einen schönen, erlebnisreichen Tag hatte. Wobei das in ihrem Fall nicht so schwer ist. Egal was, alles ist mehr als nichts.

»Und wo wart ihr essen?« Ich greife schnell nach der leeren Chipstüte auf der Kommode, die ich mir als Proviant für den Weg vom Wohnzimmer ins Bad mitgenommen habe. Ich muss sie auf dem Rückweg leer hier vergessen haben. »Du riechst nach Alkohol«, stelle ich außerdem fest.

»Das liegt daran, dass wir Alkohol getrunken haben.« Mama

geht ins Bad, um sich die Hände zu waschen. Während ich sie dabei beobachte, bemerke ich, wie verstaubt der Heizkörper in ihrem Rücken ist, dort sammelt sich der Schmutz immer am schnellsten. *Wie* schnell, fällt mir erst im Vergleich zu den letzten zwei Wochen auf, in denen Mama gefühlt ununterbrochen dem Staub auf der Spur war. Hoffentlich hat sie es nicht bemerkt, dann kann ich gleich so tun, als müsste ich aufs Klo, und den Staub heimlich mit dem Mikrofasertuch beseitigen, das sie mir zu diesem Zweck empfohlen / befohlen hat.

»Ist etwas los?« Mama sieht mich fragend an. »Willst du mir etwas sagen?«

»Was? Ich? Nein …«

»Gut, ich würde mich dann bettfertig machen. Bin so erschöpft von dem ganzen Trubel.«

»Okay.« Ich nicke etwas steif. »Hau rein, Hein.«

Ich nutze die Zeit, um die Küche einigermaßen herzurichten und das sich stapelnde Geschirr abzuwaschen. Meine Gefühle erscheinen mir ebenso unrein wie die gräuliche Suppe im Spülbecken, in der sich der Dreck der Teller mit dem Spülmittel vereint hat. Ich spüre Erleichterung und Freude, weil meine Komfortzone mit Mama wieder komplett ist, aber auch Ermattungserscheinungen und frisch aufgekratzten Stress. Weil ich das Wochenende nicht genutzt habe. Weil ich nicht weiß, wie es die nächsten Tage weitergeht. Weil Kinga offensichtlich so viel besser mit Mama klarkommt und Mama in der Zeit mit mir selten so gelöst gewirkt hat wie nach den zwei Tagen bei Kinga. Ich fühle mich wie die schlechtere Tochter.

● ● ●

»Wie redest du denn mit Mama?« Kinga hat eine erstaunlich autoritäre Ausstrahlung dafür, dass sie einen mittlerweile viel zu kleinen Hello-Kitty-Bademantel trägt. »Benimm dich gefälligst.«

Warum muss die olle Kuh überhaupt noch bei uns übernachten, wenn sie doch jetzt überall stolz herumerzählt, eine eigene Wohnung zu haben?

»Dann geh nach Hause, wenn dich was stört!« Ich wedele mit der halb leeren Milchpackung in meiner Hand vor ihrer Nase herum. »Anstatt Wasser zu schnorren.«

»Zum Duschen gehe ich ins Fitnessstudio und nicht zu euch.«

»Ach, dann wegen Heimweh? Ist die taffe Kinga doch nicht taff und hat noch mit einundzwanzig Sehnsucht nach Mami?«

»Ich bin hier, weil Mama sich gewünscht hat, dass wir mal wieder einen Mädelsabend machen«, zischt Kinga wütend, anstatt meinen Kommentar zu ignorieren, wie sie sonst so gern alles ignoriert, was ich sage, weil sie genau weiß, dass an meinem Verdacht etwas dran ist. Ich habe fast das Gefühl, dass wir häufiger etwas zusammen machen, seit sie ausgezogen ist.

»Und lenk nicht vom Thema ab.« Sie zieht den Knoten ihres Bademantels so hauruckartig nach, als wollte sie, dass er nie wieder geöffnet werden kann. »Wir waren gerade bei dir und deinen schlechten Manieren. Du weißt unsere Eltern überhaupt nicht zu schätzen und dass sie dir deinen verwöhnten Hintern pudern.«

»Wer hat sich denn vor vier Monaten noch beschwert, wenn nicht die originale Coca-Cola im Kühlschrank stand?!«

»Dafür habe ich wenigstens auch mal einen Einkauf bezahlt.«

»Eine Tüte Haribo und zwei Äpfel sind kein Einkauf!«

»Sagt diejenige, die die Heizung so doll aufgedreht, als wäre das hier das Schloss Sanssouci.«

»Was hat denn das eine mit dem anderen zu tun?«

»Kinder, beruhigt euch!« Mama kommt in die Küche geeilt. »Was sollen denn die Nachbarn von uns denken?«

Stimmt schon, das Ganze ist irgendwie ausgeufert. Angefangen hat es mit einem pelzigen, grauen Klumpen, der anstelle der Milch in meinem Kakao landete. Das hat mich dazu veranlasst, meine Eltern daran zu erinnern, dass jährlich zwölf Millionen Tonnen an Lebensmitteln allein in Deutschland weggeschmissen werden. Möglicherweise waren die Worte »Alter, ihr seid solche Verschwender! Echt, ey!« trotzdem etwas unsensibel gewählt. Aber deshalb muss Kinga sich ja nicht gleich einmischen.

Wäre unsere Familie eine Fußballmannschaft, Kinga wäre gern Verteidigerin, Stürmerin und Trainerin in einer Person. Sie fängt Sätze ab, die nicht an sie gerichtet sind, prescht mit Antworten vor, die keiner hören will, und meint den Überblick über alles zu haben. Wenn sie einem erst mal stundenlang erklärt hat, was man falsch macht, hält sie die einzig wahre Lösung für alles parat. Erst recht, seit sie ausgezogen ist. Davor war sie zumindest weniger ausgeglichen unseren Eltern gegenüber. Kein Wunder, sie musste die beiden Chaoten die letzten Tage nicht rund um die Uhr ertragen, da ist es natürlich leichter, Geduld mit ihnen zu haben. Nur nicht mit mir, mit mir hat sie nie Geduld.

»Ich habe deine Tochter nur gerade daran erinnert, dass sie mit den in ihrer Ökoblase auswendig gelernten Floskeln nicht ausgerechnet euch nerven soll, die ihr so viel für sie aufgegeben und getan habt.« Nicht auch noch die Masche! Kinga ist sich echt für gar nichts zu schade. Leider schafft sie es tatsächlich, mein schlechtes Gewissen zu wecken. Ich will etwas Sanftmütiges, ebenso Geordnetes erwidern, doch es kommt raus, was rauskommt: »Wir können unsere Menschen nicht ernähren, aber unsere Tiere mästen! Was für ein Armutszeugnis ist das denn?!«

»Die Pubertät hat voll zugeschlagen, würde ich sagen.« Jetzt tritt auch noch dieses gehässige Grinsen in Kingas Gesicht. Vor dem Milchkonflikt selbst noch wortkarg und genervt, wittert sie nun ihre Chance, sich als Lieblingstochter zu profilieren. Sie lässt mir mit ihrer betont abfälligen Art keine Möglichkeit, die Situation erhobenen Hauptes zu verlassen. Egal was ich sage, aus der Ecke, in die sie mich geschoben hat, komme ich nicht mehr raus: Ich bin die Zicke und sie die reife, große Schwester.

Fast bin ich froh, dass Mama sich zwischen uns stellt und den Streit beendet, denn ich war kurz davor, meiner Schwester vorzuwerfen, ihre Definition von Nachhaltigkeit sei die Wiederverwendung von Plastiktüten, anstatt ihr zu sagen, was mich wirklich stört.

»Das reicht jetzt!« Mama klatscht in die Hände und straft meine Schwester und mich mit mahnendem Blick ab, wobei der Blick in Kingas Richtung ruhig noch etwas mahnender hätte sein können. »Ihr nehmt euch jetzt kurz Zeit, um euch abzureagieren, und danach will ich auf dem Sofa nichts mehr davon hören.«

• • •

Wie hypnotisiert starre ich am nächsten Tag auf die bröckelnden Markierungen des Sportplatzes, auf das aufgeplatzte Weiß der Pfeile und Linien, die von den Einwirkungen der Witterung ebenso mitgenommen sind wie die Fassade des Schulgebäudes selbst. Ich schiebe Hofdienst und sterbe vor Langeweile.

»Buh!« Jemand packt mich an den Schultern. In dem Glauben, dass einer der Rotzlöffel sich einen schlechten Scherz erlaubt hat, fahre ich wütend herum. Da ich kaum älter bin als die Abiturienten, ist es nicht immer einfach, sich Respekt zu verschaffen. »Seid ihr nicht langsam zu alt für solche …«

Ich halte inne. Mein Gegenüber ist definitiv zu alt für dumme Streiche. Und auch zu alt, um überhaupt hier zur Schule zu gehen.

»Kinga, was machst du denn hier?«

»Darf ich meine Schwester etwa nicht mal bei der Arbeit besuchen?« Sie hält mir einen Kaffeebecher unter die Nase.

»Schon der samtig-nussige Duft macht mich glücklicher.« Ich schließe genüsslich die Augen und verbrenne mir in meiner Gier fast die Zunge. Kinga kriegt davon nichts mit.

»Samtig-nussig?«, spottet sie stattdessen. »Du klingst, als hättest du gern Ahnung.«

Ich zucke mit den Schultern und richte meinen Blick wieder auf die Kinder, zu deren Betreuung ich schließlich hier bin. »Wie würdest du denn den Duft von Kaffee professionell beschreiben?«

»Nach Kaffee halt.«

»›Halt‹ ist ein Füllwort.«

»Nach Kaffee *eben*.«

Ich rolle mit den Augen.

Kinga macht es sichtlich Spaß, mich zu ärgern: »Kaffee riecht nach Kaffee. Genauso wie Salz salzig schmeckt.«

»Du meinst, wir haben auf der Zunge ein eigenes Areal, das auf Kaffeegeschmack spezialisiert ist?«

»Du etwa nicht?« Kinga stößt mich mit dem Ellenbogen in die Seite. »Anders kann ich mir den Genuss nicht erklären.«

Wir werden von Elena unterbrochen, die fragt, ob Kinga und ich verwandt seien, weil wir uns so ähnlich sehen würden. Im gleichen Atemzug petzt sie, dass Monika ihren Rucksack in den Dreck geschmissen habe. Ich verspreche ihr, mich in der Klassenleiterstunde darum zu kümmern.

»Petze«, lästert Kinga, kaum dass Elena außer Hörweite ist.

»Ja.« Ich nicke. »Lerne erst mal ihren Papa kennen, dann weißt du, wieso.«

»Du hättest es auch nicht leicht gehabt, wenn deine coole große Schwester dir nicht beigebracht hätte, wie man sich *richtig* wehrt.«

»Ach, komm! Du hast mich doch nur als deinen persönlichen Hauselfen gehalten.«

»Ich?« Kinga fasst sich in gespieltem Entsetzen an die Brust. »So etwas hätte ich niemals getan.«

»Schuhe putzen, Hausaufgaben machen, Nägel lackieren, abwaschen ...« Meine Schwester unterbricht mich, weil sie genau weiß, dass ich noch eine Weile so weitermachen kann: »Das war kein Ausnutzen, das gehörte mit zum Bildungsprogramm. Ich musste doch austesten, wo deine Grenze ist. Wenn du dich von Anfang an gewehrt hättest, wäre dir all das erspart geblieben.«

»Ah, verstehe, dann ergibt ja alles endlich einen Sinn.« Ich grinse dabei. Wahrscheinlich fällt es mir so leicht, darüber zu lachen, weil Kinga tatsächlich für mich da war, als es darauf ankam.

»Also, wie du Jaron dem Arschloch damals eine Ansage gemacht hast, das war tatsächlich ziemlich cool.«

Oder wie du Papa von mir abgeschirmt hast, als er betrunken war.

Als er und Mama sich gestritten haben.

Kingas Gedanken scheinen in eine ähnliche Richtung zu gehen. »So langsam fühlt es sich komisch an, gar nicht über Papa zu reden.«

»Was ist dazu schon zu sagen?« Diesmal nehme ich einen so

großen Schluck Kaffee, dass ich mir den Rachen gleich mit verbrenne. »Unter diesen Scheißplastikdeckeln kühlt überhaupt nichts ab!«

»Zofia …« Ich hasse es, wenn sie meinen Namen so ausspricht, dass man das mitleidige Kopfschütteln heraushört, ohne hinzusehen. »Ich weiß, dass dich die Situation traurig macht. Wir *müssen* darüber reden.«

»Verschone mich damit! Ich habe schließlich auch den Anstand, deinen Umgang damit zu respektieren.«

Kinga schnaubt. »Aus Anstand oder Angst?«

»Hör auf, mich zu bemuttern. Mama reicht mir absolut.« Ich lächle mit zusammengebissenen Zähnen, was hoffentlich überspielt, wie sehr ich mich getriggert fühle. Zum einen, damit Kinga sich nicht in ihrer Annahme bestätigt fühlt, ich verhielte mich kindisch und sei den Umständen nicht gewachsen, zum anderen, damit meine Schüler:innen nicht mitbekommen, dass wir streiten. »Das ist nicht der richtige Ort, um darüber zu sprechen«, zische ich.

»Da hast du recht.«

»Ich weiß.«

»Aber irgendwann …«

»Wie war denn das Wochenende mit Mama?«

Kinga atmet hörbar aus. Am meisten ärgert mich, dass sie so tut, als wenn sie alles besser wüsste. Dass sie immer die Starke spielt, die auf mich aufpasst. Dass ich als jüngere Schwester automatisch die *kleine* Schwester bin, egal wie alt ich werde, wie erfolgreich ich bin und wie viele Lindor-Kugeln ich in den Ausbau meines Primetime-Hinterns investiere. Kinga ist deutlich anzusehen, dass sie mit dem Thema Papa noch nicht abgeschlossen hat, dass sie über ihn reden will. Aber ich sehe nicht ein, meine Zeit damit zu verschwenden, ausgerissene Wurzeln wieder in die Erde zu pressen.

»Wart ihr im Affenhaus?« Fast hätte ich einen trotzigen Kommentar hinterhergeschoben, dass sie da schließlich hingehöre. Aber damit würde ich jedes Recht verwirken, ernst genommen zu werden, und Kinga in jeglichen ihrer Annahmen bestätigen. Deshalb beiße ich mir auf die frisch verbrannte Zunge und lenke sie mit weiteren Fragen ab. »Wie geht es den Pavianen? Den Gorillas?«

»Gut.« Kinga starrt auf ihre Docs. »Den Affen geht es gut.«

»Freut mich zu hören. Mama schien gestern Abend auch sehr glücklich.«

»Immerhin.«

»Immerhin? Ist irgendwas vorgefallen?« Etwas im Tonfall meiner Schwester lässt mich aufmerksam werden.

»Mama halt.«

»›Halt‹ ist ein Füllwort.«

»Mama eben.«

»Kinga ...«

»Hör auf, mich zu bemuttern.« Meine Schwester imitiert meinen Tonfall, um unserem selbst gestrickten Déjà-vu den finalen Anstrich zu geben.

»Du weißt genau, dass das etwas anderes ist.«

»Ist es das?« Kinga und ich werden erneut unterbrochen, diesmal von zwei Jungs, die völlig blind so nah an uns vorbeizischen, dass wir ausweichen müssen. Beide tragen obenrum nur T-Shirts und scheinen keinerlei Kälteempfinden zu haben, dabei hat der Regen heute Morgen die schon herbstlichen Temperaturen zusätzlich sinken lassen.

»Was wolltest du über Mama sagen?«, frage ich, um meiner

Schwester aus der Nase zu ziehen, was sie gerade erzählen wollte.

»Also, Samstag war noch alles gut, aber Sonntag …«

»Ist sie dir schrecklich auf die Nerven gegangen?«

»O Gott, ja!« Kinga wirft den Kopf beim Kaffeetrinken in den Nacken, als wäre es Schnaps. »Ich konnte ihr einfach nichts recht machen. Sie hat mir alles aus der Hand genommen. In MEINER Wohnung.«

Jetzt lache ich fast lauter als die Mädchen links von uns, obwohl sie sich sehr darum bemühen, den Jungs rechts von uns mit ausschweifendem Lachen zu signalisieren, wie viel Spaß man mit ihnen haben kann. Mit der Zeit kriegt man ein Auge für das natürliche Balzverhalten unter Teenagern. Das sich im Übrigen kaum von dem Erwachsener unterscheidet.

»Ach, Kinga«, bringe ich zwischen einigen Prustern hervor, »ehrlich gesagt bin ich beruhigt, dass es dir genauso geht wie mir.«

»Auf dem Heimweg vom Zoo hätte ich sie fast aussteigen lassen.« Kinga schüttelt den Kopf.

»Erst auf dem Heimweg?« Ich grinse. Auch wenn es sich boshaft anfühlt, in Mamas Abwesenheit so von ihr zu sprechen, tut es nur zu gut. »Aber warum war Mama dann so glücklich, als sie nach Hause kam?«

»Das kann ich dir sagen.« Kinga schüttelt den Kopf. »In Mahmut hat sie jemanden gefunden, mit dem sie sich gegen mich verschwören kann. Sie haben gestern die komplette Hochzeit geplant. Rechne mit mindestens fünfhundert Leuten und einer im Anschluss hochverschuldeten Schwester.«

»Eine polnisch-türkische Hochzeit. Das kann ja was werden.«

»In ihrem Planungseifer haben sie Logik nicht mehr gelten lassen.«

»Das klingt nach den beiden.«

»Ich will meine Hochzeit aber selbst planen.«

»Das wirst du auch.«

»Zofia, wir müssen etwas unternehmen! Mama braucht eine Aufgabe.«

Die Pausenglocke ertönt gerade, als wir am wichtigsten Punkt unseres Gesprächs angekommen sind.

»Lass uns telefonieren oder spazieren gehen die Tage, ja?« Ich nehme Kinga in den Arm. »Dann reden wir noch mal in Ruhe, ich muss jetzt der 8c beibringen, wer die Bastille gestürmt hat.«

»Die arme 8c ...«

Ich bin gerade dabei, den Notendurchschnitt an die Tafel zu schreiben, was sich für mich immer noch so anfühlt, als würde ich nur Lehrerin *spielen*. Ähnlich geht es mir beim Verfassen von Klassenbucheinträgen, der Nutzung eines Rotstifts und dem Aussprechen des Satzes »Die Stunde beendet die Lehrerin, nicht die Klingel«.

»Frau Kollegin, Sie tragen heute aber eine schöne Bluse.« Mein Kollege Herr Mayer zur Heide lehnt sich zur Tür herein. Seine Stimme klingt wie immer, als würde er die Kreide fressen, anstatt mit ihr an die Tafel zu schreiben. »Sie bringen den Raum wie immer zum Leuchten.«

Und Sie bringen mich mit Ihren einfallslosen Komplimenten wir immer zum Kotzen.

»Wenn Sie meinen.« Ich schenke Herrn Mayer zur Heide das amtliche Lächeln, das sonst nur mein Steuerberater zu sehen bekommt. Und der hat einen Goldbarren als Türstopper.

»Absolut, Frau Kollegin, absolut!«

»Dann habe ich ja mal wieder alles richtig gemacht.« Meine Stimme trieft vor Ironie wie seine vor Schleim. Er checkt's trotzdem nicht. Meine Schüler:innen würden sagen, der Typ ist ein einziger *Fail*. Zum Glück lässt der Fail mich in Ruhe und zieht weiter.

Herr Mayer zur Heide ist kaum fünfunddreißig Jahre alt, benimmt sich aber wie ein alter Mann. Er hat mehr Altherrenwitze und Ralph-Lauren-Pullover auf Lager als jeder Golf spielende Großvater dieser Welt. Dazu kommt ein neurotisch wirkendes Zwinkern, indem er beide Augen leicht zeitversetzt voneinander schließt und wieder öffnet. Am schlimmsten aber sind seine ständigen Komplimente, die sich ausschließlich an Frauen und ihr Äußeres richten. Ich glaube ja heimlich, dass er sie nach Thementagen sortiert. Heute ist der »Schöne Bluse«-Tag. Und morgen sagt er eben allen Kolleginnen, dass sie tolle Schuhe tragen. Als wäre die morgendliche Kleiderwahl die einzige und wichtigste Leistung, die wir Kolleginnen am Tag erbringen. Dabei hat die 8c sich durchschnittlich um ganze zwei Notenpunkte gesteigert, seitdem ich sie von ihm übernommen habe.

Apropos Notendurchschnitt, ich war gerade dabei, ihn an die Tafel zu schreiben, bevor der Fail mich unterbrochen hat. Meine Schüler:innen werden den Notenspiegel sehen wollen, sobald ich die korrigierten Arbeiten verteilt habe, da ihre auf Vergleich getrimmten Gehirne oder wahlweise auch die ihrer überambitionierten Eltern daran gewöhnt sind. Vier Einsen, zwölf Zweien, acht Dreien, vier Vieren, eine Fünf, keine

Sechs. Die Klasse kann doch stolz auf sich sein, und es widerstrebt mir mit jeder Faser, die Noten anzuschreiben oder vielmehr anzu*kreiden*, je schlechter sie werden. Jetzt sind sie für alle sichtbar. Im Grunde genommen könnte ich die Namen auch direkt dazuschreiben. Spätestens in der Fünfminutenpause beginnt die laute Fragerei. Falls jemand sich nicht traut zu antworten, ist klar, wer die Fünf hat. Ein bescheuertes *theoretisches* System zur vorgegaukelten Wahrung der Privatsphäre. Hinzu kommt, dass die Freude über eine gute Note wie ein Furz vergeht, während die Scham darüber dauerhaft Bauchschmerzen bereiten kann. Und dann gibt es auch noch Schüler:innen, die sich umso mehr freuen, je einsamer sie an der Spitze stehen, was wiederum *mir* Bauchschmerzen beschert. Weil ich mich frage, ob die Ursache dafür in unserer Natur liegt oder im System. Ein System, das bei all dem Vergleichen völlig vergisst, wie unterschiedlich die Bedingungen sind, mit denen die einzelnen Kinder ins Rennen starten. Ein Dozent hat mir einmal gesagt: »Das Leben ist ein Wettkampf, deshalb ist es nur richtig, dass sich schon die Schule nach Wettkampf anfühlt, wenn wir die Kinder realistisch aufs Leben vorbereiten wollen.« Ich habe damals dümmlich genickt, wofür ich mir im Nachhinein gern von den Jungs meiner Klasse eine ihrer beliebten Nackenschellen verpassen lassen würde. Von der selbstbewussten Auftrittsweise meines Dozenten habe ich mich einlullen lassen, anstatt selbst nachzudenken. Dabei stieg, noch während er sprach, ein widerspenstiges Gefühl in mir auf. Wenn wir dem Leben seinen Wettkampfdurst nehmen wollen, sollten wir Kinder frei von Ellenbogendenken erziehen und lieber vermitteln, wie man richtig gut umarmt. Dann würden sie es lernen, wie ich als Kind Polnisch gelernt habe: ohne es richtig zu merken. Wenn ich mir die Zischlaute und die Grammatik heute beibringen müsste, ich würde daran verzweifeln, und es würde sich nie wirklich natürlich anfühlen, geschweige denn anhören. »Naiv«, würden einige Kolleg:innen süffisant urteilen und mich auslachen, wie ich trotzdem jetzt hier stehe und den Notenspiegel an die Tafel schreibe. In einem plötzlichen Akt der Rebellion greife ich nach dem Schwamm und wische ihn einfach wieder weg. Sollen meine Schüler:innen doch kommen und danach fragen. Ich werde sie hungrig wieder auf ihre Plätze schicken! Das ist *meine* Klasse, *mein* Unterricht. Ich entscheide nicht nur, wann die Stunde beendet ist, ich entscheide alles.

6

śmigus-dyngus • Schmagostern, das

Brauch, am Ostermontag Leute mit Wasser zu begießen; es folgt die Übergabe eines kleinen Ostergeschenks oder eine Bewirtung mit Speisen und Getränken • zwyczaj oblewania się wodą w poniedziałek wielkanocny; mały podarunek wielkanocny, podarunek ze święconki

»Wir sehen aus wie an Śmigus-dyngus!«, lacht meine Schwester über uns begossene Pudel. Der Regen hat uns voll erwischt. Mama, Kinga und ich wurden bei unserem Spaziergang von einem Schauer überrascht. Und was für einem, der hatte apokalyptische Ausmaße. Und er hat auch gleich unseren ganzen schönen Plan weggewaschen.

»Das ist gar kein Vergleich! An Śmigus-dyngus hatte ich normalerweise immer Spaß«, murre ich und versuche mit zwei Schals von der Garderobe das Wasser aufzusaugen, bevor es mein Laminat aufweicht. Wir haben den halben Flur geflutet.

»Das ist nicht gut für den Boden, zieht euch im Bad aus, anstatt zu quatschen!«, mahnt Mama.

»So schnell geht der nicht kaputt«, antworte ich, zugegeben, etwas schizophren und eher aus Verdruss wegen meiner eigenen Unfähigkeit. Mein Lösungsansatz kann mal wieder nicht mit Mamas mithalten, dabei wird es mit Mitte zwanzig langsam Zeit, dass ich keine Mama mehr brauche, um logisch zu denken. Oder mich trocken zu rubbeln.

»Mama, ich schaff das schon allein«, knurre ich und fühle mich erneut an Śmigus-dyngus erinnert. Was für ein verrückter polnischer Brauch, der übersetzt so viel wie »gegossener Montag« bedeutet. Man begeht ihn nämlich alljährlich am Ostermontag. Und er ist einer der wenigen Bräuche, die ich gern sehr ernst genommen habe, wenn wir in Polen zu Besuch waren. Zeitform Perfekt, weil sich vorrangig *Jugendliche* den ganzen Tag lang mit Wasser überschütten. Früher haben vor allem die Jungs die Mädels nass gemacht, mittlerweile ist die Emanzipation auch in Polen so weit vorangeschritten, dass die Frauen sich wehren, anstatt bemalte Eier an die »Täter« zu verschenken, wie das zu Zeiten meiner Eltern noch der Fall war. Der »lany poniedziałek«, wie der Brauch auch genannt wird, bedarf dabei einer gründlichen und zeitaufwendigen Vorbereitung: Wasserbomben, Wasserpistolen und Eimer müssen betankt und gefüllt werden. Schon wenn wir die Kirche verließen, standen die Jungs (da zähle ich jetzt auch mal die über Zwanzigjährigen dazu, denn welcher gestandene Mann würde sich auf solch einen Unsinn einlassen?) aufgereiht vor der Tür mit geladener Munition. Im Laufe des Tages entwickelten sich daraus kriegsähnliche Szenarien, Mädchen versus Jungs, bis aufs Blut, oder besser gesagt, nass bis auf die Unterwäsche. Gern erinnere ich mich, wie meine Schwester, die anderen Mädels und ich vom breiten Balkon meiner Tante aus eine Wasserbombe nach der anderen warfen.

Es gibt Traditionen, die man sich schenken kann, Śmigus-dyngus gehört nicht dazu.

Als wir zu dritt gequetscht im engen Bad stehen und ich mir mit dem Handtuch die Haare trocken rubbele, frage ich Mama: »Wo kommt dieser Brauch eigentlich her?«

»Es hat vor ewigen Zeiten mal einen Herzog Mieszko von Polen gegeben, der den christlichen Glauben angenommen hat, für mehr Macht und Einfluss und so, wegen der Freundschaft zum römisch-deutschen Kaiser. Er ließ sich also taufen. Die Polen mussten natürlich dann auch alle christlich werden. Und wir spielen das bis heute eben immer wieder nach«, erklärt Mama etwas unbeholfen. Mann, Mann, Mann, wenn ich meiner Klasse den Sturm auf die Bastille so historisch ungenau erklären würde, wie würde das wohl ankommen? Es war einmal irgendwo in Frankreich, da zündeten Bürger aus Protest gegen Steuern einige Zollhäuser an. Später stürmten sie dann noch ein Waffenlager, erbeuteten dort Tausende von Gewehren, und damit haben sie sich dann erst richtig eins übergebraten. Ende. Wollen wir das mal nachspielen?

»Hätte ich mir denken können, dass es sich nicht um eine reine Spaßtradition handelt, sondern sie wieder was mit Religion und Glauben zu tun hat.« Ich rolle mit den Augen. »Müsste man Śmigus-dyngus nicht viel mehr hinterfragen?« Dafür, dass Eltern einem ständig verbieten, mit den Augen zu rollen, geben sie einem erstaunlich viele Anlässe dazu.

»Ist doch gut, wenn der Glaube auch positive Auswüchse hat«, erwidert meine Schwester erstaunlich autoritär, dafür, dass sie gleichzeitig ihren kleinen Finger im Ohr stecken hat und die Augen zusammenkneift. Mit schnellen Bewegungen der Hand und einbeinigem Hüpfen versucht sie ihre Gehörgänge vom Wasser zu befreien und sich vor einer Diskussion zwischen Mama und mir zu bewahren. Ich verstehe den Wink mit dem Zaunpfahl. Wir haben noch etwas vor …

Mittlerweile ist Mama so weit trocken, dass sie uns allein lässt, um in der Küche Teewasser aufzusetzen. Meine Schwester und ich tauschen einen verschwörerischen Blick. Eigentlich hatten wir gehofft, dass sich der Spaziergang anbieten würde, um mit Mama über ihre Zukunftsaussichten zu sprechen. Was sie sich vorstellt, wie es weitergehen soll. Mit oder ohne Papa – sie braucht einen Plan, eine Aufgabe. Etwas, was sie davon abhält, *uns* zu ihrer Aufgabe zu machen.

Kinga und ich werden das jetzt durchziehen. Früher oder später müssen wir uns dazu durchringen, und aktuell ist es schon eher später als früher.

»Mama?« Ich helfe ihr mit den Teetassen, in die sie gerade Zitronenscheiben und Zuckerwürfel plumpsen lässt. »Komm, lass uns mal kurz hinsetzen und reden.«

»Ich wollte uns gerade noch einen Obstteller vorbereiten.« Mama öffnet den Kühlschrank und holt die Trauben heraus.

»Das kannst du auch gleich noch machen.«

»Dauert nur fünf Minuten.«

»Mama …«

»Vielleicht zehn. Dann zauber ich euch noch ein paar Schnittchen.«

»Wir haben gar keinen Hunger.«

»Und den Abwasch mache ich auch gleich, wenn ich schon dabei bin. Der stapelt sich seit heute Morgen, du brauchst unbedingt eine Spülmaschine. Das spart auch Wasserkosten. Bei ›Explosiv‹ haben sie letztens gesagt, dass man durch eine Spülma…«

»Mama!« Mein Geduldsfaden reißt. »Ins Wohnzimmer! Sofort!«

»Schon gut!« Sie reckt stolz das Kinn. Demonstrativ tiefenentspannt schlendert sie am Mülleimer vorbei und holt alle Teebeutel einzeln aus den Tassen, lässt sie noch abtropfen. »So viel Zeit muss sein.«

Kinga hat sich derweil auf dem Sofa eingemummelt und mich die ganze Arbeit machen lassen. Wie will sie da noch glaubhaft abstreiten, dass sie mich früher als ihren Hauselfen missbraucht hat?

Mama stellt die Tassen passgenau auf die Untersetzer, die sie drei Tage nach ihrem vorübergehenden Einzug bei Woolworth besorgt hat. Nicht dass ich davor keine gehabt hätte, in ihren Augen waren die aber »obrzydliwe«, also abgeranzt. So landeten meine wunderschönen, handgefertigten Korkuntersetzer, ein Souvenir aus Portugal, im Müll. Und zwar gleich in der großen Tonne vorm Haus. Natürlich als ich nicht zu Hause war. Mama sagt, man muss sich auch mal von Dingen trennen können, sonst sähe es irgendwann so zugestellt aus wie bei meiner Oma. Womit sie natürlich nicht ihre eigene, sondern Papas Mutter meint.

Papa.

Ich nehme einen Schluck Tee, um den Kloß in meinem Hals hinunterzuspülen. »Ahhhh!« Natürlich verbrenne ich mir dabei die Zunge. Mal wieder.

Kinga lacht.

»O nein, Myszka!« Mama tätschelt mir besorgt das Bein. »Ich hol dir ein Glas kaltes Wasser. Warte!«

Gleichzeitig greifen meine Schwester und ich nach Mamas Armen. Kinga schnappt sich den rechten, ich mir den linken.

»Hiergeblieben!« Meine Schwester peitscht Mama energisch ihre Anweisung um die Ohren. Es ärgert mich zu sehen, dass sie sofort auf Kinga hört, während ich in der Küche so einen Tanz mit ihr vollführen musste. »Wir wollen mit dir über deine Zukunft reden.«

»Über meine Zukunft?« Mama macht sich gleich ein paar Zentimeter größer, während Kinga ihren Blick sucht.

»Ja, über *deine* Zukunft.« Der polnische Singsang der beiden, voller langgezogener Vokale und gezischter Spitzen, ist wie Musik in meinen Ohren. Das Ende der Sätze rutscht immer ein paar Tonhöhen nach oben. Schön. Ich weiß nicht, ob die Menschen, die sie sprechen, die polnische Sprache oder ob die polnische Sprache die Menschen etepetete und fast affektiert klingen lässt.

Vor allem aber wirkt Mama in diesem Moment *alarmiert*. Schweigend wartet sie darauf, dass Kinga fortfährt. Und meine Schwester scheint mich tatsächlich gar nicht zu brauchen. Während ich mich darüber ärgere und mich mit eindringlichen Blicken bei Kinga zu unserer Absprache rückversichern will, schlüpft diese problemlos in die Rolle der Familienmanagerin. Die Große eben. Da sind wir wie William und Harry, nur dass ich nicht ganz so abenteuerlustig unterwegs bin wie der adelige Rotschopf, und meine Schwester die mit dem Partner ist, der aus der »Art« fällt.

»Mama, vielleicht solltest du mal darüber nachdenken, ob es nicht ganz gut wäre, jemanden kennenzulernen.« Kinga zieht sogar ganz ähnlich die Stirn in Falten, wie William das tut. »Damit du mal wieder etwas Energie tankst und abgelenkt wirst vom Alltag.«

»Abgelenkt vom Alltag?«

»Ja! Vielleicht kannst du dich sogar mit einem der zweihunderttausend Polen anfreunden, die in Berlin leben, und dann könnt ihr gemeinsam ein neues Hobby finden.«

»Ein neues Hobby?«

»Kerzen ziehen, Tanzen gehen, so was.«

»So was?«

»Mama, es ist kein Gespräch, wenn du ständig nur meine letzten Worte wiederholst.«

Mama öffnet den Mund, schließt ihn aber sofort wieder. Vermutlich wollte sie vollautomatisch schon wieder Kingas Echo spielen. Stattdessen faltet sie nun ihre Hände im Schoß zusammen. Sie trägt immer noch ihren Ehering, spielt aber nicht mehr ständig an ihm herum.

• • •

»Ich liebe dich«, sagt sie so nebenbei, wie beim Spaghettiessen die Soßenflecke auf meinem T-Shirt landen. Es ist der Moment, in dem meine Hoffnung zurückkehrt. Der Moment, in dem ich erkenne, dass alles gut werden wird.

»Ich dich auch.« Papa nimmt Mama in den Arm, die schon viel zu lange nicht von jemandem in den Arm genommen wurde, und das, obwohl sie selbst in letzter Zeit besonders viel in den Arm nehmen muss. Und zwar Kinga und mich.

In den letzten Wochen musste ich mich zusammenreißen, sie nicht täglich zu fragen, wann Papa wieder zu uns zurückdarf. Wann wir wieder eine richtige Familie sind.

Noch sind die Besuchszeiten in der Entzugsklinik streng geregelt. Wäre dem nicht so und läge sie nicht mehrere Stunden Zugfahrt von zu Hause entfernt, würden Mama, Kinga und ich Papa sicher häufiger besuchen.

Auch wenn ich nach den letzten Besuchen Angst hatte, dass es sich nie wieder so anfühlen würde wie früher. Früher waren wir wie Puzzleteile, die an keiner Stelle verkanten oder klemmen. Puzzleteile, die ein Bild ergeben, das so gehört und nicht anders.

»Bis zum nächsten Mal.« Als Mama sich aus Papas Umarmung löst, lächelt sie. »Wir freuen uns auf dich.«

Ich liebe Puzzle!

• • •

»Bin ich euch zu langweilig geworden?«, bringt sie schließlich zwischen pikiert gespitzten Lippen hervor. Man könnte meinen, sie seien beim Teeschlürfen erstarrt. »Interessant, was ihr euch so hinter meinem Rücken überlegt.«

»Das ist Literatur, aber bestimmt keine Antwort auf unseren Vorschlag.« Kinga macht fast einen gouvernantenhaften Eindruck. Sie ist zur Kommandoschleuder geworden. »Also: Was sagst du?«

»Dass es nicht eure Aufgabe ist, euch um mich zu kümmern.«

Kinga wirft sich stöhnend in die Polster zurück. So langsam würde ich auch gern mal etwas sagen, aber allein das Vorhaben fühlt sich an wie Seilspringen auf einem Minenfeld.

Kinga ist wieder schneller: »Immer der gleiche Mist! Jetzt lass uns doch mal vernünftig und auf Augenhöhe miteinander reden!«

»Wir sind keine kleinen Kinder mehr«, ergänze ich dann tatsächlich, allerdings recht tonlos einen Satz, den vor allem kleine Kinder sagen. Meine Stimme muss sich noch finden, die richtigen Worte auch.

Kinga hingegen müsste sogar bei meinen Nachbar:innen zu hören sein, und sie strahlt dabei eine natürliche Autorität aus, wenn sie Sachen sagt wie: »Das ist wirklich anstrengend gerade!«

»Bin ich so eine schlechte Mutter, ja?« Mit einem Mal hat auch Mama der Eifer gepackt oder vielmehr das Leid. Sie fasst sich melodramatisch an die Brust. »Bin ich so schlecht mit euch umgegangen, dass ihr mich nun beschimpfen müsst?!«

Na toll. Ohne was zu sagen, werde ich bündig zu einem »Wir« mit Kinga verpackt.

»Ich habe nicht gesagt, dass *du* anstrengend bist, sondern die Situation. Und wenn du mich fragen würdest, was du aber nicht tust, weil du es besser weißt, ist das Wort ›anstrengend‹ ohnehin gar keine Beleidigung«, zischt meine Schwester derweil. »Wir wollen doch nur dein Bestes.«

»Ich gehe euch also auf die Nerven. Eure eigene Mutter geht euch auf die Nerven.«

»Nein, so war das nicht gemeint.« Ich sehe, wie Kinga die Finger hinter dem Rücken kreuzt. »Und selbst *wenn*, heißt das ja nicht, dass wir dich deshalb weniger lieb haben. Wir wären nur froh, wenn du dich etwas weniger in unsere Leben einmischen würdest.«

»Ich frage mich wirklich, was ich so Schlimmes gemacht habe …«

»Jetzt hör aber auf damit! Lass uns doch mal ein konstruktives Gespräch führen.«

»Kinga, die Nachbar:innen hören dich schon.«

»Scheiß doch auf die Nachbar:innen!«

Sind ja auch *meine* Nachbar:innen, danke, Schwesterherz. Die beiden streiten sich, wie sie sich immer gestritten haben.

»Schrei nicht so!«, schreit Mama.

»Schrei *du* nicht so!«, schreit Kinga.

Ich nehme einen Schluck Tee.

Als angehende Lehrerin sollte ich vermutlich wissen, wie man diese Situation pädagogisch sinnvoll auflöst. Weiß ich aber nicht. Stattdessen schaue ich meiner Schwester interessiert dabei zu, wie sie sich auf berlinerische Weise *direkt* über Mama aufregt, die wiederum mit kummervollem Geplänkel ablenkt. Dabei vergisst sie nie, ihr Leid und gern auch das von anderen in kontextlose Kontexte zu setzen. Kinga solle nicht übertreiben, es gehe uns allen doch nicht schlecht. Woanders auf der Welt gehe es den Leuten viel schlechter. Das ist schon wieder so allgemein ungenau, dass ich an gestern denken muss. Daran, wie ich die Noten an die Tafel geschrieben und dann wieder weggewischt habe. Die Schüler:innen vergleichen ihre Leistungen wie Mama ihr Leid – völlig zusammenhanglos. Natürlich geht es irgendwo irgendjemand anderem schlechter, leider vielleicht sogar viel schlechter, aber das heißt doch im Umkehrschluss nicht, dass es *ihr* gut geht. Mama betäubt sich mit ihrer Ausrede bis zur lähmenden Handlungsunfähigkeit. Irgendwann wird ihr eigener Kummer so groß, so erdrückend sein, dass er sie erstickt. Leid als eine Leistung. Wer arbeitet am härtesten? Wer hat die schlimmste Vergangenheit?

Statt dass wir uns damit batteln, wem es am *besten* geht, schauen wir danach, wie schlecht es wem geht. Und wir wollen natürlich immer stark genug sein, *unsere* Probleme ganz allein zu lösen. Willkommen im selbst gemachten Teufelskreis!

Mama und Kinga merken gar nicht, wie ich den Raum verlasse. So sehr stecken sie in ihrem Streit fest und haben es dabei noch kein einziges Mal geschafft, über Papa zu reden. Der zweite Elefant im Raum. Ich ertrage ihr Gezanke nicht mehr.

Ich gehe in die Küche und schnappe mir die zwei Bierkrüge, die ich mit einer Freundin auf Klassenfahrt geklaut habe. Ich achte darauf, dass das Wasser aus dem Hahn eiskalt ist, bevor ich die Krüge damit befülle. Dann kehre ich zurück ins Wohnzimmer, bleibe vor Mama und Kinga stehen und schütte das eiskalte Wasser über sie.

»Bist du verrückt geworden! Was soll das?!«, rufen sie japsend wie aus einem Mund. Endlich sind sie sich mal einig.

Ich grinse: »Śmigus-dyngus!«

Vielleicht kann doch noch eine tolle Lehrerin aus mir werden.

Thomas sieht aus, als sei er von einer dreimonatigen Antarktisexpedition zurückgekehrt. Unrasiert, drei Kilo leichter und blass hängt er mehr am Kaffeeautomaten, als dass er steht. Die Klassenfahrt steckt ihm noch in den Knochen.

»Bleibt nur zu hoffen, dass niemand schwanger ist. In einem Monat mache ich dann drei Kreuze.« Es soll wie ein Scherz klingen, doch dafür hat er gerade zu viel Ähnlichkeit mit Jack Nicholson in »Shining«.

Irgendwie beruhigt es mich, dass man selbst dem bärigen und sonst so tiefenentspannt wirkenden Thomas die Spuren ansieht, die sieben Tage Föhr mit achtundzwanzig wild gewordenen Teenagern hinterlassen. Da können die Reetdächer noch so schön sein und die Schafe noch so niedlich. Spätestens, wenn Tom beim Drogenschmuggeln erwischt wird, Tanja sich einen Zahn ausschlägt und Sinje meint, dass man nicht kotzt, wenn man zum Alkohol nur genügend Wasser trinkt, will man den Lehrberuf einfach nur noch an den Nagel hängen. Sofort. Sollen die sich doch ihre Brauseköpfe aufschlagen bei dem Versuch, mit Kletteraktionen von Balkon zu Balkon die Sperrstunden zu umgehen.

Endlich betritt unsere Schulleiterin Frau Malters das Zimmer, Annette springt zur Tür, um sie ihr aufzuhalten. Natürlich meldet sie sich auch sofort freiwillig, das Protokoll zu schreiben. Damit kann die Lehrer:innenkonferenz beginnen. Juhu. Zuerst informiert Frau Malters uns über die Neuigkeiten in Bezug auf die Sanierung der Chemieräume. Es kommt wohl zu einer Verzögerung aufgrund von Materialmangel. Als Nächstes kommen dann endlich die Toiletten dran, *ein* Dauerbeschwerdegrund von Eltern und Schüler:innen.

Thomas, der an unserer Schule nicht nur Sport und Erdkunde unterrichtet, sondern auch die Aufgaben des Technikwarts übernimmt, erkundigt sich nach einem möglichen Etat für neue Softwareprogramme, Computer und Beamer.

»Bislang nicht vorgesehen.« Frau Malters antwortet kurz und bestimmt. Ich erinnere mich noch gut an das Händeschütteln, mit dem sie mich an Bord des Kollegiums begrüßt hat. Ein Handgriff, als wäre er dafür gemacht, Mittelhandknochen zu brechen. »Wir müssen Prioritäten setzen.«

»Digitalisierung *ist* eine Priorität!« Thomas traut sich was. Kein Wunder, er hat die Klassenfahrt überlebt, härter kann es nicht mehr werden. Das Thema Digitalisierung ist ein rotes Tuch, vor allem bei den älteren Kolleg:innen. So ist es auch nicht verwunderlich, dass ausschließlich Leslie Thomas zu Hilfe kommt, nach mir die jüngste Kollegin: »Ich bin da ganz deiner Meinung, Thomas. Wir *müssen* unser Angebot ausbauen.« Leider ist Leslie im gestandenen Kolleg:innenkreis nicht sehr beliebt, da sie die meiste Zeit ihres Lebens (und damit auch die Arbeitszeit) damit verbringt, Löcher in die Luft zu starren. Sie ist wie eine Bohrmaschine für Luftlöcher. Eine Luftlochschlagbohrmaschine mit mindestens zweitausend Umdrehungen pro Minute, eine von den teuren, die im Baumarkt in dem Regal auf Augenhöhe liegen. Nichts und niemand auf dieser Welt kann ausdauernd so viele Luftlöcher anfertigen wie sie. Selbstverständlich mit halb offenem Mund und einer sich über das Kinn streichenden Hand. Was meine älteren Kolleg:innen nicht verstehen: Das In-die-Luft-Starren verbucht Leslie durchaus als Arbeit, denn sie ist Philosophin. Na gut, keine richtige Philosophin, nur eine Twitter- und Instagram-Philosophin, aber immerhin. Deshalb setzt sie sich in diesem Moment auch ungewohnt energiegeladen für Thomas ein. Für Leslie ist Instagram *die* ernst zu nehmende Plattform des sokratischen Nachwuchses aller Altersgruppen. Als Vertreterin dieser Riege will sie schon seit einer Weile AGs für die gekonnte, aber auch datensichere Selbstdarstellung in den sozialen Netzwerken einführen, sogenannte Insta-Selfcare-AGs. Nicht ganz das, was Thomas sich unter Digitalisierungsmaßnahmen vorstellt. Aber warum Erbsen zählen? Hier heiligt der Zweck im Zweifel die Mittel.

»Die alten Philosophen philosophierten früher auf Marktplätzen herum, oder?«, plappert sie munter drauflos und lässt Thomas kaum Zeit, dazwischenzugrätschen. »Wenn man so will, sind die sozialen Netzwerke der Marktplatz unserer Zeit.«

Eher die Kneipen unserer Zeit, ergänze ich in Gedanken. *Der Ort, an dem du Freund:innen triffst und Sorgen in Tweets ersäufst.* Generell finde ich Leslies Ansatz nicht schlecht. Die Kinder nutzen die neuen Medien samt der durch sie zugänglichen digitalen Netzwerke sowieso, warum sollten wir sie nicht genau dort abholen? Und sie dabei am besten noch gekonnt begleiten?

Doch gleichzeitig traue ich mir selbst kaum mehr digitale Kompetenz zu, als unsere Schüler:innen längst besitzen. Übrigens genauso wenig wie Leslie. Ich folge ihr mit meinem privaten Account zu Stalkingzwecken, der dank erfundenen Namens nicht auf mich zurückzuführen ist. Auf Leslies Profil passiert jede Menge »inspiration«, »wisdom«, »mindfuck«. Allerdings weniger mittels Verbreitung innovativer Erklärungsmodelle, sondern unerträglichen Kitschs. Unter ihren Followern vermute ich überwiegend alleinstehende Ullas, die leidenschaftlich gern Schmuck aus Glasperlen designen, und maximal noch dreizehnjährige Merles mit Liebeskummer und Vorliebe für Lana Del Rey. Am Ende gibt es für alles eine Zielgruppe und die entsprechende Bühne, und genau das ist das Problem. Das Internet ist so groß wie das Halbwissen darüber, weshalb wir uns in jeder Konferenz in Spartenbereiche verrennen und ich am Ende nur noch Lust habe, sämtliche Kabel in unserem Schulgebäude durchzuschneiden. Oder das WLAN zu hacken. O ja, das wäre was! Dabei wäre es eigentlich meine Aufgabe als loyale Kollegin einer jungen Lehrer:innengeneration, Thomas zu unterstützen. Na ja.

»Unsere Probleme sind grundsätzlicher Natur. Vielleicht sollten wir damit anfangen, unsere Tafeln gegen Smartboards auszutauschen.« Thomas reißt das Ruder in einer von Leslies kurzen Atempausen wieder an sich. »Bislang haben wir genau zwei Stück im ganzen Gebäude, und eines davon wurde mit Edding beschmiert.«

Annette senkt beschämt den Kopf und schreibt besonders konzentriert an ihrem Protokoll. Die Tatsache, dass sie es war, die mit Edding auf den Monitor geschrieben hat, ist kein Geheimnis, weil Annette zur Vorstellung in einer neuen Klasse ihren Namen vor aller Augen angeschrieben hat. Das Gelächter aus dem Klassenzimmer höre ich bis in die Jetztzeit. Schüler:innen sind nun mal gnadenlos – da bleibt nichts unter Verschluss.

»Außerdem brauchen unsere Computer eine halbe Schulstunde, bis sie starten, wir haben Kassettenrekorder anstatt DVD-Player, und auch unsere Beamer haben ihre beste Zeit hinter sich.« Thomas sieht aus, als wäre er kurz davor, auf den Tisch zu hauen. Die Müdigkeit lässt ihn ohne Umschweife reden, und die Augenringe geben ihm etwas Bedrohliches. Ich sag ja: »Shining.« Vielleicht hat er heute sogar Chancen, etwas zu verändern.

»Ich finde auch, Thomas hat recht.« Ausgerechnet Annette eilt ihm als Nächstes zu Hilfe. Bestimmt will sie damit ihr schlechtes Gewissen wiedergutmachen, da Thomas die zwei Smartboards hart erkämpft hat. »Ich hab da letztens so ein tolles Programm entdeckt, mit dem man mit den Kindern arbeiten könnte. Vielleicht könnten wir das einführen. ›Paint‹ heißt das, von Englisch ›malen‹.«

Manchmal ist weniger einfach mehr. Thomas schließt die Augen und atmet tief durch, während Leslie sich »dieses Paint« aufgeregt von Annette zeigen lassen will. Mein Kollege mutiert in diesem Moment von Jack Torrance zu Aschenputtel, nur dass er nicht zwei böse, sondern zwei blöde Schwestern an seiner Seite hat.

Unsere Schulleiterin unterbindet das Thema kurzerhand: »Genug jetzt. Ich mache mir Gedanken und beantrage Gelder.

Mehr kann ich nicht versprechen. Aber wenn wir das Thema noch länger ausschlachten, dann werden wir heute gar nicht mehr fertig.«

Ich habe nicht das Gefühl, dass wir das Thema auch nur annähernd ausgeschlachtet haben. Nach meinem Dafürhalten hüpft es in Freilandhaltung auf der Wiese herum. Wir haben uns Leslies »philosophischen« Vortrag angehört, Annettes verspäteten Geheimtipp und damit die geballte Inkompetenz unserer Lehrerschaft offenbart. Mehr nicht. Aber eine Schule zu leiten ist am Ende auch nur Politik. Frau Malters mag hoch motiviert und mit guten Intentionen in das Amt gestartet sein, nur um dann festzustellen, dass festgefahrene Strukturen, Lobbyverbände und Ressourcenmangel ihr die Hände binden.

Nach der zähen Lehrer:innenkonferenz und den anstrengenden familiären Streitereien gestern erlaube ich mir noch etwas Urlaub vom Mamahort.

»Noch kein Ende der Lehrer:innenkonferenz in Sicht, komme heute später«, tippe ich die nur halbe Lüge in mein Handy, während vor mir der Kebabverkäufer seine Messer wetzt. Zugegeben: Der »Imbiss-König« hat wenig Ähnlichkeit mit den Konferenzräumen unserer Schule. Weder riecht es da so lecker, noch freue ich mich dort darauf, endlich zu Wort zu kommen wie hier, um meine Bestellung aufzugeben.

»Salat, Soße, komplett«, gebe ich meine übliche Bestellung auf, nur um dann schnell zu revidieren. »Doch nicht. Heute ohne Knoblauch und Zwiebeln, bitte.«

Ich muss unnötigen Stress im Keim ersticken und darum Indizien verschleiern. Wenn sie meine Knobifahne erschnüffelt, regt Mama sich nur wieder auf, dass Imbissfutter kein gesundes Abendessen sei. Müde starre ich auf den sich gleichmäßig drehenden Dönerspieß, während neben mir ein junges Mädchen in sein Telefon schreit. Sie hat die Freisprechanlage an und fummelt parallel an ihrer gummiartigen Handyhülle herum. Offensichtlich will sie, dass man wahrnimmt, wie geschäftig und erwachsen sie ist. Die Performance wäre womöglich glaubhafter, wenn es nicht ihre Mutter wäre, die sich am anderen Ende der Leitung befände: »Wo bleibst du?«

»Ich hole noch Essen, Mama.«

»Was?!«

»Bin beim ›König‹.«

»Ach, Josi, das ist doch scheiße von dir.« Die unerwartet ausfallende Wortwahl scheint Tochter und Mutter gleichermaßen zu erschrecken. Zumindest wird es kurz still auf beiden Seiten der Leitung. Auch der Dönerverkäufer schielt mitleidvoll über den Rand seines Tresens zu seiner jungen Kundin hinüber.

»Ich habe wirklich dolle Hunger …« Das Mädchen dreht sich nun doch leicht von mir weg, traut sich aber nicht, so weit zurückzurudern, dass es den Lautsprecher abstellt.

»Ich beeile mich auch«, zischt sie noch.

»Du solltest direkt nach Hause kommen, Josi.«

»Liegt doch auf dem Weg. Fast.«

»Hast du überhaupt Geld?«

»5 Euro.«

»Die 5 Euro von mir, mit denen du Äpfel im Supermarkt kaufen solltest?«

»Hmm …«

»Ach, Josi …« Die Mutter klingt plötzlich viel erschöpfter als am Anfang des Telefonats. »Aber komm bitte nach Hause, und wir essen wenigstens gemeinsam am Tisch.«

»Okay.« Josi scheint zufrieden. »Bis gleich.«

»Und schreib, wenn du im Bus sitzt!«, schafft die Mutter noch zu sagen, bevor die Tochter sie erleichtert wegdrückt.

• • •

Die anderen hatten heute keine Chance gegen mich im Tischtennis. Normalerweise hasse ich den Sportunterricht wegen allem, was er meinen Muskeln und meinem Selbstbewusstsein antut. Aber heute? Heute habe ich alle abgezogen!

Falko hat vielleicht Augen gemacht, und er hat so schöne Augen … Meine Mitschüler:innen wollten unbedingt, dass ich nach dem Unterricht noch dableibe und ihnen eine Chance gebe, mich zu besiegen. Deshalb ist es auch gar nicht meine Schuld, dass ich zu spät bin.

Mama will das natürlich nicht verstehen.

»Zofia, das geht so nicht«, zetert sie nun schon gefühlt stundenlang. »Ich habe mir Sorgen gemacht!«

»Was soll denn schon passieren?«

»Alles Mögliche hätte passiert sein können!«

»Ist es aber nicht, und außerdem …«

»Außerdem musste ich deswegen beim Arzt anrufen und den Impftermin nach hinten verlegen. Die waren nicht gerade erfreut.« Bestimmt übertreibt Mama. Mal ganz im Ernst: Als ob es da auf die Minute ankommen würde.

Während ich mich hier mit ihr streiten muss, unternehmen Kinga und Papa eine lustige Fahrradtour. Und seien wir mal ehrlich, die sitzen jetzt ganz gemütlich bei McDonald's, wie ich Papa kenne, während Mama mit Suppengrün vor meiner Nase herumwedelt. Manchmal könnte sie ruhig ein bisschen entspannter sein. Genervt puste ich mir eine Haarsträhne aus der vom Tischtennis noch ganz verschwitzten Stirn. »*Mit Papa würde ich diese Diskussion jetzt nicht führen müssen.*«

»*Mit Papa wärst du bis heute ungeimpft und wahrscheinlich schon an Tetanus gestorben*«, *erwidert Mama gerade laut genug, dass ich sie noch verstehen kann.*

•••

Die peinliche Röte auf ihren Wangen verliert sich langsam, stattdessen grinst sie jetzt zufrieden, was sie noch jünger aussehen lässt. Das Mädchen dürfte elf, maximal dreizehn Jahre alt sein.

»Ich liebe nämlich Rotkohl«, sagt sie in meine Richtung, als würde das alles erklären. Im ersten Moment fand ich ihre Mutter etwas übertrieben streng und harsch, jetzt tut sie mir fast leid. Wer weiß, wie oft die Kleine auf dem Heimweg noch unerwartete Zwischenstopps einlegt. Vielleicht hat ihre Mutter im Stress zwischen Arbeit und anderen Sorgen sogar gekocht und sitzt jetzt allein vor den vollen Töpfen. Josi setzt wieder ihr ernstes Erwachsenengesicht auf, spielt an ihrem Ring herum, der wohl edel aussehen soll, aber vermutlich ein Spielzeug aus der Wendy ist. Selbstbewusst steigt sie mit einem Deep Dive in das Gespräch mit mir ein, von dem ich gar nicht wusste, dass wir es führen. Josi philosophiert über ihre Skills bei Mario Kart und die besten YouTuber, während meine Kichererbsenbällchen noch in der Fritteuse baden. Sie springt von Thema zu Thema wie der Springer beim Schach, nie gradlinig und wenn möglich in großen Schritten. Doch in allen Erzählungen taucht *ein* Name immer wieder auf.

»Wer ist denn Mona?«, frage ich deshalb irgendwann, allein

schon, um das Mädchen mit einer Sprechpause zum Atmen zu zwingen. Sonst kippt es noch vor meinen Augen um, und ich verbringe den Rest des Abends mit dem Warten auf einen Krankenwagen und dem Formulareausfüllen im Besucherzimmer.

»Mona ist meine beste Freundin. Sie ist voll cool. Und ihre Mama auch.« Josi hebt vielsagend ihre Augenbrauen. »Deshalb muss Mona ihre Mama auch nicht ständig updaten.«

»Aber ist es denn so schlimm, dass deine Mama sich Sorgen macht?«, frage ich und schiele mit einem Auge zu meinem heiß ersehnten und prall gefüllten Fladenbrot hinüber, das gerade in Alufolie verpackt wird.

Josi schnalzt mit der Zunge: »Es nervt voll.«

Während ich mein Geld über die Theke reiche, fällt mir der sorgenvolle Tonfall ihrer Mutter wieder ein: »Ich denke, deine Mama nervt aus Liebe.«

»Na ja …«

»Es fühlt sich doch auch gut an, geliebt zu werden, oder?«

»Hm.« Josi wirkt immer noch nicht überzeugt. »Vielleicht wäre es einfacher, wenn ich Geschwister hätte – oder einen Papa. Dann könnte Mama ihre Liebe aufteilen.«

Das kleine Mädchen zuckt mit den Schultern und ist sich der Schwere seiner Worte gar nicht bewusst. Dafür liegt mir plötzlich ein Stein im Magen, der sich anfühlt, als hätte ich schon zwei Falafeldöner verschlungen.

Mama muss sich oft alleinerziehend gefühlt haben, schon bevor Papa das erste Mal monatelang in die Entzugsklinik musste. Sein vorwiegender Aggregatzustand war die abwesende Anwesenheit. Mama hat sich vermutlich nicht nur alleinerziehend, sie hat sich *allein* gefühlt.

Wobei Alleinsein manchmal auch schön sein kann. Einsam

sein ist schlimmer. Ich korrigiere: Mama war einsam und nicht allein.

Mama *ist* einsam und nicht allein.

Bevor ich den Laden verlasse, wende ich mich Josi noch ein letztes Mal zu: »Ich kann dir auf jeden Fall sagen, dass sich das nie ändert. Ich bin viel älter als du, und meine Mama macht sich immer noch Sorgen.«

»Ist ja schlimm.«

»Wäre schlimmer, wenn es nicht so wäre.« Es drängt sich mir ein unbestimmtes, unangenehmes Gefühl auf. »Also dann, tschüss und guten Appetit.«

Erst als ich an der kühlen Luft stehe, merke ich, wie stickig es im Imbiss war. Auf dem Bürgersteig atme ich tief durch und versuche das Gefühl zu verjagen, das sich mir in den letzten Sekunden aufgedrängt hat. Ein Gefühl, das ich erst jetzt genauer zu benennen vermag: Ich komme mir selbst scheinheilig vor.

Deine Mama nervt aus Liebe, habe ich gesagt.

Heul nicht rum, hab ich gedacht.

Und hätte mir den Tipp genauso gut selbst geben können. Ich starre auf das Essen, das warm in meiner Hand liegt, und muss einsehen, dass diesen Teenager und mich mehr verbindet, als ich zugeben will.

»Haben Sie zufällig etwas Kleingeld?« Ein Obdachloser reißt mich aus meinen Gedanken. Erwartungsvoll hebt er seine buschigen Augenbrauen.

»Wie wäre es mit Falafel?«

Der obdachlose Mann greift zu: »Lecker!«

Mein Entschluss ist gefasst, ehe ich weiter darüber nachdenke.

»Du bist ja doch schon zurück!« Mama sitzt vor dem Fernseher, als ich meine Wohnung betrete.

»Ja, wir ... haben abgekürzt. Ging dann doch alles schneller als erwartet.«

»Warum?«

»Josi hatte einen Einwand, der uns schnell eine Lösung hat finden lassen.« Ich beschließe rasch abzulenken, bevor Mama weiter nachfragen kann und ich mich am Ende noch verplappere. »Wie war dein Tag, Mama?«

»Wie immer.« Aus ihr spricht die Langeweile. »Deiner?«

»Auch gut. Bis auf die Tatsache, dass es heute mal wieder Streit gab wegen unserer technischen Mittel.«

»Was ist denn damit?«

»Wir könnten genauso gut eine Schule aus dem Mittelalter sein.«

»Ach, die Kinder hängen in ihrer Freizeit doch schon genug vor dem Computer oder dem Handy herum.«

»Ja, eben! Wir sollten ihnen einen sinnvollen Umgang damit beibringen.« Mama erinnert mich in diesem Moment unangenehm doll an Annette, und selbst die verschließt sich nicht völlig Veränderungen, wie ich heute live erfahren durfte. »Du hast übrigens eine ganz schön klare Meinung dafür, dass du nie im Internet bist.« Ich bemühe mich um einen ruhigen Tonfall. Schließlich bin ich nicht früher nach Hause gekommen, um zu streiten.

Mama schnauft: »Als ob das Internet ein richtiger *Ort* wäre!«

»Jetzt mach dich nicht älter, als du bist.«

»Werd nicht schon wieder frech, sonst revanchiere ich mich für die Dusche gestern. Nur dass Kubuś klebt, im Gegensatz zu Wasser.« Mama prostet mir mit ihrer Tasse zu.

»Du hast Kubuś gekauft?!« Für einen Moment vergesse ich mich und verfalle in kindliche Euphorie. Kubuś ist der Lieblingssaft meiner Kindheit, den wir früher immer palettenweise aus Polen mitgebracht haben, den es mittlerweile aber auch in einem schmalen »Spezialitäten«-Edeka-Regal zu kaufen gibt. Der Karotte-Apfel-Bananen-Saft (meine favorisierte Sorte) steht dort direkt neben polnischer Mayonnaise (nicht mit der deutschen vergleichbar), polnischem Kartoffelmehl (noch weniger mit dem deutschen vergleichbar) und dem Schokokonfekt »Ptasie mleczko«, übersetzt »Vogelmilch« (so unvergleichbar, dass es einen eigenen Wikipedia-Eintrag hat). Die Mayo brauchen wir für Kartoffelsalat und gefüllte Eier, das Kartoffelmehl für die perfekten Kluski und »Ptasie mleczko« für die Nerven.

Mama reicht mir ihr Glas mit zufriedenem Grinsen: »Wusste ich doch, dass du dich freust.«

Ich trinke so gierig, dass mir der Saft die Wangen runterläuft. Ich bin zu leicht rumzukriegen.

»Was ich sagen wollte ...« Noch bin ich nicht bereit, Mama zum alten Eisen zu zählen, weshalb ich den Faden unseres Gesprächs wieder aufnehme. »Technische Mittel sind doch eine gute Möglichkeit für uns Lehrerinnen und Lehrer, der Schülerschaft Wissen auf neue Weise nahezubringen.«

»Was denn für eine Möglichkeit?« Mama scheint sich nach wie vor nicht ansatzweise überzeugen lassen zu wollen.

»Schau mal.« Mein Arm verschwindet im Rucksack, als ich mein Handy herausfische. »Ich lasse meine Jugendlichen zum Beispiel gerade eine Graphic Novel über die Französische Revolution illustrieren. Das finden sie super.«

»Ein *Graffik* was?«

»Hier, guck.« Ich zeige Mama einfachheitshalber die von mir auf Instagram gespeicherten Beiträge, mit denen ich meine Schulklasse inspirieren wollte. »Sieht cool aus, oder?«

»Was es nicht alles gibt heutzutage ...«

Plötzlich habe ich eine Eingebung: »Da gibt es auch jede Menge Rezepte. Und Nähanleitungen. Willst du mal sehen?« Ich gebe mir Mühe, nicht zu euphorisch zu klingen und vor allem nicht, als würde ich ihr eine Beschäftigungstherapie verkaufen wollen. Auch wenn es so ist.

»Ich bin zu alt für so etwas.« Mama wendet ihren Kopf ab, doch ich sehe, dass ihre Augen noch in meine Richtung schielen. »Warum sollte ich mir das angucken?«

»Einfach nur so«, flöte ich. Schon wieder eine halbe Lüge. »Du hast ja nichts zu verlieren.«

Mit den Lügen ist das so: Es gibt gute und schlechte, und der Übergang zwischen ihnen ist fließend. Wenn ich so tue, als würde ich Mama aus reiner Nächstenliebe etwas erklären, was sie in erster Linie ablenkt, ihr darüber hinaus aber tatsächlich Freude bereitet, muss ich mich dafür doch nicht schämen.

Lauter pink umrandete Kreise leuchten uns entgegen. Gleich das erste Foto auf der Frontpage ist ein Meme, auf dem Winnie Puuh schwer von Begriff auf ein Blatt starrt. Es soll darstellen, wie verständnislos Eltern aussehen, denen man Memes zeigt. Sehr ermutigend. Zum Glück ist der Bildtext auf Englisch, so sorgt Mamas Sprachbarriere zur Abwechslung mal dafür, dass sie sich *nicht* ausgegrenzt fühlen muss. Vielleicht fangen wir nicht direkt mit Memes an, das entspricht eher dem Anforderungsbereich zwei oder drei.

● ● ●

Mit versonnenem Blick blättern Mama und Papa durch die knarzenden, 90er-Jahre-bunten Einsteckfotoalben. Mindestens einmal im Jahr holen sie die verstaubten Klopper aus den Tiefen ihrer Schränke und teilen die immer gleichen Geschichten mit Zofia und mir. Als wir noch jünger waren, fand ich das großartig – dann kam die Pubertät. Seit meinem Studienbeginn vor zwei Jahren finde ich aber wieder große Freude daran, an Mamas liebstem Ritual teilzunehmen. Papa hat sogar extra seinen Mittagsschlaf unterbrochen und zeigt für seine Verhältnisse eine selten engagierte Teilnahme an unserem Familienleben. Vermutlich handelt es sich um erste Anzeichen des im Alter verbreiteten »Früher war alles besser«-Syndroms.

Während Kinga und ich uns über ihre Schultern beugen, reicht Papa Mama ein Foto, auf dem sie mit ihren vier Schwestern zu sehen ist, als sie alle noch Teenager waren. Sie haben sich alle um ihre Mutter versammelt. Ein frühes Farbfoto von 1981 (da war ich minus vierzehn Jahre alt), auf dem das Rot von Mamas Strickjacke und das Blau von Omas Schürze zwar auszumachen sind, sich aber mitnichten ihre ganze Farbkraft entfaltet. Trotzdem war nicht das neuste iPhone nötig, das diesen Moment in hundert Bildern festhält, um das Glücksgefühl zu transportieren, das aus den Gesichtern der sechs Frauen spricht. Oma, Mama und ihre Schwestern sitzen auf Heuballen vor einem morschen Gartentor. Die Gesichter der jungen Frauen sind voll und gut genährt, Oma hingegen wirkt wie eine zarte, aber strenge Ballettlehrerin. Mit ordentlich zurückgekämmtem Haar und im Schoß gefalteten Händen. Lediglich die blaue Schürze zeugt von der herausfordernden Arbeit, die an jedem einzelnen Tag als alleinerziehende Frau auf sie wartete. Für ihre Töchter war immer genügend von allem da: Essen, Kleidung, Zeit. Wenn sie sparte, dann an sich selbst. Jede ihrer Töchter schaut auf dieser Fotografie in eine andere Richtung, aber dabei haben sie alle denselben Topf-

schnitt – bis auf die älteste, die sich stümperhaft ihre Lockenmähne toupiert hat. Typisch ältere Schwester eben, immer auf Krawall gebürstet.

Als Nächstes zieht Mama ein Foto heraus, auf dem achtzehn Menschen zu sehen sind, von denen keiner mehr da ist. Es handelt sich um ein Familienfoto, auf dem Oma höchstens zwölf Jahre alt ist. Das Haar trägt sie zu zwei ordentlichen, sehr strengen Zöpfen geflochten, wie sie Mama auch mir in der Grundschule so oft angetan hat. Um unsere junge Oma herum Geschwister, Cousins und Cousinen. Als Nesthäkchen der Familie, mit deutlichem Altersunterschied, durfte sie im Schneidersitz frech grinsend auf dem Tisch posieren, während vor allem die Mädels um sie herum sich darum zu reißen schienen, einen Arm um sie zu legen oder zumindest Omas Schulter zu berühren. Die Jungs legen ihre Arme lieber um die Nacken ihrer Brüder.

Während Mama erzählt, mit welchen Geschwistern Oma sich am besten verstanden hat, blättere ich gedankenverloren weiter. Mein Blick bleibt an einem Foto hängen, das ich zur Abwechslung noch nicht kenne oder an das ich mich nicht mehr erinnere. Die karge, dumpfe Szenerie wirkt wie die Filmkulisse aus einem Drama von Michael Haneke. Ich war der Meinung, dass Äste nur auf der Leinwand so knochig aussehen und so gespenstisch im Nebel versinken können. Dass es Make-up-Künstler braucht, um Menschen so traurig, und eine Requisite, um Gräber so reich geschmückt aussehen zu lassen. Ich weiß nicht, wen die Sargträger in Richtung Friedhof wiegen, ebenso wenig, wer die Frau ist, die den gewaltigen Beerdigungszug anführt und das Gesicht hinter einem schwarzen Schleier verbirgt. Sie wird von zwei jungen Männern gestützt, bei denen es sich vermutlich um ihre Söhne handelt. Ich weiß nicht, ob sie ihre Mutter naturgemäß überragen oder nur, weil diese sich kaum auf den eigenen Beinen halten kann. Den dreien folgen so viele Menschen nach, dass es aussieht, als wäre das ganze Dorf zusammengekommen. Ist es wahrscheinlich auch.

Zu sehr in Gedanken versunken, um Fragen zu stellen, blättere ich weiter und überlasse Kinga und Mama ihren freudigen Anekdoten. Es gibt noch mehr Fotos von Beerdigungen. Ich blicke in das fahle Gesicht meines Großvaters, der Mund steht offen, die Haut ist eingefallen und wirkt selbst auf dem Foto so dünn wie Pergamentpapier. Auf seiner Brust liegt ein Blumenstrauß, und zwischen den gefalteten Händen klemmt ein Rosenkranz. Ich habe Opa leider nie kennengelernt, selbst meine Mutter erinnert sich nur noch schwach an ihren Vater. Auf dem Foto sitzt sie auf dem Arm ihrer Tante. Sie ist eingepackt wie für eine Antarktisexpedition, schaut abwesend drein. Ein Kind, dass Unsicherheit und Trauer spürt, aber nicht einzuordnen weiß. Die etwas älteren Kinder lugen rechts und links neben den Beinen des Tisches hervor, auf dem der Sarg steht. In Polen lernt man früh, mit dem Tod umzugehen. Das Leben in Mehrgenerationenhäusern macht es gar nicht anders möglich. Familien warten tagelang auf die Abholung der Leichen, die sie zuvor selbst schön eingekleidet und denen sie nicht selten eine Haarsträhne zur Erinnerung abgeschnitten haben. Schon Dreijährige sind auf den Beerdigungen dabei, dürfen um die Gräber herumtoben. Manchmal gelingt es ihnen, ihre durch Unverständnis ausgelöste Unbeschwertheit zumindest teilweise auf die Trauernden zu übertragen. Kinder haben noch keine Geschichten erfunden, mit denen sie sich das Leben und sich selbst erklären. Das lässt sie im Moment leben, selbst in Momenten, denen man als Erwachsener zu entfliehen gelernt hat. Selbst in Momenten, die sich um die Endlichkeit von Momenten drehen. Es lässt Kinder zu einhundert Prozent bei ihrem Gegenüber sein, weil ihr Sensor noch nicht auf das eigene Ich gepolt ist, weil ihr Gegenüber womöglich die Antworten auf all die Fragen hat, die ihre Neugierde ihnen stellt. Sie haben noch nicht gelernt, Angst vor den Antworten zu haben. Haben noch nicht gelernt, permanent zu versuchen, der Geschichte zu entsprechen, die sie sich zur Erklärung des eigenen Seins gebaut haben. Sie haben noch nicht ausdifferenziert, wie schlechte Gefühle wirken, wo sie lauern. Deshalb suchen Kinder auch keine Auswege aus Situationen, durch die man eben durchmuss. Die Alten und die Jungen sind am nächsten am Nichts dran. Vielleicht qualifiziert sie gerade das dazu, das Nichts zu verstehen und ihm furchtlos gegenüberzustehen.

»Warum hat man sich früher vor dem offenen Sarg neben einer Leiche fotografiert? Teilweise immer noch?« Meine Schwester befreit mich mit ihren Fragen aus dem Sog meiner Gedanken. Und macht neue Gedanken auf. »Wie weit sind wir davon entfernt, auch solche Bilder ins Netz zu stellen?«

Immerhin machen wir heute Fotos von unseren schönsten Momenten, um auf Instagram Likes zu sammeln. Um mit unserer Fähigkeit anzugeben, ein soziales Leben führen, den Besitz vergrößern und uns Frühstück zubereiten zu können.

»Ich möchte nicht, niemals so fotografiert werden!« Ich stecke das Bild wieder zurück zu den anderen und unterbreche Mama, Papa und Kinga unsanft bei ihrem Gespräch über die Last des Auftragens der Kleidung älterer Geschwister.

»Sag so was nicht!«, zischt Erstere, mein Einwurf hat sie unerwartet getroffen. »Nicht uns.«

»Für alle Fälle solltet ihr es aber wissen.«

»Ich bin deine Mama, du beerdigst mich und nicht andersherum!«

»Im Regelfall«, gebe ich ihr recht. Mit Einschränkung. »Aber das Leben benimmt sich nicht so deutlich wie du und bricht auch gern mal die Regeln.«

Mama schnaubt so laut, als könnte sie damit meine bereits gesagten Worte übertönen.

»*Nur damit es mal ausgesprochen ist: Urne, Beerdigung ohne Fotos, ohne Tamtam, Organe können alle raus.*«

»*Deine Augen behältst du!*«

»*Mama!*«

»*Die hast du von mir geerbt!*«

»*Urne, Beerdigung ohne Fotos, ohne Tamtam, Organe können alle raus*«, *wiederhole ich in scharfem Ton.* »*Falls sich was ändert, gebe ich Bescheid.*«

»*Können wir bitte wieder über ausgeleierte Knopflöcher reden?*«, *meldet Kinga sich kleinlaut aus ihrer Ecke, während Mama das Fotobuch zuschlägt und beschließt, dass es genügend Erinnerungen waren für diesen Tag.*

● ● ●

»Schau mal, hier haben wir zum Beispiel ein Foto von Lena.« Ich halte Mama das Display vor die Nase.

Mama guckt wie Winnie Puuh: »Wer ist Lena?«

»Lena Mertens ist mit mir auf der Oberschule gewesen und war auch ein paarmal bei uns zu Besuch ...«

Schweigen.

»Das ist die mit dem Papa, über den du dich bei den Elternabenden immer so aufgeregt hast, weil er immer so viele Fragen gestellt hat.«

»*Das* ist Lena?!« Nun greift Mama sogar nach ihrer auf dem Tisch liegenden Lesebrille. Sie wittert guten Gossip. Mama liebt Gossip.

Das Foto zeigt Lena an der Reling lehnend im Hamburger Hafen.

»Mensch, hat aber gut zugelegt, die Kleine. Ist sie schon

verheiratet?«, fragt Mama nach dem Motto: Kann sie sich das schon leisten? »Oder hat sie Kinder bekommen?«

»Ich glaube nicht«, antworte ich.

»Sind da drin noch mehr Fotos von ihr?«

Nickend wechsle ich mit einem Klick zu Lenas Profil. Man sieht sie in Monte Carlo vor einem Teller Pasta, auf dem Golfplatz mit Sonnenbrille, mit Mama und Aperol Spritz, mit Freund und Gucci-Tasche. Sie Jurastudentin, er Bankangestellter. So, wie sie auf den Bildern aufeinanderhängen, ist es vermutlich tatsächlich nicht mehr weit bis zum Foto von der Babyparty mit Windeltorte und mit Blattgold verzierten Cupcakes.

»Wer ist dieser Mann?« Mamas Kinn ist leicht angehoben, die Mundwinkel sind nach unten gerichtet, die Brauen konzentriert zusammengezogen. »Sicher, dass die nicht verheiratet sind?«

Ich rolle mit den Augen. »Bloß weil man solche Fotos hochlädt, muss man nicht gleich verheiratet sein.«

»Hast du auch solche Bilder da drin?!«

»Nein, Mama. Zu deiner Erinnerung: Ich habe keinen Freund.«

»Hast du denn mal solche Fotos da draufgepackt?«

»Ich hab gar nichts hochgeladen.« Um sie von mir abzulenken, folge ich der Markierung auf dem Pärchenbild und zeige Mama mehr Fotos von Lenas Freund. Auch sein Account ist nicht auf »privat« gestellt.

»*The key to success is to keep showing up EVERYDAY WITH INTENTION*« steht in der Profilbeschreibung, natürlich nicht zu vergessen: das Emoji »angespannter Bizeps«. In einem Storyhighlight namens »Mindset« teilt er TED-Talks und andere

Weisheiten erfolgreicher Männer, zumindest, wenn man »erfolgreich« mit »reich« gleichsetzt. So ganz sicher, dass besagte Männer die Zitate nicht aus Disney-Filmen geklaut haben, bin ich mir nicht. Er trägt gern weiße Hemden, passend zur Hautfarbe der Männer, deren Zitate er teilt. Und seiner eigenen. Und er zeigt gern mit dem Finger auf die Menschen, mit denen er ein Foto macht, als würde man sich sonst womöglich nur ihn anschauen. Das will er natürlich nicht. Auf den Bildern, auf denen er allein zu sehen ist, guckt er am liebsten nachdenklich in die Ferne. Vielleicht hat er kurz zuvor einen TED-Talk gesehen, den er erst mal sacken lassen muss.

»Wer ist da noch so drin?« Mama ist so konzentriert, dass sie kaum noch blinzelt. Jetzt sieht sie aus wie Winnie Puuh auf Honigentzug. »Kenne ich da drin noch jemanden?«

»Hast du einen Wunsch? Ich kann einen Namen eingeben und nachschauen.«

»Da kommt man sich ja vor wie bei der Służba Bezpieczeństwa!« Mama schüttelt den Kopf so vehement, dass ihre Lesebrille verrutscht. Die Służba Bezpieczeństwa war die polnische Stasi. »Was ist mit deiner Schwester?«

»Kinga hat kein Instagram.«

»Deine Cousine Marta?«

»Warte …«

Unter den ersten Fotos sind einige aus den Flitterwochen, danach folgen Hochzeitsfotos. Auf einem ist die gesamte Hochzeitsgesellschaft zu sehen, vor der ich mich mit einer kleinen Ausrede gedrückt habe. Wenigstens dieses eine Mal konnte ich dem Familienstress entkommen. Mama berührt mit ihrer Nase fast das Display – dann bekommt sie ganz große Augen.

»Ich bin da auch drin?« Ihre Stimme verrutscht zum Ende des Satzes und erkundet ungewollt neue Höhenmeter. Da oben ist die Luft so dünn, dass sie wie eine Maus klingt. »Ich will da nicht drin sein!«

»Ich finde das ehrlich gesagt auch nicht gut, dass Marta das Foto einfach hochlädt, ohne euch zu fragen«, stimme ich ihr zu und muss an Leslies Wunsch-AG denken. Vielleicht wäre das wirklich keine so schlechte Idee, den Kids dort auch gleich die Netiquette einzubläuen.

Ansonsten ist Martas Profil recht austauschbar. Sie mag Hunde, Urlaub und lacht viel, gern auch auf abfotografierten Polaroidfotos, gehalten von einem fein lackierten Daumen. Sie schätzt Polas, weil man »sich wirklich noch überlegt, welche Momente man einfängt« und den Speicherplatz nicht wahllos mit »fünfzig Versionen des gleichen Motivs zumüllt«. Auf manchen Fotos mit den Großeltern offenbart sich ganz nebenbei ihr großes Herz. »Sind sie nicht toll?«, steht in der Bildunterschrift. »Bin ich nicht toll?« ist damit eigentlich gemeint. Auch Marta guckt gern verträumt in die Ferne oder wahlweise auf ihre überkreuzten Beine. Marta muss gerade ganz natürlich spazieren gegangen sein, als jemand sie zufällig in dem sonnenblumengelben Kleid in Zakopane geknipst hat. Sie isst gern Acai-Bowls, begraben unter in pingelig genauen Bahnen sortierten Chiasamen, Kokosflocken und Obststücken.

»Was ist mit deiner Cousine Nikola?« Na bitte, Brigitte. Mama ist jetzt so richtig im Game. Doch als ich Nikolas Namen in die Suchleiste eingebe und die ersten Bilder laden, versteift sich Mamas Rücken. »Das kann jeder sehen? Jeder?!«

Ich lüge, damit Mama noch schlafen kann: »Ihr Profil ist ›privat‹. Das können nur Freund:innen und Familie sehen.«

»Na gut.« Mamas rechte Augenbraue bleibt trotzdem skeptisch unter dem Haaransatz hängen, als wir uns Nikolas Account genauer anschauen – oder vielmehr den Account ihrer *Tochter*.

»Mein Bündel Glück und ich«, kündigt die Profilbeschreibung schon großspurig die Datenschutzverletzung am eigenen Kind an. Das Storyhighlight »Making of« verfolgt ihre Schwangerschaft in so vielen Fotos, dass ich selbst schwanger werden, ein Kind gebären und es flügge werden lassen kann, bevor ich mich durch alle Bilder geklickt habe. Alle anderen Storyhighlights und ebenso die meisten Postings zeigen dann das Material, auf das Pädophile gewartet haben. Hauptsache, Pampers sponsert und Mama darf sich fühlen wie eine berühmte Influencerin. Statussymbol: Kind.

»Aber du kannst dir nicht nur Fotos von Freund:innen angucken, sondern dich auch inspirieren lassen«, wechsle ich lieber das Thema, da mir von Nikolas Profil ganz schlecht wird, die gekonnt zu verdrängen scheint, was daraus alles Schlimmes erwachsen kann.

»Ich weiß ja nicht …« Mama fasst sich an den Hals und streicht sich mit pikiert gespreizten Fingern über die Haut. »Ich habe mich doch nicht aus dem Telefonbuch streichen lassen, um jetzt Putin meine Vorlieben zu verraten.«

»Putin?« Ich muss lachen. Offensichtlich scheint Mama besser aufgeklärt als meine jüngeren Cousinen.

»Das haben sie letztens bei ›Explosiv‹ gebracht, dass man da vorsichtig sein muss«, erklärt sie mir. »Stell dir mal vor, Hitler hätte Instagram gehabt.«

»Das Argument kenne ich, aber ich könnte dir ein Profil anlegen, das nicht auf dich zurückzuführen ist, und du müsstest selbst keine Fotos posten, könntest dir aber zum Beispiel die von Marta und Nikola angucken. Oder Näh- und Kochseiten folgen.«

»Ob das nötig ist ...«

»Guido Maria Kretschmer hat auch Instagram.«

»Guido? Echt?!« Plötzlich leuchten Mamas Augen, endlich blinzelt sie wieder. Jetzt sogar so oft und so schnell, als müsste sie die versäumte Befeuchtung des Sehapparats nachholen.

Fünf Minuten später habe ich sie überzeugt. Neben Guido sind schließlich auch Jorge, Motsi Mabuse und der Hundeprofi Martin Rütter auf der Plattform unterwegs.

Willkommen auf Instagram, PolskaKluska.Senior! Für die heutige Abendunterhaltung ist gesorgt, und ich kann in Ruhe den Roman von Joyce Carol Oates lesen, der schon seit Wochen auf meinem Schreibtisch wartet.

7

stempel • Stempel, der

Ein Werkzeug, das auf der Fläche mit vertieften Buchstaben, Ziffern oder Schmuckelementen und Figuren versehen ist, um mithilfe von aufgetragener Farbe Aufdrucke zu hinterlassen • narzędzie wyposażone w zagłębione litery, cyfry itp. Na jednej powierzchni w celu pozostawienia nadruków za pomocą nałożonej farby

Durch das von Tropfen benetzte Fenster beobachte ich, wie eine Mutter und ihre Tochter sich unter einem Regenschirm drängeln. Das Kind beißt in eine Stulle, vermutlich sein Frühstück, für das zu Hause keine Zeit mehr war, während die Mutter stirnrunzelnd durch einen gelben Schnellhefter blättert. Sie deutet immer wieder auf eine Stelle und scheint etwas zu erklären, doch die Tochter kaut nur abwesend auf dem Brot herum und will weiterlaufen.

Vom Lehrer:innenzimmer aus hat man die perfekte Aussicht auf den Zebrastreifen vor der Schule. Es ist Viertel vor acht, und den meisten Schüler:innen ist die Müdigkeit anzusehen. Ich stecke die Nase in den dampfenden Kaffee in meiner

Hand und umklammere die Tasse noch fester. Auch für mich ist das nicht die beste Tageszeit, vor allem, wenn es draußen nicht hell werden will. Die grauen Wolken drängeln sich, als wäre am Himmel nicht genug Platz für alle. Sie sehen aus wie mit einem stumpfen Bleistift gezeichnet und mit angelecktem Daumen verwischt.

Die wenigsten Kinder kommen heute zu Fuß oder mit dem Rad, deshalb fällt mir Pegah sofort auf. Sie hat mal wieder ihre jüngere Schwester und ihren Bruder im Schlepptau, die sich heute in etwa so leicht antreiben lassen wie eine Herde sturer Esel. Ihr Bruder hat ihr noch dazu den Schirm geklaut, sodass der Regen ungehindert auf ihren Kopf prasselt. Pegah ist Schülerin der Klasse, in der ich als stellvertretende Leitung fungiere, deshalb kenne ich sie und ihre Eltern ziemlich gut. Ihre Mutter hat mir in brüchigem Deutsch bei einem Elternabend zu erklären versucht, dass ihre Tochter die älteste von sechs Geschwistern sei und zu Hause viel mithelfen müsse.

● ● ●

Meistens wäre ich gern die Ältere von uns beiden. Mehr Körpergröße, mehr Freiheiten, mehr Busen, mehr Respekt. Aber wenn es wieder irgendwelche Amtsanträge zu übersetzen gilt, bin ich froh, dass Kinga sich damit rumplagen muss. Heute muss sie aber nicht Mama und Papa helfen, sondern mir.

»›Chirurg‹ bedeutet surgeon«, hilft Kinga mir auf die Sprünge, als ich beim Abfragen der Vokabeln nicht weiterweiß.

»Mist, das vergesse ich immer!« Genervt schiebe ich mir den Bleistift in den Dutt, um meinen juckenden Hinterkopf zu beruhigen. Wahrscheinlich brodelt und dampft es in meinem Hirn so sehr, dass

es sich schon auf die Kopfhaut überträgt. »Dabei fragt Herr Steiner die Berufe hundertpro ab.«

»Dann üben wir eben so lange, bis du es kannst.«

»Aber hast du nicht auch noch Hausaufgaben, die du erledigen musst?«

»Passt schon. Also weiter geht's: Was bedeutet ›Fliesenleger‹?«

»Irgendwas mit T auf jeden Fall. Ta… Tu… Tiler!«

»Ding-ding!« *Kinga bimmelt an einer imaginären Glocke.* »Hundert Punkte!«

Im selben Moment betritt Mama mein Zimmer, mit einem Tablett voller Apfelschnitze in der Hand und schlechtem Gewissen im Gesicht. Sie hat das Gefühl, dass Kinga ihren Job machen muss, dass eigentlich sie mit mir lernen müsste. Nur spricht sie kein Wort Englisch, denn sie hatte Russisch als Fremdsprache, weil zu ihrer Schulzeit noch der Sozialismus in Polen herrschte. Abgesehen davon steckt der Schulstoff auch ansonsten voller Herausforderungen. Selbst für Eltern mit fließenden Deutschkenntnissen.

»Kann ich euch sonst noch irgendwie helfen?« *Mama sieht zwischen Kinga und mir hin und her.*

»Danke, geht schon.« *Ich greife nach einem Stück der sauren, grünen Äpfel. Die habe ich am liebsten.* »Mach dir keine Sorgen, wir kommen zurecht.«

•••

Nachhilfeunterricht kann Pegahs Familie sich nicht leisten. Sie wuppen gerade so die Miete für ihre Wohnung in der Platte am Kotti. Eine Wohnung, die auf den ersten Blick vielleicht geräumig erscheinen mag, aber nur für Rentner mit alten Mietverträgen, nicht für eine Großfamilie. Viele Nachbar:innen, viel Lärm, viele Drogen. Alles extrem komprimiert auf dichtem Raum und inmitten und umgeben von viel Grau. Das Schlimmste an Unfairness ist, dass sie dort am größten ist, wo man sie nicht sieht. Wo man nicht hingucken will. Wo wir nicht hingucken wollen. Obwohl sie sich einem regelrecht aufdrängt. Denn wer am Kotti in die U3 steigt, fährt los aus der von Armut und Drogen durchsuppten Platte und gleitet schon wenige Minuten später durch das bonzige Neubauviertel Nähe Gleisdreieck. Nur um kurz darauf abzutauchen in den Berliner Untergrund. In der Bahn teilen sich Arm und Reich dieselbe Sitzbank und kommen am selben Ort an. Am Ende landen wir alle unter der Erde.

Ich weiß, wie sehr Mama und Papa sich anstrengen mussten, damit Kinga und ich gut und sicher auf einer ähnlichen Platte heranwachsen konnten. Darum haben sich mir die beschämten Blicke von Pegahs Mutter und Vater auch so sehr eingeprägt, als sie in der Elternsprechstunde versicherten, ihr Möglichstes zu versuchen, um Pegah eine gute Lerngrundlage zu ermöglichen.

»Wen beobachtest du?« Ich zucke zusammen, als Annette hoch motiviert an meine Seite tritt. Meine Lieblingskollegin wirkt so angeknipst, als hätte sie einen Energydrink in der Hand und keinen Kaffee. »Was ist denn da so spannend, hm?«

»Ich möchte nur möglichst gebildet erscheinen, deshalb der versonnene Blick in die Ferne.« Ich antworte, ohne sie dabei anzusehen, vielleicht merkt sie ja, dass sie unerwünscht ist.

»Wie bitte?« Vielleicht auch nicht.

»Das war nicht ernst gemeint.«

»Ach, du und deine Witzchen.« Wie eine alte Kneipenkumpanin prostet Annette mir lachend mit ihrer Tasse zu. Ein Schluck Kaffee landet auf meiner Bluse. Auch das merkt sie nicht. »Ich dachte schon, du bist jetzt zur Privatdetektivin geworden.«

Annette hat kein natürliches Verhältnis zu Humor. Ihre Versuche, ironisch zu sein, lösen stets Fremdscham bei allen Umstehenden aus. Und sie ist sich auch für kein Klischee zu schade, um unseren stotternden Small Talk zum Laufen zu bringen: »Richtiges Sauwetter ... Und das soll heute den ganzen Tag so gehen.«

Fast apathisch nickend beobachte ich weiterhin Pegah. Ihr dichtes Haar fällt ihr nass über die Schultern, sie ist immer noch ohne Schirm. Annette scheint meinem Blick zu folgen: »Ist das da unten nicht das iranische Mädchen aus deiner Klasse?«

»Pegah.«

»Sie sitzt gleich in meinem Unterricht. Hoffentlich kommt die Iranerin nicht zu spät, das kann sie sich im Moment nicht leisten.«

»Pegah«, wiederhole ich nun mit Nachdruck und noch weniger Lust, mit Annette zu reden. Leider hat sie mein Interesse geweckt. »Hat Pegah immer noch so große Schwierigkeiten?«

Annette schaut betont besorgt drein: »Die letzte Klassenarbeit war ein Ausfall, und manchmal habe ich das Gefühl, sie schläft im Unterricht ein.«

»Sie muss zu Hause viel mithelfen, deshalb ist sie so erschöpft.«

»Das mag ja sein, trotzdem kann ich nur bewerten, was ich sehe.« Annette faltet die Hände wie zum Gebet vor der Brust zusammen.

»Ich werde wohl noch mal mit ihren Eltern reden müssen.« Wenn ich weiter so nachdenklich auf meiner Unterlippe herumkaue, habe ich bald keine mehr. »Vielleicht können sie ihr wenigstens am Nachmittag etwas mehr Zeit freischaufeln, damit sie in Ruhe lernen kann.«

»Oder du schickst sie in die Hausaufgaben-AG, dann hat sie auch nicht ihre kleinen Geschwister um sich.« Zum ersten Mal habe ich das Gefühl, einen wirklich sinnvollen Tipp von Annette zu bekommen. Zum Dank lobe ich sie das nächste Mal für ihren Kirschkuchen. Vielleicht.

»Nicht verzagen, Annette fragen.« Annette zwinkert mir zu und hakt sich doch tatsächlich bei mir unter. »Alles easy peasy, lemon squeezy.« Mich beschleicht das ungute Gefühl, dass sie mich mit ihren Reimen imitiert. Es gefällt mir gar nicht, mich selbst durch ihren Mund zu hören, zumal mir das erst das Ausmaß der Peinlichkeit dieser Sprüche bewusst macht.

»Ich gehe dann mal in den Unterricht.« Mit einer nicht ganz so galanten Bewegung entwinde ich mich ihrem Griff und schnappe mir meine Unterrichtsmaterialien.

Annette winkt mir beschwingt hinterher: »Ciao, Kakao!«

Ich habe nicht damit gerechnet, dass er mir noch mal schreibt.

»Spontan Lust, heute zusammen zu Abend zu essen?« Antons Nachricht erreicht mich gegen Ende der Mittagspause. Die Pausenglocke hat vor einer Minute angekündigt, dass die Schüler:innen in fünf Minuten in ihren Räumen sitzen müssen. Und ich auch. Doch anstatt alle sieben Sachen zu packen und aus dem Lehrer:innenzimmer loszulaufen, sitze ich auf meinem Stuhl und starre wie paralysiert auf mein Handy. Mein Herz flattert plötzlich unangenehm, obwohl ich Anton doch gar nicht *so* gut finde. Also, ich bin zumindest nicht sicher. Aber bestimmt eher nicht.

Ich schlucke.

Vermutlich sollte ich nicht gleich springen, nachdem Anton mich mit einer fiesen Ausrede abgespeist hat. *Aber was, wenn er wirklich auf einem Ärzt:innenkongress in Weimar war?* flüstert eine Stimme in meinem Kopf, die erstaunlich viel Ähnlichkeit mit Mamas Stimme hat.

Meine Gedanken geraten außer Kontrolle, mit einem Mal verquirlen sie sich zu einem heterogenen Brei. Was schreibe ich jetzt bloß? Zum Glück habe ich heute Morgen noch die Haare gewaschen! Ob er wohl im Bett genauso der klassische Typ ist wie bei der Musik? Fahr mal einen Gang runter, Zofia! Alles fit im Schritt? Dann verpasse ich ja »The Masked Singer«.

»Gern«, tippen meine Daumen ein, während mein Hirn noch mit Quirlen beschäftigt ist.

Ich stehe mit dem Auto fast direkt vor Antons Haustür, doch anstatt auszusteigen, starre ich auf den Beifahrersitz und ärgere mich darüber, im Supermarkt mehr meinem Geschmack als meinem Verstand gefolgt zu sein. Schlümpfe von Haribo und Schokoküsse sind ein passender Proviant für einen Wandertag mit den Chaoten, aber bestimmt nicht für ein erstes Date. Oder was auch immer das heute ist. Auch noch mit einem Arzt, als ob der über Zucker in so komprimierter, klebriger Form nicht die Hände über dem Kopf zusammenschlagen oder mich zumindest gedanklich extrem verurteilen würde. Wenigstens war ich so geistesgegenwärtig, nicht die Bachelor-Variante von Katjes mitzunehmen. Andererseits klingen Schokoküsse auch ganz schön zweideutig, oder?

Jetzt hör aber auf, Zofia! Du bist schon wie deine Mutter!

Ich könnte mir selbst in den Arsch beißen dafür, dass ich

schon wieder so viel nachdenke. Bewusst zielstrebig schnalle ich mich jetzt also ab, stopfe die Einkäufe in meine Handtasche, knalle die Tür beim Aussteigen schwungvoll zu und marschiere selbstbewusst auf die Hausnummer 18 zu.

Ich habe in meinem Leben bisher nicht viele Berührungspunkte mit Charlottenburg gehabt. Ein paarmal war ich als Teenager am Ku'damm, wenn die polnische Verwandtschaft zu Besuch war und unbedingt das sagenumwobene KaDeWe besuchen wollte. Sie haben Chanel-Taschen zu Ausstellungsstücken erklärt, Luxus als höchste Kunstform definiert und somit weit mehr Zeit im Kaufhaus als im Pergamonmuseum verbracht. Antons Wohnung befindet sich nicht am Ku'damm, dessen Umgebung von Touristen und Möchtegernbonzen überschwemmt ist, sondern am *tatsächlich* bonzigen Savignyplatz. Willkommen beim Spießrutenlauf für alle mit durchschnittlichem Einkommen! Hier hat Anton sich als Ärzt:innensohn und Arzt mit Sicherheit wesentlich besser akklimatisieren können als im Märkischen Viertel bei seiner Oma.

• • •

»Was guckst du so, hä?!« Erschrocken fahre ich herum, um erleichtert festzustellen, nicht gemeint zu sein. »Hab dich was gefragt!«

Zwei Jungs stehen Nase an Nase, während ein Mädchen den einen von ihnen am Ellenbogen zurückziehen will. Kinga bedeutet mir, noch einen Moment auf der Schaukel sitzen zu bleiben, obwohl wir gerade gehen wollten.

»Da müssen wir uns ja nicht einmischen«, flüstert sie mir zu. Möglichst unauffällig schielen wir zu den drei Teens rüber, die ungefähr fünfzehn oder sechzehn Jahre alt sind, also ähnlich wie Kinga.

»*Hast du meiner Freundin auf den Arsch geguckt, du Ratte?!*« *Der mit der zerschlissenen, erdbeerroten Bomberjacke ist der eindeutig aktivere Part von beiden. Sein Gegenüber steht mit dem Rücken zu mir, weshalb ich keine Gefühlsregung aus seinem Gesicht ablesen kann.*

Doch sein nervöses Gestammel verrät ihn: »*Nein, ich … also … ich …*«

»*Ja?*«

»*Ich hab nicht, also … Das kam dir nur so … vor. Das stimmt nicht.*«

»*Willst du etwa sagen, dass ich mir das nur eingebildet habe?*«, *erwidert der Bomberjackenjunge mit einem Schnalzen. Alle Jungs machen das, dieses Schnalzen. Es soll wohl autoritär wirken oder so. Erinnert mich aber eher an Oma beim Taubenanlocken.* »*Werd nicht frech!*«

»*Malte, lass uns gehen, bitte …*« *Das Mädchen in seinem Rücken versucht es noch mal. Sie ist wirklich hübsch, ich würde ihr auch hinterhergucken. Ihre Blässe sieht edel aus und nicht kränklich wie bei mir. Das Haar ist voll und fällt ihr in Wellen über die Schultern. Meines steht struppig in alle Richtungen ab, weil ein Friseur zu teuer für uns ist und Mama sowieso meint, sie könne das selbst erledigen.*

»*Zieh dich aus.*« *Bomberjacken-Malte reißt den Arm von seiner Freundin los und tritt, wenn überhaupt möglich, noch näher an seinen Rivalen heran. Er streckt die jungenhafte Brust immer weiter raus, als wenn sie ein Grund zum Angeben wäre. Lustigerweise werden sie von drei Bäumen und einem ausrangierten Zaunpfahl umgeben.*

»*Mit etwas Fantasie könnte man meinen, sie stünden in einem Boxring*«, *flüstere ich Kinga zu.*

»*Ich wüsste, auf wen ich setze.*« *Meine Schwester nickt mit hochgezogener Augenbraue.* »*Auf das Mädchen. Sie scheint die meisten*

Gehirnzellen übrig zu haben.« Und sie versucht nach wie vor, ihren angriffslustigen Begleiter abzulenken, doch vergeblich. Bomberjacken-Malte holt aus und gewinnt von Anfang an die Oberhand. Ächzen, Jauchzen. Eine Brille fällt zu Boden. Splitterndes Glas unter Gummisohle auf sommerlich heißem Beton. Der unterlegene Kontrahent setzt lediglich ein paar Boxhiebe in die Luft ab, wie Papa, wenn er auf seinem Ohrensessel die Klitschkos anfeuert.

Kinga hat recht. Jedes Argument des Mädchens ist schlagkräftiger als die Fausthiebe der Jungs. Sie gibt sich Mühe, die Streithähne zu beruhigen, trotzdem wollen die Typen nicht auf sie hören und beginnen miteinander zu rangeln.

Einsichtig macht der Unterlegene nach knapp zwei Minuten ein paar Schritte zurück: »Okay, okay! Ich mach ja, was du willst!« Erst jetzt, wo die beiden nicht mehr wie zu einer Brezel verschlungen aneinanderhaften und der Verlierer des Kampfes sich zu mir umdreht, erkenne ich die blasse Haut, das zerzauste Haar und das Piratenpflaster über dem Auge. Da hat Anton sich wohl das falsche Wochenende ausgesucht, um seine Oma zu besuchen. Bomberjacken-Malte befiehlt Frau Utrechts Enkelsohn, sich das Oberteil auszuziehen.

»Arschloch«, flüstert Kinga neben mir und schlägt mit ihren Fersen dicke Kerben in den Sand unter unseren Füßen. Bomberjacken-Malte lässt sich das T-Shirt geben und schmeißt es in den Dreck, um draufzuspucken: »Und jetzt wiederholst du: Ich bin eine widerliche Ratte.«

»Ich bin eine widerliche Ratte.« Anton senkt das geschwollene Gesicht und starrt auf seine Füße. Mittlerweile haben die Jungs ein paar dreckig lachende Zuschauer bekommen. Manche schauen nur heimlich vom Balkon oder Fenster aus zu.

»Lauter! Ich kann dich nicht hören!«

»Ich bin eine widerliche Ratte …«

»Und in Zukunft behalte ich meine dreckigen Blicke bei mir.«

»Und in Zukunft behalte ich ... meine dreckigen Blicke bei mir.«

»Geht doch.« Bomberjacken-Malte klopft Anton brüderlich auf die Schulter, in die er eben noch gebissen hat. »Dann verpiss dich jetzt. Zack, zack.«

Frau Utrechts Enkelsohn lässt sich nicht zweimal bitten. Wie ein verschreckter Waldhase zischt er geduckt ab, nur dass er nicht im Gebüsch, sondern hinter der Hausnummer 32b verschwindet. Er traut sich nicht mal, noch nach seinem Oberteil zu greifen.

Derweil dreht der stolze Fuchs sich zu seiner Freundin um. Oder zumindest dahin, wo sie zuvor gestanden hat. Weil er zu sehr damit beschäftigt war, sein leicht angreifbares Ego zur Schau zu stellen, hat er nicht mitbekommen, dass sie bereits ärgerlich kopfschüttelnd gegangen ist.

Ich höre Kinga leise lachen, und auch ich kann mir ein hämisches Grinsen nicht verkneifen.

Die Feststellung schmälert das Erfolgsgefühl des Hobbyschlägers sichtlich, auch wenn er versucht, sich das nicht anmerken zu lassen. Er zieht eine Kippe aus der Jackentasche, zündet sie an und schlendert, sie lässig in der Hand haltend, in Richtung unseres schattigen Verstecks.

»Also, wenn du sie beeindrucken willst, solltest du vielleicht damit anfangen, ihr zu zeigen, dass du denken kannst.« Kinga hat zwar keine Kippe dabei, dafür aber angeborene Lässigkeit. Bewundernd sehe ich zu meiner großen Schwester auf, die sich eben noch aus dem Streit heraushalten wollte, jetzt aber taffe Ansagen verteilt.

»Redest du mit mir?«, fragt Bomberjacken-Malte ebenso verwirrt, wie ich mich fühle. Vielleicht hat Kinga ein schlechtes Gewissen bekommen, weil sie eben nicht eingegriffen hat.

»Siehst du hier sonst jemanden?«, fragt sie herausfordernd.

»Willst du mich verarschen?« Bomberjacken-Malte ist offenbar so *erstaunt darüber, von jemandem angesprochen zu werden und dann auch noch so, dass er sogar vergisst, dass er eine Zigarette in der Hand hält.*

»Pass auf, sonst aschst du auf deine Jeans.« Kingas gut gemeinter Rat kommt nicht so gut gemeint an.

»Ganz schön frech, du Ratte.«

»›Ratte‹ ist deine Lieblingsbeleidigung, oder?«

»Was sagst du?«

»Entspann dich, ich bin ein Mädchen. Mich zu hauen geht gegen deine Ehre.« Kingas abfälliger Tonfall hallt von den Betonwänden der Hochhäuser wider. »Mach mit meinem Rat, was du willst. Kannst ihn annehmen, ablehnen, weiter verschenken. Nur umtauschen geht nicht.«

Erst als Kinga nach meiner Hand greift und ich spüre, dass ihre sich schwitzig und zittrig anfühlt, wird mir klar, dass meine Schwester in diesem Moment doch nicht so entspannt ist, wie sie tut.

»Komm, wir gehen.« Kingas Schrittgeschwindigkeit ist zügig. Aber sie kommentiert auch laut, warum: »Zu Hause wartet das Mittagessen auf uns, und heute gibt es Nudelauflauf. Wir sollten uns beeilen, bevor Papa alles allein aufisst.«

• • •

Bei unserem Fernsehabend mit Frau Utrecht und Herrn Siegel hat Anton versucht, seine Oma von einem Umzug zu überzeugen. Seine Erfahrungen scheinen der Motor für seine Sorge zu sein, jeder Gang in den Supermarkt könne das Leben seiner Oma gefährden und demnach ihr letzter sein.

»Wir haben doch das Geld«, hat er argumentiert, ohne zu verstehen, dass Frau Utrecht aber nicht mehr die *Nerven* für einen Umzug hat. Und warum auch? Sie fühlt sich wohl in ihrer geräumigen Wohnung mit altem Mietvertrag und Freiheitsgefühl. Die Argumente für einen Tausch gegen eine garantiert kleinere, aber viel teurere Butze im ungewohnten, wenn auch schickeren Kiez oder gar einen Platz im Altersheim sind schwer zu finden.

Und ehrlich gesagt frage ich mich auch, ob es hier in Charlottenburg eigentlich *so* viel sicherer ist. »Botox to go«, lese ich den geschwungenen Schriftzug von einer Schaufensterscheibe ab. Auch hier wird einem Körperverletzung auf offener Straße angedroht. Hinter der Spiegelung des Fensters beobachte ich eine Angestellte mit Lippen wie von Wespen geküsst dabei, mich beinahe aggressiv zu sich hereinwinken zu wollen. Wer mit so zornigen Blicken Kundschaft werben will, wird wenig Erfolg haben. Die zwanzig Meter zu Antons Wohnungstür sind ein Slalom vorbei an über die Schultern gelegten Kaschmirpullovern und überzüchteten Rassehunden. Über meinen Schultern liegt ein Schal mit Tuscheflecken, und das Letzte, was ich gezüchtet habe, war Schnittlauch in der Küche.

Während der Türöffner mir summend Eintritt gewährt, bricht der Schweiß auf meiner Stirn aus. Es ist kein Blutbild notwendig, um die Symptome von »Zu lange kein erstes Date mehr gehabt« zu entschlüsseln. Ich erwarte einen Anton in Dinnerjacket, der mir die Doppeltür zu einem Loft im Dachgeschoss öffnet, in dem ich Überschuhe aus Silikon tragen muss. Groß, weiß, leer – perfekt für Ärzt:innen und Serienkiller:innen. Spuren wären schnell beseitigt, das notwendige Desinfektionsmittel hat er als Arzt parat.

Die eleganten Dachschrägen sowie der stattliche Eingang sind so fest in meine Vorstellung integriert, dass ich fast an

Antons Tür vorbeilaufe. Ich hätte es getan, wenn die morsche Holztür nicht im selben Moment aufgeschwungen und Anton dahinter zum Vorschein gekommen wäre.

Ich brauche einige Sekunden, um ihn in dem ausgeblichenen und fusseligen Kapuzenpulli zu erkennen, der definitiv schon zu viel Kontakt mit Weichspüler hatte.

»Freut mich, dass du da bist. Komm rein!« Anton hat es so eilig, hinter mir die Tür zu schließen, dass ich froh bin, dass er mich nicht am Kragen gepackt und in die Wohnung gezogen hat. Das wäre meiner Serienkillertheorie entgegengekommen. Auch wenn die Wohnung gar nicht mehr dazu passt. Als ich im Hintergrund Rauchschwaden in der Küche erkenne, ahne ich auch, warum. »Fühl dich wie zu Hause, ich muss nur schnell nach dem …«

Anton verrät mir nicht, nach was er muss. Er lässt mich allein in seinem Flur zurück, weil er in der Küche aufwendige Kunststücke zu erproben scheint. Na toll. Wahrscheinlich kredenzt er vierundzwanzig Stunden mariniertes Sonstwas in dampfenden, gusseisernen Pfannen, bestehend aus Zutaten, von denen ich in meinem Leben noch nicht gehört habe – und ich bringe Haribo mit. Na ja, und Schokoküsse. Vorläufig lasse ich das Gastgeschenk in meiner Tasche.

»Hast du gut hergefunden?!« Anton schreit aus der Küche zu mir herüber.

»Absolut!«, schreie ich zurück, um das Klappern und Zischen zu übertönen. Ich nutze den Moment des Alleinseins, um mich umzusehen, ohne dass meine Reaktionen unter Beobachtung stehen. Zum Glück, denn die Wohnung entspricht alles andere als meinen Erwartungen. Ich blicke in ein Wohnzimmer, das kleiner ist als meins. Sofa, Tisch, zwei Sessel, ein

Fernseher. Ende, Gelände. Kein Angeberbücherregal, keine brokatbestickten Vorhänge, keine Skulpturen, kein Goldbarren als Türstopper.

»Fuck!« Ein Poltergeist scheint Anton in der Küche überfallen zu haben. »So eine Scheiße!«

»Was ist passiert?« Ich laufe sofort ins benachbarte Zimmer, was auch schon die Küche ist, in dem der Dampf die Sicht deutlich erschwert. Doch dass Anton die Hand unter den Wasserhahn hält, kann ich gerade noch so erkennen. »Hast du dich verbrannt?«

»Tut mir leid, ich wollte nicht fluchen.«

»Du warst mir noch nie so sympathisch.« Ich trete zu Anton an die Spüle. »Also, was ist passiert?«

»Ich habe mich geschnitten.« Er deutet mit dem Kopf auf das Messer neben der Spüle, auf dessen Klinge feine Blutstropfen schimmern. Eigentlich hatte ich angenommen, dass Anton mich massakrieren würde und nicht sich selbst, aber vielleicht ist er noch neu im Serienkillergeschäft.

»Geschnitten ist gut, du hast dir die halbe Fingerkuppe abgesäbelt.« Ich starre leicht angewidert auf den Hautlappen, an dessen ausgefranstem Rand sich trotz nachlaufenden Wassers immer wieder eine Blutlinie bildet. »Ich hoffe, du hast eine gute Berufsversicherung abgeschlossen.«

»Es hat ja zum Glück nicht zum Chirurgen gereicht.« Anton grinst. Mittlerweile ist mir mein frecher Kommentar bei unserer ersten Begegnung peinlich, der im Grunde genommen auch viel mehr Mama als ihm galt. Ich habe Anton für sie über die Klinge springen lassen, obwohl er das offensichtlich auch freiwillig tut.

»Wo finde ich Pflaster?«

»Öhm … Pflaster?«

»Du bist Arzt und hast keine Pflaster?«

»Na ja, also …«

»Desinfektionsmittel?«

Anton zuckt mit den Schultern.

»Manometer.« Ich greife nach einem Geschirrtuch. »Ist das noch sauber?«

Er nickt, woraufhin ich das Tuch als Verbandszeug missbrauche. Gleichzeitig blubbert und zischt es bedrohlich in meinem Rücken, als stünde dort ein kleiner Vulkan und kein Herd. Der Geruch von Chili steigt mir so beißend in die Nase, dass mir die Augen tränen. Doch da mischt sich ein weiterer beißender Geruch …

»Ach du Scheiße!« Kurz bevor ich mit dem provisorischen Verband fertig bin, sehe ich aus dem Augenwinkel Flammen aufsteigen. Mit einem Ruck ziehe ich das Geschirrtuch wieder von Antons Hand und versuche das Feuer zu löschen. Anton will mir dabei helfen, tropft allerdings lediglich die Fliesen mit Blut voll. Er stellt erst mal den Herd ab und wühlt weitere Geschirrhandtücher hervor, um sie über die Töpfe zu werfen.

Erst als wir das Unglück in den Griff bekommen haben, nehme ich das Ausmaß des Chaos in der Küche wahr. Teller, Töpfe, Zutaten – alles liegt quer oder gestapelt über- und untereinander.

Anton folgt meinem Blick: »Ich hätte was bestellen sollen.«

Plötzlich lache ich so laut und befreit wie schon lange nicht mehr. Anton sieht immer verunsicherter aus. »Ich wollte mir Mühe geben und selbst kochen, aber ehrlich gesagt lebe ich die meiste Zeit von Fertigkost.« Ich lache immer lauter, und so langsam kann auch Anton sich dem Zucken seines Zwerchfells nicht mehr erwehren. Und dann beginnt es ihn zu schütteln: »Mein Plan war ein kenianisches Reisgericht. Dazu flambierte Kochbanane.«

»Hast du gut flambiert!« Ich muss beinahe grunzen. »Wobei ich fast sicher bin, dass man die Frucht in der Pfanne und nicht die Schale in der Flamme flambieren sollte …«

Ich bin so erleichtert. Anton ist ein Mensch. Er ist chaotisch, verplant, ein Schmutzfink. Mama würde ausflippen, wenn sie diese Küche sehen würde. Wie sympathisch!

Wir lachen so laut, dass wir fast die Klingel überhören. Anton zwingt sich dazu, einigermaßen gefasst den Weg zur Wohnungstür anzutreten, wobei ich an seinen bebenden Schultern erkenne, dass ihm das alles andere als leichtfällt. Er atmet noch mal tief ein, bevor er die Klinke herunterdrückt. Die Tür verdeckt meine Sicht auf den Besucher.

»Wie kann ich helfen?« So offiziell, wie Antons Stimme plötzlich klingt, erwarte ich fast, dass er gleich den Spatel aus der Brusttasche zieht und sein Gegenüber bittet, »Ah« zu sagen, um ihm in den Rachen zu schauen.

Es ist eine Frauenstimme, die ihm antwortet. Eine aufgebrachte Frauenstimme: »Entschuldigen Sie mal bitte, da unten steht ein Auto, das die Einfahrt zum Parkplatz meines Salons versperrt. Ich bin auf der Suche nach der Besitzerin. Ich habe sie in diesen Hauseingang gehen sehen.«

Ich schlucke.

»Ich lasse das Auto abschleppen. Ist sowieso schon viel zu kulant, dass ich während meiner Arbeitszeit solche Umstände in Kauf nehme und klingeln komme.«

Antons Blick wandert fragend zu mir herüber. Ich gehe kurz meine Optionen durch.

Option a): Ich bedeute mit einem Kopfschütteln in Antons Richtung, dass es sich nicht um mein Auto handelt. Dann muss ich mich zwar weder der Wut der Salonbesitzerin stellen noch der Peinlichkeit Anton gegenüber, bin morgen aber um mehrere Hundert Euro leichter.

Option b): Ich stelle mich und nehme oben genannte Nachteile in Kauf.

Mein Blick analysiert noch mal das Chaos in der Küche. Dann mustere ich Anton mit seinen in der Hektik zerzausten Haaren, dem Outfit voller Fettflecken und mit der Hand, die er wie zum Nagellacktrocknen in die Luft hält, um in Wirklichkeit die Blutung zu stillen. Außerdem sagt sein Blick, dass er längst erkannt hat, wie ertappt ich mich fühle.

Räuspernd trete ich an seine Seite und blicke in das Gesicht der Frau mit den Wespenstichlippen.

»Da sind Sie ja!« Sie reißt die Augen so weit auf, wie es die mit Botox betonierte Stirn zulässt.

»Danke, dass Sie nicht direkt den Abschleppdienst gerufen haben.« Ich greife bereits nach meiner Tasche und schlüpfe in meine Schuhe. Anton tritt derweil in den Hausflur zu der Salonbesitzerin, um durch das Hausflurfenster auch noch einen Blick auf meinen Parkfehler zu erhaschen.

»Ist ja eigentlich offensichtlich, dass man da nicht stehen darf«, beginnt Madame jetzt auch noch zu referieren und lässt mir schlagartig bewusst werden, dass es gar nicht ihr Vorhaben gewesen ist, mich in den Salon zu locken. »Ich habe sogar noch versucht, Ihnen mit Handzeichen verständlich zu machen, dass man da nicht stehen darf. Aber Sie waren so damit beschäftigt, Ihre Packung Schokoküsse in die Tasche zu stopfen, dass sie mich gar nicht wahrgenommen haben.«

»Hmm«, mache ich. Der Bordstein ist sogar von hier oben so offensichtlich abgesenkt, dass man schon eine ernsthafte Sehschwäche vermuten muss, um zu erklären, wie ich das übersehen konnte. »Bin schon unterwegs.«

Ich verscheuche Anton und die Frau vom Fenster und damit aus meinem Weg mit einer Handbewegung, die auch aufdringlichen Tauben gelten könnte. Das hat mir gerade noch gefehlt, dass sie es sich zusätzlich als Publikum in den oberen Rängen gemütlich machen, während schon halb Charlottenburg auf den Gehwegen rund um mein Auto spazieren geht.

Hätte ich mit dem Verscheuchungsversuch nur früher angefangen, uns wäre vielleicht der nächste Patzer erspart geblieben. Ein lautes Knallen hallt durch den Hausflur.

»Fuck!«, sagt Anton schon zum zweiten Mal an diesem Tag, während sein Blick in Richtung seiner Wohnungstür geht. Zu.

So kommt es, dass Anton und ich den Abend auf Socken in einer Imbissbude verbringen. Zwar bin ich noch in Schuhen auf den Hausflur hinausgetreten, doch aus Solidarität ihm gegenüber ziehe ich sie mir nach der Umparkaktion aus. Antons Eltern besitzen zwar einen Zweitschlüssel, stecken aber bis um 21 Uhr noch in einem Videomeeting mit Kolleg:innen aus Süddeutschland. Was bedeutet, dass Anton und ich die Zeit irgendwie totschlagen müssen.

»Zweimal Pommes Schranke, bitte.« Mit den Zehen wackelnd, stehe ich am Tresen und gebe unsere Bestellung auf.

Anton ist das alles schrecklich unangenehm: »Ich gebe dir das Geld sofort, wenn wir wieder in der Wohnung sind. Eigentlich wollte ich dich doch ...«

»Beruhig dich.« Meine Hand auf Antons Schulter, unterbreche ich ihn, bevor er vor lauter Aufregung kollabiert. »Du hast heute schon zu viel Blut verloren.«

Wir setzen uns auf zwei der wackeligen Hocker an einen genauso wackeligen Stehtisch und teilen uns eine nach Curryketchup duftende Kuscheldecke. Es zieht ganz schön in dem Schuhkarton von Imbiss, und unsere Jacken haben wir aus bekannten Gründen nicht dabei.

»Stell dir mal vor, wir wären auf Socken in die Gourmetabteilung vom KaDeWe marschiert.« Ich befreie unsere Colaflaschen mit einem Schmatzen von ihren Kronkorken. Auf dem Öffner ist das Hertha-Logo drauf. »Die hätten vielleicht geguckt!«

»Wenn sie uns überhaupt reingelassen hätten …« Anton hebt seine Flasche, um mir zuzuprosten. Die Kundschaft hier ist mir wesentlich lieber als die, die uns im KaDeWe erwartet hätte. Und bevor ich mir »feinste Erdäpfel französischer Art, von Hand gestiftelt und mit Dip aus Cherrytomaten der Provence« für 18,99 die halbe Portion servieren lasse, greife ich tausendmal lieber auf Siggis Fritten für 16 Euro weniger zurück. Gratis dazu gibt es eine charmante und authentische Geräuschkulisse, bestehend aus Motorenlärm, zischendem Fritteusenfett und zwei Bauarbeitern, die gerade abwägen, ob ihnen heute eher nach einer Bulette im Brötchen oder einem Rostbratwürstchen ist.

Romantischer wird es nicht mehr.

»Und meine Eltern müssen auch erst mal aus Frohnau anreisen.« Anton scheint von dem ganzen Trubel so unterzuckert, dass seine Cola beinahe in einem Zug leer getrunken ist. »Sie haben ihre Praxis direkt unter der Wohnung.«

»Das heißt, du bist in Frohnau aufgewachsen?« Ich schnappe

mir eine der dünnen, weißen Servietten und wickle sie um Antons nach wie vor nicht versorgten Finger. »Ich kenne die Gegend. Hab da mal einen Babysitterjob gehabt.«

»Echt?«

»Ja, mit fünfzehn. Mama hat die Familie in ihrer katholischen Kochgruppe kennengelernt und mich vermittelt. Rückblickend musste ich für einen unchristlichen Hungerlohn schuften.«

»Was tut man nicht alles für niedliche Kinder, oder?« Antons Frage lässt mich skeptisch zu ihm hinüberschielen. Männer, die Kinder nicht per se erst mal nervig finden, sind mir nicht ganz geheuer. Sie lösen in mir dieselbe Skepsis aus wie Männer, die Sätze sagen wie: »Ich habe einen Welpen.« Oder auch: »Ich kann Klavier spielen.« Andererseits: Als Kinderarzt wäre es durchaus von Vorteil, Kinder nicht ganz scheiße zu finden. Will ich ihm mal glauben.

»Franciszek hat ständig mit dem Finger auf Leute gezeigt und absichtlich laut gelästert.« Nachdem ich meine Verarztung beendet habe, beginne ich mit dem Salzstreuer zu spielen. Wenn ich nervös bin, muss ich immer etwas in den Händen haben. »Er war echt verwöhnt. Kein Wunder, ein Einzelkind.«

»Einzelkinder sind die Schlimmsten.« Anton nimmt mir grinsend den Salzstreuer aus der Hand. Erst da wird mir bewusst, dass er als Einzelkind vielleicht nicht der beste Gesprächspartner ist, um über Einzelkinder zu lästern. Damit bin ich nicht besser als Franciszek.

Siggi ist meine Rettung.

»Bestellung Nummer hundertölf!« Er brüllt es so laut, dass ich meine, sogar die Gäste beim Nobelitaliener auf der gegenüberliegenden Straßenseite zusammenzucken zu sehen.

»Ich hol schon.« Anton schiebt sich durch den brüllend engen Imbiss und bewaffnet sich rechts und links mit jeweils einer geriffelten Pappschale. Ich schiebe mir die erste Fritte in den Mund, bevor er es geschafft hat, sie abzustellen. Die Holzgabel ignoriere ich konsequent. Zum echten Genusserlebnis gehört Salz und Fett an den Fingern einfach dazu.

»Wenn ich mir eine Henkersmahlzeit aussuchen müsste, es wären Siggis Fritten.« Anton schiebt sich eine Fritte so wie eine Kippe zwischen die Lippen.

Ich mache es ihm nach. »So wie der Tag bislang gelaufen ist, bin ich mir nicht sicher, ob es nicht vielleicht unsere Henkersmahlzeit ist.«

»Hast recht. Erst fast verblutet, dann fast verbrannt und letztlich fast verhungert.«

»Dass wir nicht gestorben sind, grenzt an ein Wunder.«

Um unser Überleben zu feiern, gibt es heute Nachtisch: Schokoküsse und Schlümpfe. Anton sagt, er liebe Schokoküsse und Schlümpfe.

●●●

Seit wir im Erdkundeunterricht über portugiesische Geckos gesprochen haben, bin ich begeistert von den flinken Reptilien. Mama nicht so. Sie sagt, wir brauchen kein Haustier, wir haben schon Papa. Ich werde sie also noch eine Weile bearbeiten müssen.

Bis dahin versuche ich ein Gefühl dafür zu bekommen, wie sich das Leben als Gecko so anfühlt. Damit mein erster Gecko und ich uns gut verstehen, wenn Mama sich eingekriegt hat. Wie muss es sich wohl anfühlen, an der Decke zu laufen? Mir gefällt die völlige Unnötigkeit dieser Fähigkeit. Etwas machen, einfach, weil es Spaß bringt.

Natürlich weiß ich, dass ich als Mensch nicht einfach an Decken herumlaufen kann, aber zumindest kann ich innen an Türrahmen hochklettern. Barfuß mache ich mich ans Werk und achte darauf, dass meine Handflächen und Fußsohlen weder zu schwitzig noch zu trocken sind. Eine komplette Anfängerin bin ich nun auch wieder nicht. Ich stelle mich in die Mitte meiner Tür, setze meine Handflächen rechts und links am Türrahmen auf und die Füße ebenfalls. Wie ein Seestern strecke ich Arme und Beine so weit, wie der Rahmen es zulässt, von mir und versuche durch pure Muskelkraft genügend Druck aufzubauen, um meinen Körper hochzuhieven. Es funktioniert sogar besser als erwartet! Wenige Sekunden später blicke ich von oben auf mein Zimmer hinunter. Genauso galant wäre ich auch wieder runtergekommen, hätte mich nicht im selben Moment ein durch Mark und Bein gehender Schrei erschreckt.

Was als Nächstes passiert, lässt sich in zwei Worten zusammenfassen: Erstens: scheiße. Zweitens: aua.

Dann höre ich auch schon schnelle Schritte und die Stimme meines Vaters: »Was ist passiert?«

»Ich habe das Unterwasserlevel geschafft!«, antwortet meine Schwester.

»Und was war das für ein Poltern?«

»Das war ich nicht.«

»Nichts passiert!«, rufe ich, doch fange noch im selben Augenblick an zu weinen. So sehr ich mich auch darum bemühe, es meinem Stolz zuliebe nicht zu tun, der Schock siegt. Papa und Kinga eilen so schnell zu mir, dass ich es nicht mal schaffe, mich vom Boden aufzurichten. Der eine sieht hilfloser aus als die andere, was mir einiges über meinen ärmlichen Anblick verrät. Meine Zunge bewegt sich langsamer als sonst, doch ich bekomme eine Erklärung zustande. Kinga kniet

sich zu mir, während ich vorsichtig meinen Hinterkopf abtaste. Papa läuft im Zimmer auf und ab.

»Mädchen …«, *murmelt er. Er benutzt es als Beleidigung für Kinga und mich. Und es ist seine Lieblingsbeleidigung. Direkt nach* »Zicke«, »Ziege« *und* »Meckerliese«. *Manchmal wäre ich gern ein Junge geworden. Mein Cousin Bartosz meckert nicht, nein, er beschwert sich nur. Bartosz würde auch nie herumzicken, Bartosz hat einfach nur einen eigenen Kopf und eine starke Meinung.*

»Was machst du denn für Sachen, Zofia?!« *Papa hat sich warmgelaufen. Seine Wangen sind geröteter als Kingas, dabei hat sie Mamas Abwesenheit gerade eine Stunde lang genutzt, um das Unterwasserlevel bei* »Super Mario« *zu knacken.* »Da ist eure Mutter einmal kurz beim Friseur, und du musst gleich für Probleme sorgen.«

»Das war bestimmt nicht ihre Absicht!« *Kinga kommt mir zu Hilfe, wofür ich ihr zum Dank ein Lächeln schenke. Zumindest hatte ich ein Lächeln geplant, doch das scheint so schief zu geraten, dass sie mich nur noch besorgter anschaut.*

»Da ist eine ganz schöne Beule …«, *flüstert sie.*

Derweil lässt Papa sich auf das Bett plumpsen. »Hast du denn Schmerzen, Mädchen?«

»Geht schon …« *Ich traue mich nicht, für noch mehr Trubel zu sorgen. Meine Schwester hingegen schlägt vor, dass wir doch einfach mal kurz beim Arzt vorbeifahren können:* »So ein Check-up dauert bestimmt nicht lange.«

»Ach was.« *Ich schüttle den Kopf, nur um prompt zu bemerken, dass das keine so gut Idee ist. Ich schließe kurz die Augen.*

Papa sieht verunsichert zwischen Kinga und mir hin und her, als plötzlich die Klingel des Eismannes ertönt, der vor unserer Haustür hält, als handle es sich um den Klang der Erleuchtung in Papas Kopf. Sein Gesicht hellt sich auf: »Wie wäre es mit einem Eis?«

Ist das jetzt sein Ernst?

»Wir kühlen die Wunde von innen.« Papa zwinkert mir zu. »Und wem kann es nach einem Eis noch schlecht gehen?«

Eis ist Papas Lösung für alles. Er sollte bei der Weltgesundheitsorganisation anfangen, wenn die Lösung aller Leiden und Gebrechen dieser Welt so naheliegt.

»Väter …«, würde Mama jetzt sagen. Aber vielleicht hat er recht. So schlimm wird es schon nicht sein, immerhin hatte ich genügend Zeit, um noch im Sturz »Scheiße« zu denken. Kinga sieht weniger überzeugt aus, als ich mich fühle, und Papa grinst, aber das kann auch daran liegen, dass sie morgen in der Schule gern etwas zu erzählen gehabt hätte und die Story über einen Besuch im Krankenhaus sich mit Sicherheit gut ausschmücken ließe. Letztlich überzeuge ich sie damit, dass wir die Gunst der Stunde nutzen könnten, um heute ganze Eisbecher und nicht bloß zwei olle Kugeln in der Waffel herauszuschlagen. Immerhin bin ich verwundet, Mama ist nicht da, und Papa freut sich über jede rebellische Tat, und sei sie noch so klein, gegen Mamas Stimme in seinem Kopf, die ihn streng an seine Leberwerte erinnert.

Ich behalte recht: Während Kinga und ich uns für den Pinocchio-Eisbecher entscheiden, bestellt Papa den Nusskrokantdoppeldecker, so als bedürfte er der Kühlung von innen. Leider befriedigt mich der Anblick der sich türmenden Eiskugeln weniger als erwartet, was daran liegen könnte, dass Waffelnase und Smartie-Augen immer wieder auf gruselige Weise vor meinen Augen verschwimmen. Ich bekomme minutenlang keinen Löffel runter, sodass das schmelzende Eis über meine Finger rinnt und sie klebrig werden lässt. Als ich letztlich meinen ersten Happs nehme, hat sich Pinocchios Gesicht zu einer gruseligen Fratze verzogen. Ich schaufele schneller, um die Fratze loszuwerden. Erst als ich in Papas Gesicht schaue, das sich ebenso unnatürlich zwischen tanzenden Flecken vor meinem Auge verformt, wird mir klar, dass Pinocchios Entstellung nichts mit dem Schmelzvorgang zu tun hatte. Mir wird schlecht. Ich kann Pinocchio auf dem Weg nach oben in unsere Wohnung gerade noch so zurückhalten, denselben Weg wieder zurückzugehen, den er gekommen ist. Doch als sich die Fahrstuhltüren öffnen, sagt er Hallo.

Mama empfängt uns mit einem spitzen Schrei vor der Wohnungstür, sie muss direkt vor uns ins Haus gegangen sein. Mama und Papa fangen direkt an, sich zu streiten. Vielleicht bilde ich mir das aber auch nur ein. Meine Wahrnehmung macht gerade komische Sachen. So bin ich zum Beispiel felsenfest davon überzeugt, dass Papa in der Lage ist, Feuer zu speien wie Fuchur aus Michael Endes »Die unendliche Geschichte«. Denn aus seinem Mund kommt nicht länger eine menschliche Stimme, sondern ein Dröhnen wie von einer riesigen Bronzeglocke. Deshalb weiß ich auch nicht ganz genau, was er zu Mama sagt, ich sehe nur, das selbige wild gestikuliert, und ihr Blick ist reiner Vorwurf. Mamas Blicksprache spreche ich auch in diesem Zustand: »Wenn ich mal nicht da bin! Bist du eigentlich noch bei Sinnen?«

Als ihr Blick mich trifft, ist der Vorwurf darin aber verschwunden. Und dann nimmt Mama mich so fest in den Arm, als wollte sie mich zu einer Briefmarke pressen.

Dann wird alles schwarz.

Als die Farben zurückkehren, bin ich nicht mehr zu Hause, sondern im Krankenhaus, wie eine Frau in weißem Kittel mir erklärt. Sie sagt, ich hätte eine Gehirnerschütterung, doch es würde alles gut werden. Ich solle noch kurz zu mir kommen, und dann könne ich meine Eltern sehen.

Ich glaube, ich will doch keinen Gecko.

● ● ●

8

bademajster • Bademeister, der

Jemand, der im Schwimmbad den Badebetrieb überwacht, um Badeunfälle zu verhindern • kogoś, kto monitoruje pływanie w basenie, aby zapobiec wypadkom pływackim

Anfangs genieße ich es, dass Mama abgelenkt ist und zur Abwechslung nicht mehr an meinen Fersen, sondern am Handy hängt. Doch mittlerweile würde ich gern auch mal wieder mit ihr reden. Teilweise steht sie wie eine Säule mitten in der Wohnung und daddelt auf dem Bildschirm herum. Sogar bei unseren TV-Trash-Abenden schaut Mama nicht mehr richtig zu, sie hält den Kopf gesenkt und scrollt wie eine Weltmeisterin – und nimmt das Handy abends mit ins Bett. Den nächsten Tag beginnt sie damit, den Feed zu checken, noch bevor wir uns einen guten Morgen wünschen. Obwohl sie so viel Zeit mit Instagram verbringt, gelingt es ihr, konsequent seinen Namen zu verdrehen: Instabook, Intergram, Instadings. Mit der Plattform hat sich meiner Mutter eine völlig neue Welt eröffnet. Sie nimmt ihre Erkundungstour so ernst, dass sie wirklich in die hintersten Ecken vorstößt.

Neulich hat sie eine Anfrage von einer Sexgruppe angenommen.

»Nicht machen, Mama! Die wollen nur deine Daten.«

»Was wollen die denn mit meinen Daten?«

»Sie verkaufen.«

»*Meine* Daten?«

»Ja, *deine* Daten.«

Mama guckt fast, als wäre sie geehrt.

»Mama, das ist *nichts Gutes.*«

Mittlerweile weiß sie, wie sie mich verlinken und mir im Chat Bilder weiterleiten kann. Das würde dazu führen, dass mein Handy ununterbrochen pingen würde, hätte ich es nicht stumm gestellt.

Nach einem Abend mit zwei Kommilitonen langweilen Mama meine Erzählungen vom bloßen Geschehen. Zum Glück haben Merlin und Rosa etwas in ihre Storys gepostet, sodass Mama die Speisekarte des Italieners checken kann, bei dem wir essen waren.

»Was ist mit Rosas Haaren passiert?«, fragt sie eher ihr Handydisplay als mich. Meine eigene Mutter stalkt mich und meine Freund:innen. Unser Privatleben ist ihr neuer Fulltime-Job.

»Na ja, *so* privat ist es ja wohl nicht, wenn sie es in das Interweb stellen«, argumentiert Mama in Reaktion auf meine etwas bissige Anschuldigung. Leider schlauer, als mir lieb ist.

»Internet«, schnaufe ich deshalb nur halbstark.

»Ich habe übrigens gesehen, dass der Anton dich verfolgt.«

»Folgt, Mama, er *folgt* mir.«

»Ja, genau. Das habe ich gesehen.« Sie hebt vielsagend die Augenbrauen, so als wäre sein nächster Instagram-Like bereits ein Heiratsantrag. »Hab ich ganz genau gesehen.«

Aufmerksam beobachte ich, ob sie etwas ahnt. Ob Mama anhand meines Verhaltens merkt, dass ich mich schon mit ihm getroffen habe, und nun Triggerpunkte setzt, um mir demaskierende Reaktionen zu entlocken. Doch nur einen Wimpernschlag später hat sich Mamas Konzentration wieder verschoben, und sie starrt stirnrunzelnd auf ihr Handy.

Dass Mama Instagram mittlerweile beherrscht, bedeutet trotzdem nicht, dass sie mit anderen Funktionen ihres Smartphones klarkommt. Noch immer ist ständig etwas »kaputt«, was mit dem Wegixen eines Fensters »repariert« werden kann. Updates macht sie aus Prinzip nicht. Einmal war ich stolz, weil Mama direkt auf eine meiner WhatsApp-Nachrichten reagiert hat, doch es stellte sich heraus, dass es unabsichtlich passiert ist. Außerdem beschwert sie sich ständig über die schlechte »Anbindung« in meiner Wohnung.

»Mama, es heißt ›Empfang‹.«

»Also, was ist jetzt mit Rosas Haaren?«

»Hör auf, meine Freund:innen zu stalken!«

»Sie drängen sich mir doch auf.«

Ich würde jetzt sehr gern mit einer Tür knallen.

»Übrigens habe ich gesehen, dass sie jetzt diese Karottenhosen trägt«, plappert Mama weiter und hält mir ihr Handy direkt vor die Nase. »Früher habe ich auch Karottenhose getragen.«

»Das heißt jetzt ›Mom-Jeans‹«, korrigiere ich sie und knalle zumindest mit dem Fenster.

Selbstverständlich werde ich sofort ermahnt: »Pass doch auf!«

»Sorry, war ein Versehen …«, murmle ich.

Schwer zu deuten, ob ich eher vor Erschöpfung oder vor Erleichterung seufze, als ich im Bad ein paar Minuten für mich habe. Mal wieder will ich, dass sie da ist, wenn sie weg ist, und dass sie weg ist, wenn sie da ist. Instagram-motiviert sind ihre Aushorchmethoden noch perfider und ihre ungefragten Stellungnahmen noch distanzloser als davor. Selbst durch die Badezimmertür höre ich, wie Mama sich Reels ansieht. Instagram ist der Teufel! Ich schließe die Augen und lehne mich mit dem Rücken an die kalten Fliesen. Vielleicht finde ich eine gute Playlist, die die Geräuschkulisse, bestehend aus remixten Charthits und affektierten Stimmen, übertönt und mich entspannt in meine abendliche Routine starten lässt. Noch während ich mich durch Spotify scrolle, erreicht mich eine Nachricht.

»Wie war dein Tag?« Es ist eine Frage, auf die ich normalerweise so reflexartig mit »Gut« antworte, wie ich blinzle, wenn ein Gegenstand auf mich zufliegt. Doch als die Frage da klein unter Anton.Utrecht aufblinkt, halte ich für einen Moment die Luft an.

»Ich will nicht darüber nachdenken«, texte ich zurück und lasse mich dabei auf den Klodeckel sinken. Ich stelle mir vor, wo er gerade sitzt. Vermutlich nicht auf dem Klo. Vielleicht in seinem Wohnzimmer, im Bett?

Als könnte er meine Gedanken hören, kriege ich das Foto einer Portion Pommes zugeschickt. Die Art und Weise, wie schlonzig Ketchup und Mayo über die fettigen Kartoffelschnitze gerotzt wurden, erkenne ich sofort. Eindeutig Siggis Handschrift.

Er ist in unserem Imbiss.

Also, nicht in *unserem* Imbiss …

»Heute mal in Schuhen«, rutscht noch eine Nachricht von Anton hinterher.

Mein Kichern hallt leise von den Fliesen wider.

Ich tippe: »Hat Siggi dich so verändert überhaupt wiedererkennen können?«

Senden.

Dann warten.

Anton.Utrecht schreibt.

Ich stelle mir vor, dass seine schlanken, langen Finger wie die Beine von Weberknechten über das Display huschen. Dass er grinsend auf einer Fritte herumkaut und dabei nach einer witzigen Antwort sucht. Ich hoffe zumindest, dass es ihm ebenso wichtig ist wie mir, witzig zu antworten.

Auch wenn Anton kein hochgewachsener Mann ist, ist er doch schlank. Er sieht aus wie einer, der wenig Zeit für Sport hat. Also ganz mein Geschmack. Keine Muskeln, die praller sind als meine Brüste. Kein Popeye, sondern ein Donald. Schlau, weil faul. Besser noch: faul in den richtigen Momenten. Jemand, der seine Zeit lieber mit Musik, Filmen und Büchern verbringt als mit Steroiden und Langhanteln. Er ist niemand, der einen abends auf dem Sofa mit »Let's Dance« allein lassen würde, um pumpen zu gehen, und damit so viel Druck und schlechtes Gewissen in mir aufzubauen, dass ich meine geliebten Lindor-Kugeln nicht mehr anrühren würde.

Pling.

»Pommes Schranke gab es heute nur to go«, antwortet Anton. »Siggi wollte mich nicht länger in seinem Laden haben. Er war sauer, dass ich dich nicht mitgebracht habe.«

Das geht doch in eine eindeutige Richtung.

»Keine Sorge, ich komme das nächste Mal wieder mit, dann

könnt ihr euch versöhnen.« Ich zwinge mich dazu, abzuschicken und nicht weiter darüber nachzudenken. Die Tatsache, dass ich von Angesicht zu Angesicht höchstens mit vor Ironie triefendem Unterton dazu in der Lage wäre, so »mutig« zu antworten, sagt viel über das Maß meines praktizierten Draufgängerinnentums aus.

Antons Antwort kommt sofort: »Deal!«

Ich atme auf.

Pling.

Es kommt noch ein Foto. Hoffentlich erwartet Anton nicht, dass ich mich mit meiner aktuellen Aussicht auf den Badvorleger revanchiere.

Pling.

Das nächste. Diesmal von seinen Beinen, die er in Feierabendlaune auf dem Wohnzimmertisch abgelegt hat. Leider ist das Bild nach wenigen Sekunden verschwunden und nicht mehr abrufbar. Vermutlich wollte er mir damit zeigen, dass er bereits zu Hause angekommen ist und sich jetzt einen entspannten Abend macht. Doch es ist ein anderes, ganz essenzielles Detail, das meine Aufmerksamkeit auf sich gelenkt hat.

»War das Stuart Little auf deinem Fernseher!?« Um die Fassungslosigkeit meiner Reaktion zu verdeutlichen, hätte ich in ausschließlich großen Lettern antworten müssen.

Diesmal braucht Anton etwas länger für die Antwort, was meinem Kopf Zeit für mögliche, eher unglückliche Szenarien gibt. Doppelleben. Anton hat ein Kind. Nein, Zwillinge. Will keine Alimente zahlen, wurde verklagt. Passt jedes zweite Wochenende auf Ann-Sophie und Emma-Luise auf. Anton hat mich belogen und sich verraten. Er ist ein Betrüger, ein Lügner. Ich wäre fast auf ihn hereingefallen.

»Ich denke, ich kann das unter ›Arbeit‹ verbuchen«, antwortet Anton gewollt gewitzt. Doch täuschen kann er mich nicht. Nicht mehr.

Bevor ich reagieren kann, vibriert das Handy erneut in meiner Hand.

»Na gut, ich gestehe!«

Ha! Hab ich es doch gewusst!

»Ich habe ein Faible für die Filme meiner Kindheit.«

Diesmal tippe ich sofort: »Du verarschst mich!«

Pling.

Ein Foto.

Es zeigt Stuart Little in einem schnittigen Mäuseauto auf dem Weg durchs nächtliche New York.

»Gott, wie lange ist das her?!« Die nostalgischen Gefühle übermannen mich so sehr, dass ich für einen Moment vergesse, weiter skeptisch zu sein.

»Ist dir jemals aufgefallen, dass Dr. House der Vater in ›Stuart Little‹ ist?« Anton heftet seiner Nachricht ein Beweisfoto an. Und schiebt gleich noch ein zweites hinterher.

»Und der kleine Georg wird gespielt von Philipp Amthor.«

Trotz der Kindheitserinnerungen, die in mir hochkommen und ein Gefühl von Wärme in meinem Bauch hinterlassen, finde ich dieses Hobby ganz schön fragwürdig für einen Erwachsenen. Anton hingegen läuft gerade zur Höchstform eines passionierten Filmkritikers auf: »Als Kind habe ich die super geistreichen Wortwitze über den Marihuanakonsum der Ghettokatzen gar nicht zu würdigen gewusst, genauso wenig wie die Tatsache, dass Stuart mit ›Little Women‹ einen ausgezeichneten Buchgeschmack beweist!«

Anton guckt Kinderfilme.

Hmm.

Dann doch lieber Fitnessstudio?

•••

Für einen Menschen, der seinen Bizeps normalerweise damit trainiert, Zuckertütchen für den Tee zu schütteln und sie gegen die Tischkante zu hauen, ist es eine beachtliche Leistung, sich überhaupt ins Fitnessstudio zu trauen. Ich bin einer dieser Menschen.

Unter normalen Umständen wäre mir das auch nicht passiert. Aber ich bin verliebt.

Wider jede Natur bringe ich meine Muskeln auf der Stelle rennend zum Brennen und versuche das Zwinkern aufgrund von Schweiß, der in meine Augen rinnt, als lässiges »Hey du!«-Zwinkern in Olis Richtung zu verkaufen. Schon nach fünfzehn Minuten Laufband fühlt sich meine Brust an, als schlüge das Herz eines Kolibris darin. Sieben Stundenkilometer sind schneller, als ich dachte.

Mich treffen die sich vergleichenden Blicke der anderen Mädels in ihren wie vom Werbeplakat geklauten Leggings an den wie vom Werbeplakat geklauten Körpern.

Eigentlich hatte ich erwartet, unangenehmen Männerblicken ausweichen zu müssen, doch die sind viel zu sehr mit sich beschäftigt. Und damit, angestrengt zu schnaufen.

Wieder geht mein Blick zu Oli, dem ich gern die Schuld an diesem Debakel geben würde, doch eigentlich gebührt sie mir ganz allein. Auf die Frage, ob ich gern Sport mache, habe ich laut und deutlich mit »Ja, klar!« geantwortet und konnte es nicht dabei belassen. Noch bevor Oli weitere Fragen stellte, schmückte ich meine Antwort aus. Dabei nutzte ich das Vokabular aus den Home-Work-outs, die Kinga und ich uns mit einer Hand in der Chipstüte manchmal zum abendlichen

Amüsement reinziehen. Deshalb darf sie hiervon nie erfahren. Kinga versteht genauso wenig, warum man sich in den eigenen vier Wänden, freiwillig!, von einem Computer anschreien lässt, wie sie Verständnis dafür hat, einen Sport zu erlernen, der keiner ist. Pumpen ist für sie keine Sportart wie Fußball, Tanzen oder Squash.

Für Oli aber schon, und ich will, dass Oli mich mag. Wenn das mit uns ernster wird, muss ich eben einen dramatischen Kreuzbandriss oder so was erleiden, was mir den Sport leider, leider bis ans Ende meiner Tage verbietet. Es werden sich schon Wege und Mittel finden, um aus meiner Lüge wieder herauszukommen. Vielleicht kann ich ihm mit der Zeit auch nahebringen, dass Reis und Magerquark auf Dauer ein ganz schön eintöniges Essen sind und er aus Liebe zu mir auch mal eine Pizza mitisst. Allein macht fett werden nämlich keinen Spaß. Genauso lässt es sich bestimmt über die Sonnenstudiobräune reden, die Oli spätestens mit dreißig die Falten eines Fünfzigjährigen bescheren wird und ihn kurz danach an Hautkrebs sterben lässt.

Als er zu mir herübersieht, versuche ich das schnelle Heben und Senken meines Brustkorbs zu unterdrücken. Ein Winken bekomme ich nicht mehr zustande, aber immerhin hebe ich die Hand noch knapp auf Brusthöhe.

Jetzt kommt er auch noch zu mir rüber. Mist.

»Wenn du mich suchst, ich bin im Hantelbereich.« Seine Augen sehen selbst im fahlen Licht der Halogenröhren toll aus. »Okay?«

Ich nicke. Kann man im Nacken Muskelkater vom Joggen bekommen? Nach einer Viertelstunde?

Erst als Oli aus meinem Sichtfeld verschwunden ist, traue ich mich, das Laufband endlich abzustellen. Ich atme so laut und stöhnend aus wie einer der muskel- sowie egobepackten Bodybuilder, die an der Beinpresse klingen, als würden sie Kinder gebären. Immerhin werde ich selbst mit Mühe nie so peinlich sein wie sie. Außerdem habe ich eine gute Ausrede: Verliebt ist fast jeder die peinlichste Version seines Selbst.

• • •

Ich zucke zusammen, weil Mama aufdringlich an die Badezimmertür hämmert: »Was machst du so lange da drin?«

»Ich mache mich nur bettfertig.« Mama hat recht. Ich habe völlig die Zeit vergessen.

»Und seit wann ist das so lustig? Ich höre dich doch die ganze Zeit kichern.«

»Ehm … Musst du auf Klo?« Eine andere Antwort fällt mir nicht ein.

»Nein!« Mama schreit, als befände sich nicht nur eine Tür, sondern eine ganze Burgmauer zwischen uns. »Wollte dir nur Bescheid sagen, dass ›Wer ist schlauer als Günther Jauch?‹ gleich im Fernsehen kommt. Mit der Evelyn Burdecki, die magst du doch so.«

Bei Mamas Worten wandert mein Blick zum Handy in meiner Hand. Stuart Little oder Evelyn Burdecki – was ist jetzt schlimmer?

Vielleicht sollte ich lieber Gnade walten lassen. Vielleicht sollte ich mich sogar freuen. Sein unfreiwilliges Geständnis senkt die Hemmschwelle, über *meine* heimliche, peinliche Passion zu sprechen. Und früher oder später muss Anton von der Rolle des Trash-TV in meinem Leben erfahren, wenn wir uns häufiger sehen wollen. Also, falls wir das wollen. Noch kennen wir uns ja kaum. Also, ich weiß nicht, ob …

Mama klopft erneut: »Bist du eingeschlafen, oder muss ich die Feuerwehr rufen?«

9

nachszub • Nachschub, der

Wortursprung: Vorgang beim Brotbacken, der die nachträglich eingeschobenen Brotlaibe benennt, nachdem ein erster Schub herausgenommen wurde • bochenki włożone do pieca po wyjęciu pieczywa upieczonego w pierwszej kolejności

»Mama hat eine neue Freundin. Heike.«

»Das ist doch toll!«

»Sie wollen sich gemeinsam für ein Fernstudium der Parapsychologie anmelden.«

»Oh.«

»Ja, ›Oh‹.« Ich nicke mit hochgezogenen Augenbrauen, während Kinga sich am Hinterkopf kratzt. Sie hat mich nach der Arbeit abgeholt, um zusammen spazieren zu gehen.

»Wie kommen sie denn auf Parapsychologie?« Meine Schwester klingt so ratlos, wie ich mich fühle.

»Sie wollen die jenseits des normalen Wachbewusstseins liegenden psychischen Fähigkeiten untersuchen sowie ihre Ursachen und ein mögliches Leben nach dem Tod. Sagt Mama.«

»Sie gehen auf Geisterjagd.«

»Korrekt.« Ich schnalze genervt mit der Zunge.

»Hätten sie nicht einfach ›Ghostbusters‹ gucken können?« Kinga findet das Ganze offenbar urkomisch, denn sie kichert, anstatt mit mir die Fugen der Welt fixieren zu wollen. »Im Ernst: Ich wusste gar nicht, dass man das studieren kann.«

»Heike hat es als wissenschaftlichen Forschungszweig beschrieben und irgendwas von einem Mangel an Koryphäen auf diesem Gebiet geschwafelt«, erkläre ich. »Vermutlich hat Mama spätestens bei dem Wort ›Koryphäe‹ mit dem Nicken angefangen und dem Denken aufgehört.«

»Mama muss lernen, dass es nicht peinlich ist, Fragen zu stellen.«

»Und wir müssen aufpassen, dass die Frau nicht in den falschen Freundschaftskreis abrutscht …« Ich hake mich bei Kinga unter.

»Da hast du wohl recht.« Sie kichert immer noch. »Ach ja, unsere Sorgenmama!«

Wir laufen durch den Park, in dem Thomas mit unseren Schüler:innen manchmal den Dauerlauf übt. Vor allem im Sommer, wenn die pralle Sonne auf den Tartan knallt.

»Wie hat Mama sie überhaupt kennengelernt?«, fragt Kinga und richtet ihre Sonnenbrille, die immer wieder aus dem Haar zu rutschen droht.

Ich antworte mit Grabesstimme: »Über Instagram.«

»Mama hat Instagram?!«

»Frag nicht.«

»Wie ist es denn dazu gekommen?« Was genau hat Kinga an meiner vorangegangenen Aufforderung nicht verstanden?

»Ich bin schuld.« Mein Blick schweift durch die von Sonnenlicht durchfluteten Baumkronen. »Die Japaner sagen Komorebi dazu, wenn die Sonnenstrahlen so schön zwischen den Blättern sichtbar sind. Wusstest du das?«

»Themenwechsel?« Meine Schwester sieht mich wissend von der Seite an.

»Ja, bitte.« Für einen kurzen Moment schließe ich die Augen und genieße die Dunkelheit mehr als jedes Komorebi dieser Welt. »Wie läuft es denn mit den Hochzeitsvorbereitungen?«

»Geht so. Mahmut und ich haben etwas unterschiedliche Vorstellungen.«

»Worum geht's denn?« Meine Schwester und ihr Verlobter wirken die meiste Zeit anstrengend harmonisch. Schwer vorstellbar, dass sie jemals nicht einer Meinung sind.

Kinga zuckt mit den Schultern. »Wenn es nach ihm ginge, würden wir alle nebenan Wohnenden einladen. Letztens hat Mahmut einen Cafébesitzer nach seiner E-Mail-Adresse gefragt, um ihm eine Einladung zu schicken, wenn es so weit ist.«

»Einem Cafébesitzer?«

Kinga nickt bedrückt. »Mahmut sagt, sie hätten sich so nett über uns unterhalten, und seine Frau käme auch aus Polen.«

»Lieber langsam den Gang lang als hektisch übern Ecktisch.«

»Sehe ich genauso.«

Heute sind Kinga und ich wie diese Autos, die auf automatisches Ausweichen programmiert sind, sobald das Fahrzeug vor oder neben ihnen ein entsprechendes Manöver macht. Wir gestatten uns das gegenseitige Ausweichen, mehr noch, wir unterstützen es.

Deshalb deute ich auf das Café mit dem unkreativen Namen »Café im Park«. »Wetten, dass der Apfelkuchen schon wieder ausverkauft ist?«

Kinga nickt, sichtlich zufrieden, dass das Thema Hochzeit fürs Erste gegessen ist. »Ich wette dagegen.«

»Worum wetten wir?«

»Respekt.«

Meine Schwester setzt sich ihre Sonnenbrille auf. »Respekt ist eine wertvolle Währung.«

Damit ist das Ausweichmanöver vollzogen. Leider steckt die Ursache für den Unfall, der auf uns wartet, in unserem Getriebe. Es ist nur eine Frage der Zeit, bis Ausweichen nicht mehr ausreicht.

•••

Papa hat mich gerettet.

»Die Wespe war so groß wie ein Hühnerei!« Während er sich lachend auf den Oberschenkel klopft, erhole ich mich von meiner Atemlosigkeit. Ich wollte die ersten Sommersonnenstrahlen des Jahres ausnutzen, um Bräune zu tanken. Kaum die Schultasche abgelegt, hatte ich es mir auf unserem Balkon gemütlich gemacht, ohne auch nur zu ahnen, dass unsere Sonnenliege heute mein Opfertisch sein würde. Die Angreiferin lauerte im Hinterhalt.

Mit Kopfhörern im Ohr und geschlossenen Augen bildete ich mir ein, eine Schweißperle kitzelte meine Kniekehle. Doch als ich sie wegwischen wollte, fühlte sie sich merkwürdig rauhaarig an.

Mein Hilfeschrei alarmierte Papa. Ich hatte gar nicht mitbekommen, dass er zu Hause war. Müsste er nicht noch auf der Arbeit sein?

»Du bist zu Hause?!« Papa war nicht weniger überrascht, mich zu sehen. Vor allem mit den Füßen auf dem Sofa, mit dem Rücken an die Wand gepresst und am ganzen Körper zitternd. Die Wespe war

mir durch die offene Balkontür gefolgt, so leicht würde sie ihr Opfer nicht davonkommen lassen.

Ohne Papa zu antworten, deutete ich auf das Biest. Jetzt war keine Zeit für Fragen, ich schwebte in Lebensgefahr. Papa lachte nur sein kehliges Lachen, zog den Pantoffel vom Fuß und näherte sich der Wespe, ohne mit der Wimper zu zucken.

»Sei vorsichtig!«, rief ich, doch da holte er auch schon aus.

Zack, daneben.

»Ups!« Papa kam ins Schwanken. »Dann eben noch mal.«

Und noch mal und noch mal. Beim vierten Versuch erwischte er sie dann.

Ich liebe Tiere, aber Wespen gehören für mich nicht dazu. Wespen sind Monster.

»Wie hat das fette Vieh sein Körpergewicht überhaupt in den 12. Stock geflogen, mit den zarten Flügeln?«, kann ich nicht aufhören, mich zu echauffieren, während mein Puls sich langsam erholt.

Wieder lacht Papa. Er lacht heute mehr, als dass er spricht – scheint ein guter Tag zu sein.

»Warum bist du eigentlich schon zu Hause?«, hole ich eine der Fragen nach, die sich hinter unserer Verfolgungsjagd anstellen mussten. »Müsstest du nicht eigentlich auf der Arbeit sein?«

»Ach, Arbeit, Arbeit.« Wieder dieses Lachen, diesmal wiegt er seinen Körper von rechts nach links, als hätte er ein geschmeidiges Volkslied im Ohr. »Vergessen.«

»Was hast du vergessen?« Hat das beim Kampf ausgestoßene Adrenalin Papas Sinne vernebelt?

Anstatt mir zu antworten, verlässt er das Zimmer: »Hab ich einen Durst.«

Gerade als ich im Begriff bin, ihm zu folgen, dreht sich ein Schlüssel in unserer Wohnungstür. Kinga und Mama kehren zurück vom

Einkaufen. Ich laufe in den Flur und ihnen entgegen, während Papa gerade in die Küche abbiegt.

Mama beachtet mich kaum, ihre Blicke sind auf die offene Küchentür gerichtet. Die Einkaufstüten lässt sie so plötzlich fallen, als hätte sie sich daran verbrannt.

»Er hat mich gerettet«, will ich Mama zwischen zwei Begrüßungsküssen erzählen, doch ihre Aufmerksamkeit gilt weiterhin nicht mir und meinem atemberaubenden Schicksal. Auch Kingas Stirn sieht aus wie benutztes Schmirgelpapier.

»Wie schön …«, flüstert sie immerhin, geht dann jedoch gemeinsam mit Mama an mir vorbei. Sie verschwinden in der Küche, wo Papa sich gerade etwas zu trinken holen wollte. Kopfschüttelnd folge ich ihnen. Wenn ich mit Schuhen die Wohnung betrete, gibt es direkt Ärger.

»Was ist denn los mit …?« Wie angewurzelt bleibe ich im Türrahmen stehen. Vor lauter angefangenen Schnaps- und Bierflaschen ist die Arbeitsplatte darunter kaum noch zu erkennen. Mama nimmt Papa eine Flasche aus der Hand.

»Wer versteht denn da schon wieder keinen Spaß?«, lacht er und muss sich an die Küchentheke stützen, um einigermaßen aufrecht zu stehen.

Kinga will mich aus der Küche ziehen. »Komm, lass uns Hausaufgaben machen.«

»Gibt es was zu feiern?«, frage ich leise, als hätte ich sie gar nicht gehört und obwohl mir schon schwant, dass ich die Antwort gar nicht wissen will.

• • •

Sie sieht nicht aus, wie ich sie mir vorgestellt habe. Statt eines tarnfarbenen Ganzkörperanzugs trägt Heike ein tantiges

Kleid, das auf dem Boden liegend auch als Flickenteppich durchgehen würde. Anstelle eines Protonenrucksacks schlingen sich Goldkettchen um ihren Oberkörper wie die feine Variante eines Brustgeschirrs für Hunde. Die Esoteriker von heute sind also die Geisterjäger von gestern. Nur Heikes Einrichtung kann da, bis auf die wild im Raum verteilten Räucherstäbchen, nicht ganz mithalten. Sie besteht ausschließlich aus hellen Holzmöbeln, viel IKEA, *typisch deutsch*, wird Mama gerade denken. Immerhin wird die weiße Raufasertapete über dem Sofa hinter einem aufgespannten Tuch mit Mandalamustern versteckt. Ich halte sicherheitshalber Ausschau nach staubsaugerartigem Geisterjägerequipment oder zumindest einem mit Kreide auf die Dielen gemalten Pentagramm, doch vergeblich. Vermutlich sind weniger die coolen, giftgrünen Schleimmonster und mehr die schall- und raucharigen Naturgeister Heikes Fachgebiet. Kinga wird enttäuscht sein, wenn ich ihr von der abgespeckten Wahrheit berichte.

Während Heike Tee für uns zubereitet, Mama und ich wie Fremdkörper im Wohnzimmer unter dem Mandala sitzen und den Duft von irgendwelchen Wurzeln einatmen, klingelt es an der Tür.

Als Heike sagt: »Da ist sie ja«, bekomme ich es einen Moment lang mit der Angst zu tun, weil ich eine Spezialistin für Voodoo oder Tarotkarten erwarte. Doch wieder liege ich falsch, es ist Heikes Tochter Romy, und die sieht sogar noch alltäglicher aus als die Wohnung. Jeans, T-Shirt und die weißen Reeboks, die sich bei Hauspartys immer vor den Türen stapeln. Sie ist etwa in meinem Alter, um die fünfundzwanzig. Und Romy sieht auch in etwa so begeistert davon aus wie ich, hier zu sein.

Dafür ist Heike Feuer und Flamme.

»Das war eine so großartige Idee, dass bei unserem ersten Treffen auch gleich unsere Töchter dabei sind!«, sagt sie euphorisch und kniet sich vor uns auf ein Sitzkissen. »Wem von euch beiden ist der Geistesblitz denn gekommen?«

Meine Hand hat sich noch nie so schwer angefühlt wie in diesem Moment, in dem ich sie wie eine:r meiner Schüler:innen zerknirscht anhebe. So ähnlich muss sich Max gefühlt haben, als er das Handy von Thomas geklaut hatte und sich aufgrund der Drohung, die Klassenfahrt würde für alle abgesagt werden, endlich stellte.

Heikes Tochter wirft mir einen Blick zu, als wäre *ich* die skurrilste Person im Raum. Um ehrlich zu sein, hatte ich Sorge, Mama wäre auf irgendeinen notgeilen Typen mit Fakeprofil reingefallen.

»Mama, wir sterben alle an einer Rauchvergiftung, wenn du nicht wenigstens die Hälfte deiner Räucherstäbchen ausmachst …« Romy wird mir gleich sympathischer.

»Mein Blumenkind, ihr könnt euch an eurem Tisch gern einrichten, wie ihr wollt.« Heike deutet auf den Esstisch in einer kleinen Nische, den sie für zwei Personen hergerichtet hat. »Aber Maugoschatta und ich genießen die Räucherstäbchen in *unserem* Sitzbereich. Nicht wahr, Maugoschatta?«

Mamas Nicken wirkt gequält, ob aufgrund der Tatsache, dass ihr Name mal wieder völlig verhunzt ausgesprochen wird, oder einfach wegen der Gesamtsituation, kann ich nicht mit Gewissheit sagen. In jedem Fall fasse ich ihr noch mal kurz und bekräftigend an die Schulter, bevor ich mich zum Kindertisch begebe.

Romy und ich brauchen nur ein paar Minuten, bis wir miteinander warm werden, ziemlich schnell merken wir, dass uns nicht nur Alter und Mode verbinden. Größter Pluspunkt: Sie guckt »The Masked Singer« und »Let's Dance«. Darüber hinaus empfiehlt Romy »First Dates Hotel«, was deshalb auf meine To-see-Liste wandert.

»Ehrlich gesagt fühle ich mich gerade ein bisschen wie in einer ›First Dates‹-Folge«, murmelt sie mir mit verschwörerischem Seitenblick auf unsere Mütter zu. Wir beginnen uns über die beiden auszutauschen, natürlich so leise, dass sie es nicht hören. Da Heike gerade mit Klangschalen herumhantiert, gestaltet sich das als nicht gerade herausfordernd.

Romy erzählt, dass ihre Mutter einen Fließbandjob in einer Schokoladenfabrik hatte, was cooler klingt, als es war: »Anstatt dort mit Oompa Loompas zu singen, hat sie sich für 450 Euro im Monat einen krummen Rücken geholt. Und vor einem halben Jahr wurde ihr fristlos gekündigt, weil Maschinen sie ersetzen.«

»Scheiße.«

»Find mal mit neunundfünfzig eine neue Arbeit, wenn das in den letzten dreißig Jahren dein einziger Job in der Vita ist.«

»Richtig scheiße.«

Wir seufzten beinahe zeitgleich. Was für Romys Mutter gilt, gilt ungefähr auch für meine. Mama könnte in ihren Lebenslauf schreiben, dass ihre Tochter als Kleinkind mit Herzproblemen zu kämpfen hatte. Aber wen juckt das schon? Dabei stimmt es: Mein Körper hatte während des Wachstums Probleme bei der Sauerstoffversorgung. Als ich gerade mal sechs Monate auf der Welt war, bin ich einmal ohne Ankündigung blau angelaufen und habe nicht mehr geatmet. Mama war allein zu Haus, ohne Auto und Telefon, Papa bei der Arbeit. Sie rannte barfuß auf die Straße, mich an sich gedrückt, und ließ sich per Anhalter mitnehmen. Mama hat mir nicht nur das Leben geschenkt, sie hat auch jahrelang wie eine Löwin darauf aufgepasst.

Mittlerweile ist die Tatsache, dass ich mit einem zu kleinen Herzen geboren wurde, kein Thema mehr, außer wenn ich große sportliche Anstrengungen unternehme. Da ich das nicht vorhabe, freut sich mein Gewissen über den geschenkten Freifahrtschein zum Faulsein, und ich surfe höchstens auf der Couch.

Für meine Mutter *ist* meine Krankengeschichte noch ein Thema. Denn die damalige dauerhafte Sorge um mich bedeutete, dass sie keine Zeit hatte, sich etwas Eigenes aufzubauen, auf das sie heute zurückgreifen könnte.

»Du kannst nichts dafür«, hat meine Schwester mir schon oft einreden wollen. Ich nicke dann immer in dem Wissen, dass das nichts an meinen Gefühlen ändern wird. Manchmal weiß der Kopf, was das Herz nicht fühlt. Erst recht, wenn das Herz zu klein geraten ist.

Ich beobachte Heike mit schlechtem Gewissen, weil ich plötzlich meine Mama in ihr wiedererkenne. Gut, dass ich meine Gedanken über sie nicht laut ausgesprochen habe.

Romy erzählt, dass ihre Mutter seit der Trennung von ihrem Vater verschiedene Sachen ausprobiert hat, die eigentlich gar nicht ihr Ding seien. Darunter lässt sich vermutlich auch das Fernstudium der Parapsychologie verbuchen, und es erklärt die amateurhafte Esoversion ihrer Einrichtung.

»Sie ist auf der Suche nach etwas, was sie erfüllt, und spätestens nach einem Monat nach etwas Neuem. Vor Kurzem sah es hier noch aus wie in einer anderen Welt, weil sie die Cosplay- und Mangaszene meinte für sich entdeckt zu haben.«

Ich verschlucke mich an meiner Spucke. Romy will sich ein Stück Matcha-Käsekuchen auf den Teller laden und flucht, weil er auf dem Weg dahin einen Köpper in die Chipsschüssel unternimmt. Während sie Erste Hilfe leistet, wandert mein Blick zu Mama. Sie erinnert mich an die Streber meiner Schülerschaft. Aufmerksam lauscht sie Heike, die offenbar eine gute Alleinunterhalterin ist, egal ob man über sie oder mit ihr lacht.

Gerade erklärt sie Mama die Ankersetzung bei der Hypnose. Dabei öffnet Heike eine kleine, mit Runen verzierte Holzkiste und hält Mama ein Duftfläschchen nach dem anderen unter die Nase. Mama ist mehr als deutlich die Mühe anzusehen, die es sie kostet, Heike noch zu folgen. Gleichzeitig will sie ihre Zweifel mir gegenüber nicht zeigen, um nicht ausgelacht zu werden wegen ihrer neuen Freundin.

»Die Kraft der Hypnose lässt sich auch durch den Einsatz von Kristallen verstärken.« Heikes Finger leisten akrobatische Höchstleistungen, so ausufernd ist ihre Gestik.

Mama hingegen wird immer steifer: »Kristalle?«

»Spannend, oder?« Heike klimpert auffällig oft mit ihren blau getuschten Wimpern. »In der praktischen Anwendung entfalten Kristalle vor allem in Verbindung mit den vier Elementen ihre volle Kraft.«

»Mhm ...«

»Wasser zum Beispiel ist hochgradig sensibel. Es saugt positive wie negative Energien auf. Es gibt Studien, die belegen, dass es sich auf die Qualität des Wassers auswirkt, wenn die Flasche etikettiert ist, je nachdem, welches Wort draufsteht.«

Heikes Tochter beugt sich zu mir: »Tut mir wirklich leid, aber das ist wieder nur so eine Phase.«

»Schon gut …«, flüstere ich zurück und greife in die von Kuchenkrümeln verklebten Chips. »Ist doch … interessant.«

Heike fährt fort, ich kann nicht aufhören, ihr zuzuhören. Es ist wie ein Unfall, bei dem man nicht wegsehen kann. »Stell dir vor, du beschriftest deine Flasche mit dem Namen ›Hitler‹. Das Wasser da drin solltest du auf keinen Fall trinken. Wirklich! Das haben sie in Studien bewiesen.«

»Dann … mach ich das nicht.« Mamas Lächeln ist mittlerweile ein einziger gefrorener Strich. »Versprochen.«

»Sehr gut! Schreib lieber ›Liebe‹ drauf. Oder ›Gandhi‹, ›Ruhe‹, ›Gelassenheit‹.«

Heike hat wirklich viele Tipps auf Lager, weshalb sie uns zwingt, noch bis zum ayurvedischen Abendessen zu bleiben. Irgendwas mit Ying, Yang, Fu und Zhang.

Romy entschuldigt sich abermals mit Blicken und durch die Blume: »Deine Mama wirkt eigentlich ganz normal.«

Tatsächlich fühle ich mich Mama in diesem Moment so nah wie schon seit Wochen nicht mehr. Durch den Vergleich mit ihrer neuen Freundin wird mir klar, dass es viel schlimmer sein könnte.

Gerade allerdings teilt Heike eine Vorstellung mit uns, die ich eigentlich ganz schön finde. Sie erzählt von einer japanischen Tradition, vermutlich Überbleibsel an Wissen aus ihrer Cosplay-Phase. Zerbrochenes Porzellan wird mit goldenem Kleber wieder zusammengekittet. Brüche werden so verschönert, anstatt sie zu verstecken, denn man ist stolz darauf, sie überwunden zu haben. Ich sag mal so: Mama und ich, wir arbeiten dran. Aufs Leben übertragen, können wir vielleicht auch irgendwann die Schönheit im Makel erkennen und vor allem die Schönheit im Mut, zu Makeln zu stehen. Ich nehme mir vor, an diese Tradition zu denken, wenn mir das nächste Mal etwas Blödes passiert. Oder wenn ich an Papa denke. Dann hat der Besuch bei Heike doch etwas genützt. Trotzdem bin ich froh, als wir gehen.

•••

»Er ist leider verhindert, es gab einen beruflichen Notfall«, flüstere ich Kinga zu, während ich mich im Bett noch näher an sie herankuschle. Beide starren wir an die dunkle Decke ihres Schlafzimmers. »Denn er hat einen wichtigen Job, müssen Sie wissen.«

»Immanent wichtig!« Kinga nickt bedächtig und streicht sachte über meinen Arm. »Er arbeitet beim Radio in der Technikabteilung, zuständig für die Beseitigung des Rauschens.«

»Er ist Feuerwehrmann und löscht das Haus von Familie Durst.«

»Er arbeitet als Diplomat in Ent, sein Zug hat Verspätung.«

»Soll schön sein da in Ent, habe ich gehört.« Nun kann ich mein Kichern nicht länger zurückhalten. Auch Kinga muss leise lachen. »Jaja, ein beschauliches Örtchen in der Nähe von Gent.«

Wir versuchen uns Ausreden dafür einfallen zu lassen, warum Papa morgen nicht bei meiner Schulaufführung dabei sein wird, wie schon im Jahr davor. Es ist mir peinlich zuzugeben, dass er Alkoholiker ist und einen Entzug machen muss. Kinga versteht das, ihr geht es genauso.

Es tut gut, gemeinsam herumzuspinnen und zu lachen, anstatt allein der Realität hinterherzuweinen und kein Auge zuzubekommen. Weil ich nicht schlafen konnte aus lauter Sorge, was meine Mitschüler:innen morgen wohl denken und welche Fragen sie stellen werden, auf die ich womöglich spontan nicht vorbereitet bin, bin ich in der Nacht aufgestanden und in Kingas Zimmer rübergewandert. Früher bin ich zu Mama und Papa gestiefelt, wenn ich nicht schlafen konnte, doch seit Papa weg ist, schläft Mama so wenig, dass ich sie nicht wecken will, wenn sie es mal tut.

Kinga war auch gerade dabei, ganze Wälder abzusägen. Ich musste sie dreimal fest schütteln, um dem Schnarchen ein Ende zu bereiten. Als sie meine Umrisse im Dunkeln erkannte, wusste sie sofort, worum es geht, und hat ihre Decke beiseitegeschlagen. Erleichtert kroch ich in die vorgewärmten Laken.

•••

Zugegeben, heute lasse ich meine schlechte Laune etwas an meinen Schüler:innen aus. Sie machen es mir aber auch manchmal wirklich nicht leicht, sie zu mögen. Gustav wächst einfach nicht aus der Phase raus, in der er alles zweideutig kommentieren muss. Tara und Nilgün planen während des Unterrichts ihre nächsten TikTok-Videos, und fünf Minuten vor Stundenende beginnt das große Geraschel, weil alle meinen, die Stunde wäre bereits beendet.

Was mich daran am meisten ärgert, ist, dass ich es nur schwer *nicht* persönlich nehmen kann. Als ich mit dem Studium begann, sah ich mich im Geiste schon als Lehrerin, umzingelt von wissbegierigen, aufmerksamen Jugendlichen. Ich sah mich guten Gewissens die Einsen vergeben wie Oprah die Autos in ihrer TV-Show. Zwischendurch bliebe genügend Zeit, um gemeinsam zu lachen, und meine Schüler:innen kämen in der Pause vorbei, um mir von ihrem letzten Wochenende zu berichten oder Sorgen mit mir zu teilen.

Stattdessen muss ich Kim dabei beobachten, wie sie heimlich ihr Kaugummi unter die Tischplatte klebt, Tayo und Leo schieben sich kichernd Zettelchen zu, auf denen bestimmt nur Penisse abgebildet sind, und Maja winkt so aufdringlich, als wären wir hier bei der Verkehrspolizei.

»Ich sehe, dass du dich meldest«, höre ich mich mal wieder genervt sagen. »Ich bin nicht blind.«

Langsam fährt sie das Ruder wieder ein und verstaut es sauber sichtbar vor der Brust gefaltet.

Was mache ich eigentlich falsch?

Das Klingeln ertönt. Innerhalb von Sekunden ist der Raum wie leer gefegt, bis auf ein paar zurückgebliebene Mandarinenschalen auf Gustavs Tisch, einen einsamen Turnbeutel an den Kleiderhaken und ein zusammengeknülltes Arbeitsblatt auf dem sandigen Boden vor meinem Schreibtisch. Ich hebe es auf und versuche vergeblich, es mit den Händen glatt zu streichen, so als könnte ich damit auch meine mitgenommene Würde in ihren stolzen Ursprungszustand zurückversetzen. Die Knitterlandschaft in Weiß lacht mich aus.

Manchmal erschreckt es mich, wie vorgefertigt das Bild von mir selbst in meinem Kopf ist und wie schlecht mein Ego schlucken kann, dass es diesem Bild nicht gerecht wird. Noch mehr erschreckt mich allerdings zu sehen, dass es schon meinen Schüler:innen nicht anders geht. Dabei haben sie doch noch gar nicht lange genug gelebt, um eine so konkrete Vorstellung von der eigenen Erscheinung zu haben. Aber Gustav weiß ganz genau, dass er nur der Coole sein kann, wenn er dämliche Witze reinruft, anstatt zu beantworten, was Feudalismus mit der Französischen Revolution zu tun hat. Obwohl er die Antwort doch *weiß*. Maja hingegen kann nur die Schlaue sein, wenn sie ausschließlich Einsen schreibt und alle Hausaufgaben macht, anstatt am Nachmittag mit Gustav zu knutschen, den sie doch heimlich gut findet. Das würde sie aber niemals zugeben. Widerspricht ihrem strengen Selbstbild. Was schade ist, weil Gustav sich *noch* weniger traut zuzugeben, wie toll er Maja findet. Schließlich wäre er dann nicht mehr der Coole.

Wie waren Kinga und ich in dem Alter? Zwar ging es meinen Eltern finanziell nie gut, unsere Existenzgrundlage war gerade so gedeckt und unsere Situation also alles andere als sicher, aber das haben sie uns Kinder nie spüren lassen. Deshalb hatte auch ich genügend Freiraum im Kopf und damit das Privileg, mir Gedanken darüber zu machen, wer ich sein und wie ich wahrgenommen werden will. Das klingt unsexy, gebe ich zu. Aber sollten sich Privilegien nicht gut anfühlen, irgendwie sexy? Dahin gebracht hat mich das System, in dem wir leben. Vergleiche und so, ihr wisst schon …

Ich zerknülle das eben noch so sorgfältig glatt gewalzte und doch nicht glatt gewordene Arbeitsblatt wieder und versenke es treffsicher im Mülleimer. Schade, dass das keiner gesehen hat.

Noch während ich mich darüber ärgere, fühle ich mich erwischt. Da war es wieder, dieses Bedürfnis, gesehen zu werden. Selbst bei so etwas Läppischem wie einem zielsicheren Wurf mit Papier. Eigentlich kann ich mich gleich mit in die Reihen meiner Schüler:innen setzen. Was soll ich ihnen schon beibringen?

Bevor mich meine Selbstzweifel erschlagen, wische ich die Tafel sauber und packe meine Sachen zusammen. Weiter im Text, gleich endet die Pause, und bis dahin muss ich den Raum gewechselt haben.

Herr Svoboda ist immer noch krank, deshalb vertrete ich ihn nach wie vor in Deutsch. Was meine Stärken in dem Fach angeht, wusste ich wenigstens von Anfang an, wie schlecht ich aufgestellt bin.

Gerade als die Tür einrastet und ich den passenden Schlüssel ins Schloss schiebe, höre ich es links von mir rascheln. Ich will rufen, dass sich während der großen Pause nur die Abiturient:innen im Schulgebäude aufhalten dürfen, erkenne aber gerade noch rechtzeitig, wer sich da heimlich aneinandergepresst hinter der Säule zu verstecken versucht.

Erst traue ich meinen Augen kaum, dann muss ich grinsen. Maja und Gustav machen auch weiter im Text: Sie knutschen, was das Zeug hält. So eingespielt und offensiv, wie sich ihre Münder aneinander festsaugen, tun sie das bestimmt nicht zum ersten Mal. Auch wenn Zungen und Zähne hier und da noch kleine Auffahrunfälle erleben.

Ich beschließe die beiden zu übersehen. Während ich ihnen den Rücken zukehre, entweicht mir ein erleichtertes Seufzen. Nicht dass ich mir nicht einen schöneren Anblick vorstellen könnte als zwei Teenies beim intensiven Speichelaustausch, aber in diesem Fall gibt es mir Hoffnung für die Menschheit zurück.

10

biermuszka • Biermus, das

Eine aus Bier zubereitete Suppe • zupa z piwa

Als Mama mir davon erzählt hat, dass sie und Heike sich am Wochenende wiedersehen wollen, habe ich gelächelt, als hätte ich Sand zwischen den Zähnen. »Ihr habt euch also gut verstanden?«

Manchmal muss man nur oft genug fragen, damit man die Antwort bekommt, die man hören will. Zumindest funktioniert das im Unterricht ganz gut.

»Heike ist wirklich erfrischend!« Man hätte meinen können, dass Mama sich nur diplomatisch ausdrücken wollte, doch sie meinte es todernst. Irgendwie scheinen wir den Besuch im Esoterikbunker unterschiedlich abgespeichert zu haben. Damit Mama sich in ihrer Umgebung wohler fühlen kann, habe ich ihr das Angebot gemacht, dass sie sich doch dieses Mal bei mir zu Hause treffen könnten. Und so kommt es, dass ich nun bei Kinga und Mahmut in der Wohnung sitze, um ausnahmsweise mal meiner Mama sturmfrei zu gewähren. Ich warte gerade darauf, dass meine Schwester mit der Wasserkaraffe aus der Küche zurückkommt. Mahmut ist losgegangen, um Pizza zu holen, weil die beiden bis auf selbst gebackenes Baklava von seiner Mama nichts zu essen im Haus haben.

»Mahmuts Cousin ist gerade in Berlin. Er hat zwei Tage bei uns übernachtet und den ganzen Kühlschrank leer gefuttert«, ruft Kinga mir entschuldigend aus der Küche zu, untermalt vom Rauschen des Wasserstrahls. »Außerdem hat Kemal unser Bad mit einem Hamam verwechselt. Meine komplette Eukalyptusduschpflege ist aufgebraucht.«

»Die teure von Rituals?«, rufe ich zurück.

»Genau die. Mahmut schuldet mir was.«

»Was kann er denn für seinen Cousin?«

»Nichts.« Kinga hat nicht nur das Wasser, sondern auch einen Teller voll Baklava dabei, als sie das Wohnzimmer betritt. »Aber die Gelegenheit von Pluspunkten auf dem ›Du schuldest mir was‹-Konto will ich nicht verstreichen lassen.«

»Ich biete dir gern meine Unterstützung bei einem Racheakt an«, mache ich meiner Schwester ein großzügiges Angebot.

Kinga überlegt: »Du könntest seinen Rasierschaum leer machen, du weißt doch, wie eitel er ist.«

»Gern. Meine Beine hätten es sowieso mal wieder nötig.«

• • •

Mein Komplize ist der Marienkäfer, der sich durch das offene Fenster in Omas Badezimmer verirrt hat. Hier in Polen nennt man ihn »Biedronka«, sogar eine ganze Supermarktkette wurde nach ihm benannt. Ich verliere mich so sehr in Biedronkas Anblick, dass der erste Schnitt passiert. So tief, dass die Punkte auf seinen roten Flügeln vor meinen Augen zu tanzen beginnen.

Mit auf den Mund gepresster Hand verkneife ich mir einen Schmerzenslaut, um nicht unnötig Aufmerksamkeit zu erregen. Mein Blut hinterlässt daumennagelgroße rote Flecken auf dem Badewannenboden. Immerhin war ich so geistesgegenwärtig, mich für die erste Beinrasur meines Lebens auf leicht abwischbaren Untergrund zu stellen. Ich kann mir nämlich ungefähr ausmalen, wie Mama es finden würde, dass ich mir die Beine rasiere, und was Papa dazu sagen würde, dass ich dafür seinen Rasierer benutze.

Aber was soll ich machen? Solange Mama meint, ich sei mit zehn Jahren zu jung zum Beinerasieren, aber auch keine konkreten Zeitangaben für die Zukunft machen will, muss ich mein eigenes Ding durchziehen. Zumindest heute. Immerhin sagt Mama auch: Wer schön sein will, muss leiden. Und ich will schön sein, vor allem heute. Denn heute feiern wie die Hochzeit von Cousine Patrycja. Als sie vor einem Jahr mit einem Nasenpiercing nach Hause gekommen ist, hatte ihre Mutter schon alle Hoffnung aufgegeben. Das Piercing kam nach einiger Zeit wieder raus und ein passender Mann stattdessen rein in Patrycjas Leben. Mithilfe von viel Puder werden die Spuren von Patrycjas krudem Abweg wahrscheinlich in diesem Moment verdeckt. Auch alle anderen Frauen, die zu dieser Hochzeit gehen, Mama eingeschlossen, pudern, tuschen und frisieren sich, was das Zeug hält. Polnische Frauen machen sich gern schön, ich hatte schon oft die Gelegenheit, sie lang und breit dabei zu beobachten. Und ich habe es auch am eigenen Leib zu spüren bekommen, denn Mama war schon immer wichtig, dass wir Kinder zu festlichen Anlässen ebenso gepflegt aussehen und herausgeputzt werden. Wobei man sich pro Jahr, das man älter wird, erkämpft, wie sehr. Kinga darf schon voll mitmachen: Sie kriegt Locken, darf Wimperntusche tragen und trägt ein viel schöneres Kleid als ich. Das ist so unfair und schrecklich unsensibel von Mama! Und jetzt meint sie auch noch, ich habe noch gar kein Beinhaar, das rasiert werden könne. Ich würde meine nackte Haut nur noch nackter machen. Dabei glänzt mein Beinhaar vor allem in der Sonne peinlich deutlich sichtbar. Papa hat letztens schließlich nicht umsonst über meine Haut gestrichen und gesagt, ich sei weich wie ein Bärenbaby. Ich will weder Bär sein noch Baby.

Vor Wut schneide ich erneut in mein Fleisch, diesmal noch doller. Schnell versuche ich mithilfe von Klopapier die Blutung zu stoppen. Mamas Duschgel, das ich als Alternative zu dem in Papas Kulturbeutel nicht auffindbaren Rasierschaum benutzen musste, brennt unangenehm in den Schnitten.

So fühlt es sich also an, erwachsen zu sein. Eine richtige Frau zu sein.

Als ich das Bad fünf Minuten später verlasse, gebe ich Papa die Klinke in die Hand. Er will sich sein Gesicht rasieren. Dafür, dass er sonst die Sensibilität eines Baumstumpfes aufweist, zeigt er sich ausgerechnet heute erstaunlich schnell verwundert darüber, dass sein Rasierer nach Mamas Duschgel und somit nach Rosenblättern duftet.

Weitere fünf Minuten später bin ich als Täterin überführt, eine Blutspur führt meine Eltern zu mir. Die elf Pflaster, die auf den Hochzeitsfotos bis in die Ewigkeit meine Beine schmücken werden, versuche ich mit einem Spielplatzunfall zu erklären. Leider haben Papa und Kinga zu diesem Zeitpunkt bereits lachend herumgetönt, was die tatsächliche Ursache ist. Allesamt Verräter:innen!

•••

»Erde an Zofia.« Meine Schwester wedelt mit der Hand vor meinen Augen herum, bevor sie nach einem Stück des in

Zuckersirup getränkten Blätterteiggebäcks greift. »Bist du noch da?«

»Sorry, ich war in Gedanken.«

»Hab ich gemerkt. Woran hast du denn gedacht?«

»An Papa«, sage ich, von meiner eigenen Direktheit überrascht. Wenn die Zunge dem Kopf etwas länger Zeit gelassen hätte, wäre mir wohl eine Ausrede eingefallen. Kinga unterbricht ihren genüsslichen Kauvorgang, um ihn dann nur verlangsamt fortzusetzen. Gleichzeitig ruht ihr wachsamer Blick auf mir.

»Hat Mama mittlerweile …« Sie lässt das Ende des Satzes in der Luft hängen.

»Nein«, antworte ich. »Mama redet über alles, aber nicht über Papa. Sie tut so, als gäbe es ihn nicht.«

»Ich verstehe das nicht!« Meine Schwester pustet sich wütend eine Haarsträhne aus der Stirn.

»Was verstehst du nicht?« Ich klinge fast wütend, weil es Kinga in meinen Augen an Solidarität Mama gegenüber mangelt. »Für mich ist Papa auch gestorben.«

»Jetzt klingst du wie ein Kind.«

»Für dich bleibe ich doch sowieso immer ein Kind.«

»Zofia, jetzt nerv nicht!«

»Nerv *du* nicht!« Zugegeben: Unsere Argumentation entspricht im Moment nicht unbedingt unserem Alter. »Reicht doch, dass ich mich in letzter Zeit so oft mit *Mama* gezofft hab. Warum können *wir* uns dann nicht wenigstens normal unterhalten?«

Kurze Stille, dann nickt meine Schwester. Jetzt erst sehe ich, dass ihr ein Stück Blätterteig an der Wange klebt. Ich tippe mir an die rechte Wange, um ihr zu bedeuten, dass etwas links neben ihrem Mund hängen geblieben ist. Da wir uns gegenübersitzen, mache ich es ihr leicht und nehme dieselbe Seite. Doch Kinga denkt spiegelverkehrt und fasst sich ebenfalls an die rechte Wange. Ich wechsle die Wange, woraufhin sie sich bestärkt fühlt und intensiv mit einer Serviette darüberrubbelt.

»Nein.« Ich nehme ihr die Serviette ab, um die Beseitigung des logistischen Problems und des Flecks zu beschleunigen. »Die ist schon ganz rot.«

Wir müssen beide lachen.

»Weißt du, Zofia …«, Kinga leckt sich die vom Baklava fettigen Finger, während ich sie von allen Krümeln befreie, »… mich wundert nur, dass Mama nicht mal ihre alte Wohnung betritt. Ich meine, Heike und sie hätten sich ja heute auch im Märkischen treffen können.«

»Da sind eben viele Erinnerungen an Papa.« Ich zucke mit den Schultern. »Das braucht Zeit.«

»Aber wie viel Zeit denn?«

»So viel, wie es eben braucht.«

»Versteh mich jetzt bitte nicht wieder falsch.« Kinga hält sich das kühle Wasserglas an die von Zucker und Schlagabtausch geröteten Wangen, während ich mich darum bemühe, das an mich gerichtete anklagende Wörtchen »wieder« in ihrem Satz zu ignorieren. »Aber vielleicht tust du Mama keinen Gefallen damit, dass du sie in deiner Wohnung abzuschirmen und in Schutz zu nehmen versuchst.«

»Vertrau mir, ich mach das schon.« Es ist anstrengend, dass Kinga mich nicht einfach mal machen lässt. Dass sie meint, als große Schwester die Weisheit mit Löffeln gefressen zu haben. »Außerdem hast du mir das so vorgelebt. Du hast auch immer alles für Mama und mich übernehmen wollen, hast immer Rücksicht auf uns genommen.«

Kinga starrt nachdenklich auf das Glas in ihrer Hand mit den fettigen Abdrücken ihrer Finger und Lippen.

»Kann sein.« Sie zuckt mit den Schultern. »Ich nehme nun mal *gern* Rücksicht auf Mama und dich.«

»Ich weiß. Deshalb kann ich mit Sicherheit auch für Mama sprechen, wenn ich sage, dass wir uns sehr geliebt von dir fühlen«, fahre ich fort. Viel zu oft liebt doch einer mehr als der andere, aber nicht bei uns. »Mein Problem ist nur, ich will auch mal die sein dürfen, die Rücksicht nimmt.«

Wenn Kinga lächelt, lächeln auch ihre Augen. »Klingt eigentlich nach einem schönen Problem.«

Ich nicke. »Das Problem vom Sichverlieren im Aufeinander-Rücksicht-Nehmen.«

»Du solltest Philosophie unterrichten.«

»Und du solltest mal mit der Zunge über die Schneidezähne gehen. Da hängt was dazwischen.«

»Sehr rücksichtsvoll von dir.«

Laut einer Studie sieht jedes dritte Kind in Polen eine Ähnlichkeit zwischen der Mutter Gottes und der eigenen Mutter.

»Führ dich nicht so auf wie die Heilige Maria!«, schreie ich Mama diesen Satz entgegen, den ich mich schon mehrfach habe sagen hören. »Das nervt.«

Nachdem ich erholt von dem Wochenende bei Kinga heimfahre, ist es mal wieder so weit. Mamas lupenreines Auftreten nervt und gehört als Möchtegerngehabe enttarnt.

»War ich wirklich so eine schlechte Mutter, dass du mich nun so behandelst?«

Ich rolle mit den Augen. »Also hör mal! Ich sage dir ja wohl ständig, dass ich dich liebe.«

Zum Glück ist das kleine Wörtchen »ständig« Definitionssache. »Außerdem geht es hier nicht darum, ob ich dich liebe oder nicht, sondern darum, dass du nicht einfach meine Wohnung verwüsten darfst!«

Mama schafft es immer wieder, das Gespräch so zu drehen, wie es ihr gefällt. »Verwüstet‹ ist nun wirklich übertrieben«, schnauft sie empört, während sie mit beiden Beinen inmitten meiner Bücher steht, die aufgrund eines umgestürzten Regals über den ganzen Boden verteilt liegen. Eines davon ist in einer Pfütze aus Heikes »Chakrasäften« gestrandet. »Wir haben vielleicht ein bisschen übertrieben, aber ...«

»Vielleicht? Ein bisschen?!«

»Ihr Kinder wolltet doch, dass ich mir eine Freundin suche!«

»Aber keine, die dich mit gegorenen, selbst gemischten Fruchtsäften abfüllt!« Ich halte Mama eine der leeren Flaschen unter die Nase. »Svadhishthana-Sakral« hat Heike auf ein selbst gebasteltes Etikett geschrieben und der Flasche mithilfe eines kleinen Fadens um den Hals gehängt. Vielleicht ist »Svadhishthana« esoterisch für »Schnaps«.

»Das war keine Absicht ...«, murmelt Mama kleinlaut. »Sie wusste nicht, dass die Säfte nicht mehr ganz frisch sind.«

»Und ihr habt nicht geschmeckt, dass die *alt* sind?«

»Schon, aber ich dachte, das soll so.«

»Heike kann von Glück reden, dass sie mir nicht direkt in die Arme gelaufen ist!« Mit einem Wutschrei entferne ich mich von Mama, deren treudoofer Dackelblick mich noch den letzten Nerv kostet, und begutachte nun zum ersten Mal den Rest der Wohnung. Als ich nach Hause kam, war Mama gerade dabei, alles wieder bestmöglich herzurichten, doch der Kater ist ihr nicht nur deutlich anzusehen, sondern verlangsamt auch jede ihrer Bewegungen.

»Ehrlich gesagt will Heike in einer Stunde wieder da sein, um mir bei der Beseitigung des Chaos behilflich zu sein.« Mama kratzt sich am Hinterkopf und kommt mir hinterhergetrottet.

»Was?!« Mein Groll entlädt sich ungehemmt.

»Sie ist nur kurz los, weil ihre Tochter sich ausgeschlossen hat und den Zweitschlüssel braucht.«

»Super …« Ich sammle die Handtücher auf, die im Bad auf dem Boden verstreut herumliegen. »Dann kriegt die gleich richtig was zu hören.«

»Bitte nicht …«

»Ich finde nicht, dass du gerade in der Position bist, dir irgendwas von mir zu erbitten.«

»Aber es wäre doch viel schlimmer, wenn Heike mich mit der Unordnung allein ließe.« Punkt für Mama. »Sie meint es nur gut.«

Ich stöhne genervt. »Diese Heike hat einen schlechten Einfluss auf dich.« Die ganze Geschichte klingt doch wie schlecht ausgedacht. Wenn mir jemand vor einer Woche gesagt hätte, dass sich meine Mutter mit einer Freundin in meiner Wohnung die Kante geben würde, ich hätte ihn laut ausgelacht. Jetzt lacht die Wirklichkeit mich aus, während ich eine Steckdose aus dem Waschbecken fische. »Und was hattet ihr damit vor?«

»Die wollten wir endlich reparieren.« Mamas Stimme ist nur noch ein Flüstern. Sie schiebt ihre Unterlippe vor. »Ich sag dir schon seit zwei Wochen, dass die wackelt.«

»Ach, und das ist jetzt besser, oder was?!«

Wahrscheinlich sollte ich froh sein, dass Mama noch lebt und im Laufe des gestrigen Abends nicht schockgetoastet wurde, aber das fällt ganz schön schwer, wenn ich mir das aus der Wand gerissene Plastikgehäuse anschaue. Nicht nur die Kabel hängen jetzt unsexy aus dem ausgefransten Loch, nein, aus irgendeinem Grund funktioniert der komplette Strom im Bad nicht mehr.

Die Hitze steigt mir zu Kopf. So muss es sich im Kessel einer Dampflok anfühlen. Für einen kurzen Moment denke ich, das Türklingeln sei ein hohes Pfeifen, das die Dampfwolken begleitet, die mir mittlerweile aus den Ohren steigen müssten.

Mama macht die Tür auf.

»Was ist denn los, meine Liebe?«, höre ich die Stimme von Mamas neuer bester Freundin. »Du hast plötzlich so eine negative Aura.«

Mit zu Fäusten geballten Händen trete ich in den Flur und zeige Heike gleich mal, wie eine wirklich negative Aura aussieht.

»Du bist ja schon da, Zofia!«, stellt Heike in aller Seelenruhe fest, so als gäbe es nichts zu verstecken. »Deiner Mama und mir tut das wirklich schrecklich leid! Du wirst nun ganz tief in dein Vata hineinfühlen müssen.« Heikes merkwürdiges Gerede verwirrt mich so sehr, dass mir für einen Moment die Luft wegbleibt. Doch auch dafür hat sie schon die passende Erklärung. Die Luft wird nämlich gerade in meinem Dickdarm gebraucht: »Vata hat den Hauptsitz im Dickdarm, weißt du? Sie besteht aus den Elementen Luft, also Vayu, und dem Raum, also der Akasha, und sorgt für die Fähigkeit zu verzeihen.«

Ich würde Heike gern anschreien, dass sie mit dem Geschwafel aufhören solle, dass sie mir nicht zu diktieren habe, wie ich fühle, und dass dieses Vata klinge wie die Beschreibung von Blähungen.

Mama ahnt das und wird deshalb hinter Heike zur lebenden Windmühle. Ihre Arme drehen sich wie Flügel im Sturm. Mit flehenden Blicken bedeutet sie mir, nicht auszurasten.

Heike merkt nichts von dem Drama, dass sich direkt um sie herum abspielt.

»Wenn dein Vata nicht in der Balance ist, sind auch die anderen Doshas gestört«, philosophiert sie weiter und legt mir dabei die Hände auf den Bauch. Überdeutlich atmet Heike ein und aus, so als würde sie mich dazu animieren wollen, es ihr wie in einem Geburtsvorbereitungskurs nachzumachen. Damit gibt sie mir den Rest. Mein Kiefer verkrampft sich, der Brustkorb schwillt an, und der erste Anschiss liegt mir auf der Zunge. Doch dann fällt mein Blick auf die getrockneten Tränen in Heikes Gesicht.

»Hast du geweint?«, purzeln die Worte so ungefiltert aus meinem Mund wie bei einem Kleinkind. Heikes stark beringte Finger lassen von meinem Vata ab. Sie fasst sich stattdessen an die Wangen: »Oh, sieht man das noch?«

Jetzt erst bemerke ich, dass die dünne Haut unter ihren Augen gerötet ist.

Mama und ich tauschen einen beunruhigten Blick. Wir wissen beide nicht, was wir sagen sollen.

Heike schnieft leise: »Ich habe gerade nur meinen Ex-Mann mit seiner Neuen gesehen.«

Was soll ich sagen? Mein Vata ist aktiviert, bevor ich mich dagegen wehren kann.

• • •

Alles zu Hause erinnert mich daran, dass ich die Einzige bin, die es nicht hinbekommt, jemanden zu finden, der zu ihr gehört. Überall ist Liebe: An der Wand hängen Mamas und Papas Hochzeitsfotos. Kinga strahlt, weil sie frisch verliebt ist, was unsere Eltern nicht wissen sollen, da es mal wieder kein Deutscher ist. Auf dem Tisch steht eine Pralinenschachtel in Valentinstagsedition zum Teilen, und im Fernsehen läuft die Telenovela »Anna und die Liebe«. Trotzdem will ich jetzt nirgendwo anders hin als nach Hause. Zu Mama. Ich will nicht zu meinen Mädels, nicht allein sein.

»Bestimmt ist es, weil er auf Klassenfahrt gesehen hat, dass ich keinen Bauchnabel habe!«

»Ich liebe dich mit Haut und Haar und ohne Bauchnabel.«

»Mama, du bist peinlich!«, sage ich und löse mich für zwei Sekunden aus ihrer Umarmung, um meinen Worten Nachdruck zu verleihen.

»Ich weiß«, antwortet sie, während ich mich wieder von ihren Armen umschließen lasse und sie so fest umgreife, wie ich kann. Immerhin habe ich zwei Sekunden nachzuholen. »Ich liebe dich trotzdem.«

Kinga, Mama und ich haben uns mit der Valentinstagsedition zum Teilen auf das Sofa gepflanzt, nur um festzustellen, dass da ganz schön wenig drin ist, wenn man sich die teilt.

»Hoffentlich vergisst Papa die Schokolade nicht …«, flüstere ich, während Mama mir eine Strähne hinters Ohr schiebt. Papa haben wir zum Einkaufen geschickt und auf die Liste so spezielle Sachen wie Amarantmehl und Erbsenmilch mit Vanillegeschmack draufgeschrieben, damit er eine Weile beschäftigt ist und wir unsere Ruhe haben. Bei manchen Produkten bin ich mir nicht mal sicher, ob es die gibt. Umso besser.

Kinga hätte ich am liebsten zusammen mit Papa ins Kaufland abgeschoben. Ich mag es nicht, vor ihr zu weinen. Erst recht nicht mit zwanzig Jahren wegen so was Läppischem wie Liebeskummer. Oli und ich waren nicht mal lange zusammen, dafür ist die Trennung schon Monate her, und trotzdem erwischt es mich manchmal ohne Vorwarnung. Es reicht ein Lied im Radio, eine Dose Proteinpulver, die er bei mir hat stehen lassen, eine Straßenecke, an der wir uns geküsst haben. Heute war es ein Eddingherz auf der Gummisohle meiner Chucks.

»Es ist so eine Heulsuse aus mir geworden, schlimm.« Zum mittlerweile dritten Mal starte ich den Versuch, mich aufzuraffen. »Dass ich auch direkt zu Mama rennen muss.«

»Sag so was nicht.« Mama kann das natürlich nicht auf mir sitzen lassen. »Du bist keine Heulsuse, und ich freue mich immer, wenn du herkommst!«

»Doch, sie ist eine Heulsuse.« Kinga lacht kehlig, was mich zusammenzucken lässt. Ich habe jetzt nicht auch noch die Nerven, ausgelacht zu werden.

»Und das ist auch okay, also entspann dich ein bisschen.« Sie schiebt sich die letzte Praline in den Mund. »Ich war letztens hier, weil mich der Film ›Nur mit Dir – A Walk to Remember‹ zum Heulen gebracht hat.«

• • •

»Frau Wiśniewska – was haben Sie da im Gesicht?«, fragt Maja, woraufhin ich die Klasse für einen kurzen Besuch auf der Lehrerinnentoilette allein lasse. Während sie in Partnerarbeit eine Aufgabe lösen, erschrecke ich mich vor meinem Spiegelbild. Es ist bereits die siebte Stunde, und Maja ist die Erste, die mir zu verstehen gibt, dass etwas nicht stimmt. Großflächige Zahnpastareste kleben an meinem Kinn. Das erklärt einige der Blicke, die mir heute begegnet sind. Entweder meine Kolleg:innen sind schadenfrohe Sadist:innen, oder sie waren zu sehr von dem grünen Lidschatten abgelenkt, mit dem ich mich an Fasching als Kermit schminken könnte. Ich hatte eigentlich vorgehabt, den grauen Lidschatten aufzutragen. Das Missgeschick erklärt sich anhand des aus gewissen Gründen seit Tagen defekten Badezimmerlichts in meiner Wohnung.

Ansonsten sieht es zu Hause wieder mehr oder weniger aus wie vor der Chakrabombe, auch wenn es in einigen Ecken noch leicht säuerlich nach dem Dunst von Heikes Säften riecht. Sie muss sie in etwa so großzügig ausgeschüttet haben wie am Morgen danach ihr Herz.

Während ich mein Gesicht behelfsmäßig mit feuchtem Klopapier von Zahnpasta und Grünstich befreie, muss ich daran denken, wie aus Heikes Schniefen ein Schluchzen und dann ein Tränenfluss ohne Dämme wurde. Sie ist noch im Flur zusammengesackt und hat Mama und mir von ihrer »Arschgeige von Ehemann« erzählt. Ich scheine nicht die Einzige mit einem aus der Balance geratenen Vata zu sein. Wobei Heike wohl eher ein Problem hätte, wenn sie ihrem Nochehemann die sechs Affären ohne Weiteres verzeihen würde, finde ich.

»Und das sind nur die, von denen ich weiß!«, schluchzte sie.

»Gupi barran!«, haben Mama und ich gleichzeitig geflucht, übersetzt »dummes Schaf«. Allerdings scheint Heikes Mann eher ein Wolf im Schafspelz zu sein. Sie hat ihn uns als notorischen Fremdgeher beschrieben.

»Und du hast nichts geahnt?«, fragte ich vorsichtig, während wir immer noch auf dem Boden im Flur zu einem einzigen Knäuel verstrickt saßen.

Heike warf die Hände in die Luft, was mich unpassenderweise an Konfettiwerfen erinnerte. »Ich *wollte* nichts ahnen, also habe ich es mir verboten!«

Sie scheint sich während der Beziehung verbummelt zu haben, irgendwo zwischen ihrem Mann und der Angst vorm Alleinsein. Korrigiere: der *Vorstellung* von ihrem Mann und der Angst vorm Alleinsein.

»Dazu kommt, dass wir nun mal eine gemeinsame Tochter haben.« Heikes Gesicht verzog sich beim Weinen, ihre so hellen, wie mit Bleistift skizzierten Augenbrauen näherten sich der Nasenwurzel. »Romys Moksha ist doch davon abhängig, dass ihre Eltern ihr ein schönes Zuhause schenken!«

»Ich bin mir sicher, dass deine Tochter nur das Beste für dich will.« Während ich nach den passenden Worten suchte, spürte ich Mamas warme Hand auf meinem Rücken. »Deine Tochter ist erwachsen, sie erreicht ihren Mokka …«

»Moksha!« Heike schüttelte erbost den Kopf. »Moksha beschreibt das letzte der vier Lebensziele: die Erlösung.«

»Genau dieses. Das erreicht sie allein auch, und je glücklicher du bist, umso leichter wird ihr das gelingen.«

»Und du meinst, ich bin glücklicher, wenn ich meinen Mann gegen Hartz IV eintausche?«, polterte Heike plötzlich. Aber wohl weniger aus Wut über das, was Mama gesagt hatte, als vielmehr auf sich selbst. Das übliche Lied, vermutete ich: finanzielle Abhängigkeit der Frau vom Mann in unserem System, das darauf so schön ausgelegt ist, gestützt vom Patriarchat. Ich hatte das zwar nicht geplant, aber Heike wurde mir, trotz der Begriffe, die aus ihrem Mund sprudelten und die für mich wahlweise nach der 68 oder 134 auf der Speisekarte meines Lieblingsinders klangen, ein ganzes Stück sympathischer. Mama direkt neben ihr sitzen zu sehen und in ihrem Gesicht abzulesen, wie sie sich mit Heike verglich – das stimmte mich erst melancholisch und dann milde.

Etwas milder hätte ich auch jetzt dabei vorgehen sollen, mir das Gesicht sauber zu rubbeln. In Gedanken versunken finde ich kein Ende, weshalb ich aussehe wie eine überreife Tomate. Noch auf dem Weg zurück in die Klasse fummle ich mir Klopapierfussel von den Lippen.

Natürlich ist das laute Gerede aus meinem Klassenraum über den ganzen Flur zu hören. Als ich den Raum betrete, sitzen die meisten Schüler:innen nicht mehr auf ihren Plätzen, huschen aber schnellstmöglich zurück. Außer Maja natürlich, die sitzt brav da, wo sie hingehört. Und Klaas, was bei ihm aber vor allem daran liegt, dass er total stoned ist.

»Dann legen wir mal los!« Ich stütze mich mit beiden Händen auf meinem Tisch ab. »Damian, willst du anfangen, oder störe ich dich gerade bei einer Runde ›Candy Crush‹?«

11

knajpa • Kneipe, die

Kleines Lokal, in dem überwiegend alkoholische Getränke ausgeschenkt werden • mała restauracja, w której serwowane są głównie napoje alkoholowe

Omas Papilloten sei Dank, kräuselt sich mein sonst nur schnöde herunterhängendes Haar in dunklen Locken. Oder sieht das schon zu bemüht aus? Ich versuche sie wieder etwas zu *ent*locken, nur für alle Fälle. Gleichzeitig ziehe ich mein Schritttempo an und mit der anderen Hand einen Knirps aus der Tasche, den ich geistesgegenwärtig eingepackt habe, als sich die ersten dunklen Wolken am Himmel abzeichneten. Ich will weder durchnässt noch unpünktlich zu der Verabredung mit Anton erscheinen.

Warum fühlt es sich plötzlich an, als würde ich Endorphine atmen?

Müsste ich nicht eigentlich Angst haben?

Schließlich ist nach unserem letzten Treffen zu erwarten, dass unser sich offenbar potenzierendes Chaos irgendwann im Super-GAU endet. Warum nicht heute? Immerhin will Anton diesmal nicht für mich kochen, was unsere Überlebenschancen erhöht.

»Morgen, 18 Uhr, Treffen an der dicken Eiche vor ›Siggi's‹? Diesmal lade ich dich ins Restaurant ein.« Auch wenn ich es etwas überhöht finde, »Siggi's Imbiss« als Restaurant zu bezeichnen, zählt für mich, dass Anton sich revanchieren möchte. Als seine Nachricht gestern während der Doppelstunde Geschichte mein Handy pingen ließ, durfte ich mir von der Klasse zwar einen Anschiss abholen, aber die Freude überwog trotzdem. Abgesehen davon kann Anton auch nichts dafür, dass ich vergessen habe, meinen Ton wieder auf stumm zu schalten, nachdem ich im Lehrer:innenzimmer Videos eines künstlerisch begabten Hundes angeschaut habe, der Bilder von Bob »die Legende« Ross nachmalt.

Ein Date bei Siggi erlaubt mir ein Wohlfühloutfit (dehnbare Jeans, fusseliger, dafür umso weicherer Mantel) samt überraschendem It-Piece, das ganz Antons Geschmack treffen wird, und erspart das Nachschlagen im Knigge. Die Wahl einer schicken Location hätte nur für unnötigen Druck gesorgt. Genauso wie das Chili von gestern Abend, das noch immer in meinem Darm herumzudümpeln scheint.

Ich bin so abgelenkt davon, die Lautstärke meiner Fürze zu kontrollieren, dass der Wind mir fast den Schirm aus der Hand reißt. In meinem verzweifelten Rettungsversuch übersehe ich einen Fahrradfahrer mit auf den Rücken geschnalltem Lieferando-Würfel.

»Pass doch auf!«, schreit der Typ, der mit gesenktem Kopf durch den Regen strampelt, um andere mit Essen zu versorgen, die sich zu Hause in Kuscheldecken hüllen. Just in diesem Moment sehe ich Anton auf der gegenüberliegenden Straßenseite auf mich warten, von wo aus er freie Sicht auf meinen Beinaheauffahrunfall genießt. Als ich die Straße überquert habe und wir uns zur Begrüßung in den Arm nehmen, ist Anton so höflich, ihn nicht weiter zu erwähnen.

»Ich freue mich, dich zu sehen.« Antons Anblick löst ein Bällebad der Gefühle in mir aus. Oder es sind wieder die Bohnen.

»Ich mich auch.« Er zieht sich den feinen Mantel zurecht und zupft an seinem weißen Hemd herum.

»Kommst du direkt von der Arbeit?«, frage ich – und sehe nicht, dass Anton den Kopf schüttelt, weil ich mich schon zu »Siggi's« umdrehe. Ich finde es draußen zu ungemütlich, um hier weiterzuplauschen.

Anton hat wohl die gleiche Idee. »Wollen wir gleich rein?« Er bietet mir seine Armbeuge zum Einhaken an und nimmt mir den Regenschirm ab. »Ich habe einen Tisch reserviert.«

Ich lache. »Diesmal einen, der nicht wackelt?« Es tut gut, dass wir direkt mit den Witzen einsteigen, mit denen wir beim letzten Mal aufgehört haben. Als wären wir schon länger befreundet und auf derselben Wellenlänge unterwegs.

Die harte Erkenntnis, dass unsere Wellenlängen eher miteinander kollidieren, statt dass es sich um dieselbe handelt, folgt in dem Moment, in dem wir an »Siggi's Imbiss« *vorbei*laufen und stattdessen drei Türen weiter in ein Restaurant einbiegen, dessen Scheiben so blank poliert sind, dass ich mich frage, ob da überhaupt welche sind. Ich starre auf Marmor, edle Holzvertäfelungen und mit Brokat besetzte Vorhänge. *So* hatte ich mir Antons Wohnungseinrichtung vorgestellt.

»Le Sauvignon St Sauveur« steht über der Eingangstür, die

Anton mir gerade aufhält. »Siggi's Imbiss« kann man wenigstens aussprechen. Hätte er mich nicht vorwarnen können?

Andererseits ...

»Morgen, 18 Uhr, Treffen an der dicken Eiche vor ›Siggi's‹? Diesmal lade ich dich ins Restaurant ein.«

Verdammt. »Restaurant« war nicht als Synonym für Siggis Imbiss gedacht und sollte auch kein großartig vorhandenes Humorpotenzial offenbaren.

Die Nachricht könnte man so und so lesen. Aber eher so, wie ich es nicht getan habe, wenn ich ehrlich bin. Das bedeutet, ich kann nicht mal sauer auf Anton sein. Und nun trage ich als Überraschung für den Kinderfilmliebhaber mein mittlerweile wie eingelaufen wirkendes »Findet Nemo«-Shirt unter dem Mantel.

Während Anton am Empfang mit dem Kellner spricht, starre ich abwechselnd auf meine ausgelatschten Chucks und die polierten Lackschuhe des Kellners.

Doch kein Wohlfühloutfit mehr.

Ich schlinge meinen Mantel, der zwar auch nur von H&M, aber wenigstens schlicht und schwarz ist, enger um meinen Oberkörper und überlege, ob ich eine gute Ausrede finde, um ihn anzubehalten. Doch da streckt Anton bereits die Arme aus, um mir Mantel und Schal abzunehmen und an die verschnörkelten Kleiderständer zu hängen.

Ich schlucke und gebe mich meinem Schicksal hin.

»Ich kann das erklären ... Ich ...«

»... liebe ›Findet Nemo‹!«, unterbricht Anton mich. »Hast du auch ›Findet Dorie‹ gesehen?«

Skeptisch mustere ich ihn, doch Anton scheint ehrlich begeistert zu sein. Ganz im Gegensatz zu dem Kellner, der mich mit gehobener Augenbraue von der Seite mustert. Vermutlich würde ich ohne Anton als Begleitung im hohen Bogen wieder rausfliegen. Ich meine natürlich: des Etablissements aus offensichtlichen Gründen verwiesen werden.

»Ich finde ja, an den ersten Teil kommt nichts ran.« Anton fährt schamlos fort, während der Kellner uns zum Tisch geleitet. Wir landen in der hintersten Ecke des Restaurants, was bestimmt kein Zufall ist. Der Kellner schenkt uns von dem Wasser ein, das in einer Karaffe bereits auf dem Tisch steht. »Ich lasse Sie jetzt kurz allein, damit Sie sich in Ruhe entscheiden können.«

Weder die Tatsache, dass um unsere Teller mehr Besteck liegt, als ich zu Hause in meiner Schublade habe, noch der Umstand, dass die Kellner:innen drinnen Handschuhe tragen, scheint Anton zu verwirren. Ich hingegen rutsche vor Nervosität von der rechten auf die linke Pobacke und wieder zurück. Und vielleicht auch, weil wieder ein paar Böhnchen anklopfen. Selbst das bemerkt Anton nicht, weil er mittlerweile dabei ist, einen Vortrag über seine favorisierten Synchronsprecher zu halten. Im Hintergrund dudelt Fahrstuhlmusik, die, wenn es hart auf hart kommt, meine Symphonie mit Sicherheit nicht übertönen kann.

Und es kommt hart auf hart.

»Hast du Hunger?«, unterbricht Anton, der meinen Furz glücklicherweise mit einem Magenknurren verwechselt hat, seinen Vortrag. Oder er will einfach nur nett sein.

Eifrig nickend greife ich nach der Speisekarte und verstecke das Rot meiner Wangen hinter dem Papier, das sich so weich zwischen den Fingern anfühlt wie ein Babypopo. »Und wie! Hab den ganzen Tag noch nichts gegessen.«

»Na, dann aber los.« Anton wirft nur einen kurzen Blick in die Karte, er scheint bereits zu wissen, was er will. Ich hingegen verstehe nur Bahnhof. Dass in einigen Berliner Lokalen nur Englisch gesprochen wird, daran bin ich gewöhnt. Aber eine ausschließlich französische Speisekarte ist mir noch nie untergekommen.

»Kannst du etwas empfehlen?« Selbst mein Räuspern erscheint mir zu laut an diesem Ort.

»Also, ich nehme als Vorspeise die Soupe au pistou«, erklärt Anton. »Und im Hauptgang Pommes de terre aux choux de Bruxelles et aux noix.«

»Klingt hervorragend!«, sage ich und denke: War das noch Französisch oder schon Klingonisch? »Dann nehme ich das auch.«

»Und zu trinken?«

Och nö.

»Ich mag am liebsten …«, beginne ich zu stottern, als schon im nächsten Moment der Kellner an unseren Tisch herantritt. »Entscheide du.«

Schnell hebe ich das Wasserglas an meinen Mund, sorgfältig darauf bedacht, meinen kleinen Finger abzuspreizen. Während Anton den Zungenbrecher von Bestellung herunterrattert, trinke ich das ganze Glas leer.

Unweigerlich stelle ich mir vor, ich wäre mit einer Schulklasse hier.

»Sie als Gastronom müssten mir doch weiterhelfen können …«, würde Julius den Kellner scheinbar interessiert ansprechen. Sie können so lieb aussehen, wenn sie wollen. »Was denken Sie? Wie vermehren sich Gummibären?« Johlend würden die anderen Jungs überspielen, wie platt dieser Witz ist, und sich mit den Gabeln gegenseitig die Rücken kratzen. Derweil würde Gustav sich in Position bringen, um dem Kellner einen »miesen Gehfehler zu geben«, indem er ihm den Fuß zwischen die Fersen stellen würde. Aufgeschreckt von dem Klirren der zu Boden gehenden Gläser fiele Kim fast ihr Handy aus der Hand, mit dem sie gerade ein Selfie hätte aufnehmen wollen. »Maaann, eeey«, würde sie schnalzen. »Pass doch auf, Diggah!« Dilara hingegen würde das ablenkende Tohuwabohu nutzen, um ihr Kaugummi unbemerkt auf die Seidentischdecke zu kleben.

Obwohl: Eigentlich wäre ich sogar dankbar, wenn meine Klasse in diesem Moment mit ihrer Überpräsenz von meiner Unterpräsenz ablenken würde. Vielleicht würden die Gäste mich sogar mitleidsvoll ansehen und mir Respekt dafür zollen, dass ich dem anstrengenden Lehrauftrag gerecht zu werden versuche.

Der Altersdurchschnitt im Raum liegt irgendwo zwischen Bingoverein und Kaffeefahrt. Botox im Gesicht scheint genauso zum Dresscode zu gehören wie die weiße Hautfarbe. Es wird gehüstelt statt gehustet und geschmunzelt statt gelacht. Beim Anblick der fingernagelgroßen Portionen auf den Tellern der anderen Gäste bekomme ich noch mehr Sehnsucht nach Siggi.

»Woher kennst du den Laden ... äh, das *Restaurant*, meine ich?« Um manierlichen Small Talk bemüht und um bloß nichts kaputt zu machen, sitze ich stocksteif auf meinem Stuhl.

Anton krempelt seine weißen Hemdsärmel hoch. »Ich war schon als Kind mit meinen Eltern hier.«

»Verstehe.«

»Wobei ich damals immer lieber zu McDonald's wollte.«

Er lacht. Ich würde jetzt auch lieber zu McDonald's gehen. Die Vorstellung, dass gerade irgendwo anders in dieser Stadt jemand im Drive-in auf einen Veggie TS mit Pommes und Milchshake wartet und dabei völlig unbeschwert in seine Jogginghose furzen kann, gibt mir ein Gefühl für die wahre Ungerechtigkeit dieser Welt.

Unweigerlich muss ich daran denken, wie fehl am Platz sich Mahmut am Anfang in unserer Familie gefühlt hat. Was vor allem an der Familie lag. Kinga und er beschreiben es bis heute gern als wirklich erlebten »Culture Clash«. Jetzt sehe ich mich hier inmitten von Samt und Brokat sitzen: »Findet Nemo« von Disney trifft auf das kleine Schwarze von Chanel. Das nenne *ich* »Culture Clash«.

Vielleicht kann ich mich kurz entschuldigen und auf der Toilette googeln, wie man sich in so einem feinen Lokal zu benehmen hat. Wobei ich dann aufstehen und an allen Gästen vorbeispazieren müsste.

»Alles okay?« Beinahe zucke ich zusammen, als Anton seine Hand auf meinen Unterarm legt. »Du bist so still heute.«

»Was soll sein?«

»Das frag ich dich.« Anton lässt mich nicht aus den Augen. Ich erwische mich dabei, mit einer Ecke der Tischdecke herumzuspielen. Schnell disziplinäre ich mich dazu, das auf der Stelle sein zu lassen. Wäre unser Date eine Klassenarbeit, wäre das ganze Blatt rot angestrichen.

»Also, um ehrlich zu sein, bin ich etwas nervös.«

»Meinetwegen?«

»Auch.« So sehr ich mich auch darum bemühe, ich kann nur husten, nicht hüsteln. Vielleicht ein Fehler in meiner Anatomie. »Aber vor allem, weil ich hier nicht reinpasse.«

Anton schüttelt verständnislos den Kopf: »Wie bitte? Wie meinst du das?«

Plötzlich meine ich all die Haustiere zu verstehen, die nur in angefressenen Pappkartons chillen wollen, obwohl ihre Besitzer und Besitzerinnen die teuersten Körbchen für sie kaufen und sie in paillettenbestickten Halsbändern spazieren führen wollen.

Schon im nächsten Moment werden wir von unserem Kellner unterbrochen, der den Wein sowie die Vorspeisen bringt.

Es handelt sich um Bohnensuppe.

Der Abend kann mich mal.

Anton sieht immer noch abwartend in meine Richtung, doch ich kann nur mit den Schultern zucken. Mir scheint im Gegensatz zu Anton ziemlich offensichtlich, was das Problem ist. Trotzdem fasst er einen Entschluss, den ich ihm umso höher anrechne, als dass er nicht zu fühlen scheint, was ich fühle.

»Könnten Sie uns unser Essen bitte einpacken?« Anton wendet sich dem Kellner mit höflicher Bestimmtheit zu. »Uns ist etwas Wichtiges dazwischengekommen, weshalb wir außer Haus essen werden.«

Es ist das erste Mal, dass der Kellner und ich etwas gemeinsam haben: Wir sehen beide endlos erleichtert aus.

• • •

Treffpunkt: drei wackelige Bierbänke unter einem schiefen Partyzelt im Volkspark Friedrichshain. So stand es in der Einladung. Ich stehe am Eingang neben den Parkplätzen und zähle allein in Sichtweite vier schiefe Partyzelte. Feiern aller Art fühlen sich selten nach einem natürlichen Umfeld für mich an. Früher oder später klopft mir jemand auf die Schulter (oder knapp daneben) und nuschelt, ich sei viel zu nüchtern: »Ihr Polen seid doch trinkfest!«

Ich versuche die Bauchschmerzen zu ignorieren und mein Bedürfnis, wieder umzudrehen und nach Hause zu fahren. Mein Studierendenleben wird nicht besser, wenn ich mich selbst zur Außenseiterin mache, und Saufen gehört nun mal zum guten Ton. Wenigstens drei, vier Stunden sollte ich bleiben. Bis Mitternacht ist es meist noch auszuhalten, und ich fühle mich nicht durch jeden Besoffenen an Papas schlechte Tage erinnert.

Folge dem Knallen der Korken, um uns zu finden, *erinnere ich mich an den nächsten Teil der Wegbeschreibung zum Geburtstag meines Kommilitonen Marek. Leider hat ein so bescheidenes Geräusch wie das Knallen von Korken keine Chance gegen das Surren und Brummen der Bässe, die sich aus mitgebrachten Boxen gegenseitig zu übertönen versuchen. Die Almans links von mir lassen eine Frau über die Liebe schreien, bei der es sich mit großer Wahrscheinlichkeit um Helene Fischer handelt. Manchmal frage ich mich wirklich, warum meine Eltern so ein hohes Integrationsbedürfnis hatten. Rechts von mir versinken vierzehnjährige Mädels im Treibsand der Melancholie, aufgeschüttet von der Frau, die vermutlich auch der Grund für die grünen Strähnen in ihrem Haar ist. Billie Eilish gibt alles, um lauter als Helene zu sein. Die Meditationsgruppe direkt dahinter stellt sich heute einer besonderen Herausforderung. Dass der um sie herum herrschende Chartskrieg ihre Mitglieder ein wenig mehr aus der Fassung bringt, als sie zugeben wollen, erkennt man lediglich an der ein oder anderen nervös zuckenden Oberlippe oder gerümpften Nase. Die Blicke weiterhin starr auf den Guru mit der Klangschale gerichtet, massieren sie sich gerade ihre Ohrläppchen, die bei den Billie-Eilish-Fans von Stecknadeln zer-*

stochen und bei den Helene-Ultras von Clipohrringen ausgeleiert sind.

Vielleicht hat Mama doch recht damit, dass Berlin gefährlich ist. Ich bin kurz davor, doch umzudrehen und zu gehen – als Marek wie ein Leuchtturm mit winkenden Armen in dem Meer aus Menschen aufragt. Selten habe ich mich meinen Kommiliton:innen so zugehörig gefühlt. Manchmal lernt man in der Fremde die Heimat lieben.

Gleichzeitig mit dem Gong der Klangschale ertönt auch das Zischen der Steaks auf dem portablen Kohlegrill, und Billie singt: »All the good girls go to hell.« Ich laufe los.

• • •

»Alter Falter, diese Pommes de terres o was auch immer schmecken abgefahren!« Anerkennend greife ich (natürlich mit abgespreiztem Finger) nach einer der noblen Fritten, die man auf der Speisekarte auch einfach so hätte nennen können. »Ich bin trotzdem froh, dass wir unterwegs noch etwas mehr zu essen eingekauft haben. Die Portionen sind … niedlich.«

Anton grinst: »Ja, das mit dem Drive-in war eine super Idee!«

Zufrieden beiße ich abwechselnd in eine Pommes de terre und in eine Fritte.

»Na, was sagt der Stiftungfrittentest?« Pantomimisch stellt Anton dar, das ihm ein Klemmbrett in der Armbeuge liegt und er mit dem Zeigefinger das Luftbrillengestell den Nasenrücken nach oben schiebt.

Ich bemühe mich um ein Hüsteln, was umso besser klappt, je länger ich es versuche: »Den mir vorgegebenen Bewertungsmodalitäten zufolge lassen sich beide Gerichte in der oberen Qualitätskategorie einordnen.«

»Begründung?«

»Die Aromen harmonieren, allerdings lässt die Kreativität der Gestaltung beider Fritten zu wünschen übrig. Dafür erfüllt der viel zu hohe Salzgehalt die notwendigen Anforderungen an Soul Food.«

Eifrig notiert Anton jedes meiner Worte auf seinem Luftklemmbrett. »Und im Vergleich zur bereits getesteten Konkurrenz?«

Ich muss noch mal abbeißen, um sicherzugehen. »Gute Frage, Kollege, gute Frage. Von Sterneküche sind wir hier noch weit entfernt.«

»Das heißt, nächstes Mal wieder Siggi?« Anton lässt das Klemmbrett sinken.

»Nächstes Mal wieder Siggi.« Ich nicke bekräftigend und lecke das Salz von meinen Fingern. »Anderes Thema: Hast du zufällig eine Jogginghose, die ich mir ausleihen kann?«

»Na, aber Siggi doch!«

»O Gott, der könnte von mir sein …«

»Danke.«

»Das war kein Kompliment.«

Ich habe das Gefühl, dass der Abend nicht mehr besser werden kann, doch dann macht Anton den Vorschlag »Stuart Little 2« anzuschauen.

»Ist das der Teil, wo er fliegt?«, will ich mich vergewissern. Anton nickt wie das Werbegesicht eines Sonnenbrillenherstellers. Dieser Abend wird nicht nur noch besser, es ist der beste seit Langem.

12

wegweijzer • Wegweiser, der

Schild, das angibt, wohin Weg oder Straße führen • znak wskazujący, dokąd prowadzi ścieżka lub droga

»Du bist heute aber gut drauf …« Meine Schwester weist mich nun schon zum dritten Mal auf meine angeblich so auffällig verbesserte Stimmungslage hin.

»Ich bin immer gut drauf!« Sogar mein ärgerliches Schnauben klingt überdreht, weshalb ich mir selbst kaum glauben kann. Gestern habe ich bei Anton übernachtet. »Wirklich. Es ist nichts Besonderes passiert.«

Kinga und ich haben uns mal wieder zu einem Spaziergang verabredet. Heike würde es vermutlich als Gehmeditation bezeichnen, aber für mich ist es schlicht und einfach ein Spaziergang. Heute haben wir einen besonderen Begleiter. Wenige Meter vor uns kreuzt ein joggender Opa unseren Weg. Natürlich kann ich nicht wissen, ob der ältere Mann Enkelkinder hat, aber ich wünsche sie ihm oder vielmehr wünsche ich allen Kindern dieser Welt einen Opa wie diesen. Es wäre reine Verschwendung, wenn dieser zarte, gebückte Rest eines ehemals hochgewachsenen Mannes in farblich aufeinander abgestimmtem Sportoutfit nicht zu einer Familie gehören würde, die er glücklich machen und mit seiner Motivation anstecken kann. Seine Arme schwingen neben ihm her, wobei »schwingen« fast zu kraftvoll klingt für die kleinen Bewegungen im Takt seiner Tippelschritte.

»Vom Niedlichkeitslevel her mit einem Hundebaby vergleichbar«, kommentiert meine Schwester. »Können wir ihm bitte hinterherlaufen? Sein Anblick macht mich glücklich.«

»Wir müssen nur aufpassen, dass wir ihn nicht aus Versehen überholen.«

Und so bestimmt der joggende Opa die Route unseres Spaziergangs. Er trägt sein Cap, natürlich im gleichen Rotton wie Jacke und Jogginghose, mit dem Schirm nach hinten. Wie ein cooler Rapper sieht er aus – mit roten und eingeknickten, weil vom Rand des Caps eingeklemmten Ohren.

»Ich will ihn filmen und ihn mir angucken, wenn ich traurig bin.« Kinga hakt sich bei mir unter und legt gerührt seufzend ihren Kopf auf meine Schulter. »Hoffentlich bleibt er in meiner Erinnerung, bis ich selbst alt bin und meinen Lebensabend auf dem Sofa verbringe, während ich mir einen Prince Polo nach dem anderen reinpfeife.«

Prince Polo sind polnische Schokoriegel mit Waffelkern. Kinga inhaliert die Dinger, wenn wir unsere Familie besuchen.

»Was macht das schon?« Ich tätschele ihre Hand. »Du kannst schließlich mit Mahmut gemeinsam fett und faul werden.«

Ich überlege, ob das vielleicht ein guter Moment ist, um meiner Schwester etwas mehr von Anton und mir zu erzählen. Immerhin ist sie der Mensch in meinem Leben, mit dem zusammen ich mich am liebsten den Fragen stelle, auf die ich selbst noch keine Antwort habe. Doch im Gegensatz zu ihr habe ich nicht einen Freund nach dem anderen gehabt, und es war auch noch nie ein Mahmut dabei, der schon fast zu perfekt ist, um kein Serienkiller zu sein. Und ich habe mich in letzter Zeit ein paarmal zu früh gefreut. Da war zum Beispiel Benedikt, der nach dem zweiten Date bereits ein Haus mit mir kaufen wollte. Ganz im Gegensatz zu Lenny, der mich nach dem zweiten Date geskippt hat wie einen Song auf seiner Spotify-Playlist. Dann lernte ich Mert kennen, ein eiserner Verfechter der Familienzahnbürste. Es folgte Ulrich, der zu faul war, sich ein Hobby zu suchen, und deshalb ständig lästern musste.

Ich bin gern allein, und sowohl Studium als auch Arbeit verlangen mir viel ab. Na gut, das ist eine halbe Ausrede. Stimmt zwar irgendwo, aber ich hätte schon noch etwas Zeit übrig, die ich sehr gern mit ein bisschen Liebe füllen würde. Schließlich mache ich ja keinen Sport. Wobei ich Verknalltsein hier nicht mit Verliebtsein verwechseln will und Sex nicht mit Liebe. Es ist noch zu früh für eindeutige Definitionen, ich will Kinga (und auch mir) nichts einreden. Am Ende ist es wieder schneller vorbei, als ich »Pommes de terres« sagen kann, und dann muss ich mich ihren sticheligen Fragen, schlimmer noch, ihrem Mitleid stellen. Die Unsicherheit siegt. Ich erzähle nichts.

Manchmal frage ich mich, was Kinga insgeheim über mich denkt. Vielleicht hat sie mich als hoffnungslosen Fall bereits bei einer Datingshow angemeldet: Zofia, vierundzwanzig, sucht die große Liebe. Die nonnenhafte Einsiedlerin besticht durch ein breit gefächertes Wissen über die besten Tintenkillerhersteller. Mitgift: ein bombensicherer Sandwichmaker (Qualitätsware made in Poland) und eine Heizdecke mit integrierter Massagefunktion (made in … Reden wir lieber nicht drüber). Die Vorstellung, dass selbst Kinga Dinge über mich denkt, die sie lieber für sich behält, ist so schmerzhaft, dass ich sie wieder von mir schiebe.

»Was hat der vor?« Plötzlich bleibt Kinga stehen und ich mit ihr. Sie starrt den niedlichen Opa an. Er hat das Joggen eingestellt, aber nicht etwa aus Erschöpfung, nein. Nein! Er bleibt stehen, um zu pinkeln. Der Opa stellt sich an den Wegesrand, muss die Hose dank praktischen Gummizugs einfach nur herunterziehen und legt los. Entweder war es sehr dringend, oder der Mann kennt absolut kein Schamgefühl.

»Doch nicht so niedlich«, resümiere ich.

»Nicht ganz«, flüstert Kinga zurück.

Wir beschleunigen unsere Schrittgeschwindigkeit und überholen den Opa. Aus dem Augenwinkel sehe ich es an der Stelle dampfen, an der die warme Pisse auf den kalten Erdboden trifft.

»Ist deine Toilette eigentlich immer noch verstopft?« Kinga scheint der Anblick zu einem Themenwechsel inspiriert zu haben. »Wir könnten sonst Onkel Jacek fragen, der kann so was.«

»Hat sich schon geklärt.« Ich winke ab. »Es hat sich herausgestellt, dass Heike drei Tarotkarten in der Toilette versenkt hat.«

Kinga findet das natürlich lustig. »Sind ihr die Karten bei ihrer kleinen Absturzparty betrunken aus der Hosentasche gerutscht, oder was?«

»Vermutlich. Wobei es mich schon wundert, dass ausschließlich Prinzen und Könige im Klo baden gehen mussten …«

»Ersoffen im Thron des kleinen Mannes.« In gespielter Bestürzung fasst sich meine Schwester an die Brust. »Was für ein tragischer Tod! Und eine höchst unwürdige Weise für einen Adligen, über den Jordan zu gehen.«

Ich fühle mich fast wie betrunken und weiß nicht, ob mir schwindelig ist vom Kichern oder ob ich kichern muss vom Schwindel.

Eigentlich wollte ich mit Kinga noch über etwas anderes reden. Das Kennenlernen mit Heike hat mich, neben dem ein oder anderen Pik-König-Massaker in der Toilettenschüssel, daran erinnert, dass Mütter stets für ihre Töchter mitdenken. Dass wir der Anker sind, der Mamas Gedanken daran hindert, sich offen und frei allen Richtungen zuzuwenden. Kinga und ich sollten Mama *erlauben*, dass sie sich trennt. Natürlich braucht sie nicht unsere Erlaubnis, um sich zu trennen, aber ich habe das Gefühl, es kann nicht schaden, das mal laut auszusprechen. Nur, warum löst allein der Gedanke daran eine Gänsehaut bei mir aus, die sich wie Nieselregen im Nacken anfühlt?

Ich schaue meiner Schwester ins Gesicht. Beobachte die immer noch zuckenden Mundwinkel, die gerümpfte Nase, von der alle immer behaupten, wir beide würden sie auf genau dieselbe unverwechselbare Weise rümpfen. Gerade will ich nicht ernst sein. Ich will nicht, dass Kinga ernst sein muss. Gerade will ich kichern und über den Untergang des Königshauses per Spülvorgang nachdenken.

»Ich habe jemanden kennengelernt.«

Fast spucke ich das Eis zurück in die Verpackung: »Was?!«

»Sie hat eine ganz offene, inspirierende Ausstrahlung.«

»Sie?« Mit der Erkenntnis kommt die Beruhigung. Mama hat keinen neuen Mann, sie hat eine neue Freundin kennengelernt. Wobei sie natürlich jedes Recht hätte, einen neuen Mann kennenzulernen. Ich weiß auch nicht, warum mich das eben so aus der Fassung gebracht hat. Warum ich jetzt umso erleichterter bin.

»Erzähl mir mehr über deine neue Freundin«, sage ich, obwohl ich nur noch mit einem Ohr zuhöre. Schlimmer als Heike kann es schließlich nicht werden. Mama beginnt über den gleichen Geschmack in puncto Knorr-Tütenfertigirgendwas von ihr und ihrer neuen Bekanntschaft zu referieren. Währenddessen bin ich einfach nur froh, dass sie einen Ersatz für Heike gefunden hat. Immerhin ist das alles auf meinem Mist gewachsen. Aber in diesem Moment bin ich davon überzeugt, dass auf meinem Mist doch noch etwas Gutes wachsen kann.

»Ihr habt euch also gut verstanden?«, steige ich scheinheilig wieder ein.

Mama zieht eifrig nickend die Kuscheldecke glatt, die über unseren Beinen liegt. »Wir treffen uns morgen. Heike ist auch dabei.« Diesmal fast verschluckt. Ach herrjeh, also doch kein Austausch. Aber vielleicht reduziert die neue Freundin Heikes Verrücktheits- und Esoterikpotenzial auf organische Art und Weise.

»Wie schön.« Ich versuche wirklich zu glauben, was ich da sage. »Dann seid ihr ja eine richtige Girlgang.«

»Eine was?«

»Nicht so wichtig. Ich bin auf jeden Fall bei Kinga.«

»Wir können auch einfach einen Spaziergang machen, wirklich! Vor allem nach dem letzten Mal ...«

»Kommt gar nicht infrage.« Ich unterbreche Mama liebevoll, aber bestimmt, wie ich es von ihr gelernt habe. »Ich bestehe darauf, dass ihr es euch hier gemütlich macht. Wir haben alle daraus gelernt, und diesmal lasst ihr die Chakrasäfte einfach weg.«

Vielleicht hätte ich Mamas Ausführungen besser – oder *überhaupt* – zuhören sollen, noch mal nachfragen, wie diese neue Freundin heißt, was sie so macht. Vielleicht hätte ich dann geahnt, dass sie nicht weniger, sagen wir mal, *speziell* ist als Heike. Tja, hätte, hätte, Fahrradkette.

»Überraschung!« Annette schiebt ihren Kopf durch den fetten Blumenstrauß, wodurch es Blütenblätter regnet. »Da guckst du, was?«

Ich gucke nicht nur, ich gaffe.

»Blumen?« Meinen Schulklassen sage ich immer, dass es keine dummen Fragen gibt. Zum Glück können sie mich in diesem Moment nicht hören. Dabei hätte ich so viele gute Fragen stellen können (Was machst du hier? Woher hast du meine Adresse? Seit wann zieht man die dämlichen Spruchshirts, die man von schlechten Freunden:innen zum Geburtstag bekommt, tatsächlich an?).

Stattdessen lasse ich mir den Strauß in die Hand drücken und bekomme einen dicken Kuss verpasst.

»Danke, Annette.« Ich schlucke.

Meine Lieblingskollegin kommt mit beachtlicher Selbstverständlichkeit in meine Wohnung spaziert. »Wo ist Małgorzata?«

Małgorzata? Woher kennt sie den Namen meiner Mutter?

Bevor ich es schaffe, meine Frage nicht nur zu denken, sondern auch zu stellen, kommt Małgorzata auch schon aus der Küche auf sie zugelaufen. »Wie schön, dass du hast gefunden das Weg!«

Vielleicht braucht mein Kopf so lange, um zu verstehen, weil ich nicht verstehen will.

»Ist das nicht wunderbar?« Annette strahlt stärker als ein 120 Hektar großes elektromagnetisches Feld. »Da lerne ich zwei der beeindruckendsten Frauen auf dieser Welt unabhängig voneinander kennen, und sie sind miteinander verwandt. Das kann kein Zufall sein!«

Immerhin guckt Mama nun genauso verwirrt wie ich wenige Sekunden zuvor. »Wer kennt hier wen?«

Annette reibt sich die Hände, als wäre ihr ein diebischer Streich gelungen. »Małgorzata, deine Tochter und ich – wir sind Kolleginnen!« Mit der Nummer könnte Annette in einer Zaubershow auftreten. Den Aufbau von Spannungsbögen beherrscht sie schon mal wie keine andere, und die ganze Situation erscheint mir wie verhext.

»Ich habe es auch erst begriffen, als du mir heute die SMS mit Adresse und Nachnamen zugeschickt hast. Da habe ich eins und eins zusammengezählt.«

»Wirklich?« Im Gegensatz zu mir genießt Mama die Show. Sie klatscht entzückt in die Hände. »Dann können wir uns alle zusammen machen eine schöne Nachmittag!«

»Neinneinneinnein.« Bei der Fragerunde zum Einstieg mag ich versagt haben, doch nun muss ich schleunigst handeln. »Ich bin schon verabredet.«

»Aber Zofia!« Mama hebt streng die Augenbrauen. »Jetzt nicht unhöflich sein. Annette hat uns so nett überrascht.«

»Aber Kinga freut sich schon auf mich.« Ich rede viel schneller und lauter als sonst. »Sie hat sich extra den Abend freigehalten. Und braucht bestimmt auch Hilfe bei irgendwas. Oder so.«

Es breitet sich Schweigen aus. Mamas Gesicht ist vor Ärger verzerrt, Annettes vor überschwänglicher Freude und meins von dem Versuch, den Wahnsinn zu überspielen. Natürlich ist es Annette, die die Situation rettet.

»Dann holen wir das nach.« Sie spielt die Diplomatin. »Immerhin haben wir als gute Freundinnen jetzt alle Zeit der Welt.«

In meinem Rücken klingelt es erneut. Während Mama die Blumen in die Küche bringt und in eine Vase stellt, bedient Annette den Türöffner mit einer Selbstverständlichkeit, als würde sie sich bereits wie zu Hause fühlen.

Immerhin haben wir als gute Freundinnen jetzt alle Zeit der Welt. Eine grausame Vorstellung. Heike kommt schnaufend die Treppen hochgestapft, zu meiner Beruhigung mit leeren Händen.

Ich verschwinde ins Bad, setze mich auf den Klodeckel und rufe Kinga an: »Wo bleibt ihr? Wolltet ihr nicht vor einer Stunde da sein?«

»Jetzt entspann dich mal, wir waren nur noch kurz das Auto waschen.« Meine Schwester ist verwirrt. »Was ist denn los?«

»Mamas neue Freundin ist eine Kollegin von mir.« Ich betätige die Spülung, damit der Besuch nicht hört, was ich sage. »Ich muss hier sofort raus.«

Kinga lacht mich aus.

»Ich hab dich auch lieb«, murre ich und lasse den Wasserhahn laufen.

»Keine Sorge, Rettung naht«, bringt Kinga prustend hervor. »Dann müssen wir aber danach noch einkaufen. Ich hoffe, das ist okay?«

»Alles ist okay, wenn ihr mich hier nur schnellstmöglich rausholt.«

Schon im Auto stelle ich klar, dass ich nicht über die verzwickte Situation reden will. Ich will Annette und das ganze Drama vergessen. Kinga verspricht, dass ich mir Eis aussuchen darf, weil ich so tapfer war.

Während ich nun also tief in mich hineinhöre, um herauszufinden, ob ich mehr Lust auf Magnum oder Flutschfinger habe, erregt ein älterer Herr meine Aufmerksamkeit. Die Leute machen schnalzend und schnaufend einen Bogen um ihn, weil er seinen Einkaufswagen so ungünstig neben sich parkt, dass er den halben Kassenraum versperrt. Der Mann merkt in seiner Konzentration oder aufgrund alter Gehörgänge nichts davon. Er steht am Regal mit den Ü-Eiern und zählt ambitioniert jedes siebte ab. Kein einziges landet im Einkaufswagen, ohne vorher durchgeschüttelt und dabei aufmerksam belauscht zu werden.

»Schau mal.« Mahmut scheint den Mann auch entdeckt zu haben, denn er deutet so peinlich auffällig auf ihn, wie nur Männer es können. Klassischer Fall von Unterschätzung des eigenen Stimmvolumens und mangelhaft ausgebildeter Wahrnehmung des Umfelds. »So viel Einsatz, um seine Enkelkinder glücklich zu machen, ist doch rührend, oder?«

Meine Schwester und ich nicken unisono, schieben gleichzeitig unseren Einkaufswagen schnellstmöglich weiter und stellen uns an der Kasse an.

»Wir geben ihm gar nicht erst die Chance, diesen Eindruck wieder kaputt zu machen«, murmelt Kinga, und wir tauschen ein verschwörerisches Zwinkern aus. Mahmut sieht uns etwas ratlos hinterher, doch er stellt keine Fragen. Schon längst hat er akzeptiert, dass man uns Schwestern einfach hinnehmen muss, wie wir sind.

Stattdessen erinnert er uns an etwas: »Ich dachte, wir gucken heute Trash-TV. Ohne Eis?«

In der plötzlichen Eile habe ich sowohl die Magnum- als auch die Flutschfinger-Packung zurück in die Kühltruhe fallen lassen.

»Verdammt!«, zische ich. »Berechtigte Kritik. Bin in einer Minute zurück.«

Am Kühlregal angekommen, ist mein anfängliches Problem natürlich nach wie vor ungelöst, und ich kann mich immer noch nicht entscheiden. Jetzt droht allerdings die Zeit, das Kassenband läuft, der Barcodescanner piept. Beinahe hyperventilierend beschließe ich auf Nummer sicher zu gehen und einfach beide Eissorten mitzunehmen. Und vielleicht auch noch eine Packung Ben & Jerry's, natürlich nur, weil Mahmut die so gern isst. Wird im Tiefkühler ja eh nicht schlecht.

»Hallo, Frau Wiśniewska! Was für eine Überraschung, Sie hier zu sehen!« Ich erkenne die Stimme sofort. Reflexartig ducke ich mich hinter den auf meinen Händen gestapelten Eispackungen ab und schmule vorsichtig dahinter hervor. Müsste es für Schüler:innen nicht genauso unangenehm sein, Lehrer:innen in der Freizeit anzutreffen, wie es sich für mich gerade anfühlt?

»Hallo, Kim. Ja, sehr schön.« Es gibt Sätze, bei denen sich die Punkte ausgesprochener anhören als die Worte. »Tayo. Feli. Ihr auch hier?!«

Synchrones Nicken.

»Sie haben ja was vor heute!«, bemerkt Kim, nachdem sie eine Kaugummiblase hat zerplatzen lassen, die so groß war wie ihr Kopf. Multitaskingfähig deutet sie gleichzeitig auf meinen Einkauf. »Sogar das Teure von Ben & Jerry's.«

Ich werfe einen Blick auf den Inhalt des Einkaufswagens, den sich die drei teilen: Alkopops, Energydrinks und Chips. »Seid ihr dafür nicht noch zu jung?«, höre ich mich uncool sagen. Dementsprechend sind auch die Blicke, die ich dafür ernte. Ich bewege mich auf dünnem Eis, denn genauso gut hätten sie mich fragen können, ob ich nicht zu alt sei für *meine* Auswahl.

»Vergesst es«, schiebe ich deshalb schnell hinterher. So unprofessionell wie die drei Teenies sich auf Volljährigkeit hochgestylt haben, werden sie eh erwischt. Weder die hohen Hacken noch die Tonnen an Mascara werden da helfen.

»Ich muss zur Kasse«, sage ich wahrheitsgemäß und versuche nicht daran zu denken, dass ich gerade in meiner ausgewaschenen Jogginghose unter ihren garantierten Blicken davonschlurfe. Warum haben sie uns das nicht in einem Seminar beigebracht? Dass man immer im Dienst ist? Ich werde mir ein Undercoveroutfit zulegen müssen, samt Perücke und Sonnenbrille.

Natürlich haben Mahmut und Kinga den Vorfall beobachtet. Natürlich hat Mahmut Mitleid und Kinga mich ausgelacht: »Das ist so herrlich! Ausgerechnet heute, wo du so schlonzig aussiehst wie schon lange nicht mehr.« Sie beleidigt mich, ich beleidige sie, wir beleidigen uns ständig. Ist schon okay. Das gibt mir ein Gefühl von zu Hause.

Apropos zu Hause. Mittlerweile sind wir in Mahmuts und Kingas Wohnung angekommen und packen die Einkäufe aus. Meine Schwester reitet natürlich nach wie vor auf dem Zwischenfall mit meinen Schülerinnen herum, weshalb ich beschließe, es ihr heimzuzahlen. Selbst schuld.

»Wie läuft es eigentlich mit der Hochzeitsplanung?« Scheinbar beiläufig lasse ich meine Frage direkt zwischen die Fronten fallen. Meine Schwester sieht mich an, als würde sie mir gern den Kohlrabi an den Kopf werfen, den sie gerade aus der Tasche holt. »Ich habe gehört, es gibt ein paar Unstimmigkeiten?«

»Nein, wieso?« Mahmut sieht mich nicht mal an, während er das Ciabatta in den Brotkasten räumt und dann mit den Dingen weitermacht, die in den Kühlschrank gehören. »Wir haben den Frischkäse vergessen.«

Der wütende Blick meiner Schwester gilt nicht länger mir: »Das war ja klar!«

»Dass wir den Frischkäse vergessen? Wieso?« Mahmuts Blick ist starr auf das Innere des Kühlschranks gerichtet.

Kinga muss mit seinem Rücken reden: »Dass du dem Thema *Hochzeitsplanung* ausweichst.«

»Jetzt geht das schon wieder los ...«

»Früher oder später müssen wir uns an die Planung machen.«

»Das tun wir doch schon.«

»Die Ringe sind das Einzige, wobei wir uns einig sind. Ansonsten ist noch gar nichts entschieden!«

»Musst du denn immer gleich so ein Drama machen?« Mahmut schließt die Kühlschranktür einen Hauch zu energisch. Zum Glück knallt so ein Dichtungsband ja nicht. »Geh doch mal entspannt an die Sache ran, wie ich. Dann sieht alles gleich viel rosiger aus.«

Ich nehme meiner Schwester vorsorglich die Tomaten ab, bevor sie das Gemüse mit bloßen Händen zu einer Soße verarbeitet. Es überrascht mich, wie schnell und einfach sich dieses Streitgespräch entfachen ließ. Kinga und Mahmut sind eben das beste Beispiel für die klassische Fehlkommunikation zwischen Männern und Frauen. Männer sprechen am liebsten nicht über Probleme, sondern suchen gleich einen Lösungsvorschlag, wenn sie akut sind. Oft auf den letzten Drücker. Bis dahin versuchen sie stark, eigenständig und stressresistent zu wirken. Frauen hingegen beginnen schon eine panische Vorabanalyse aus allen Blickwinkeln bei einem sich möglicherweise anbahnenden Problemchen. Das muss aber vielleicht noch gar nicht gelöst, sondern soll erst mal erkannt und lang und breit betrachtet werden. Der Mann, der das mitbekommt, geht aber davon aus, dass die Frau eine Lösung von ihm erwartet, die er dann auch zu bieten versucht. Dabei bezieht er seine Frau auf dem Weg dorthin nicht mit ein, sondern stellt sie vor vollendete Tatsachen. Das Ende vom Lied und der Anfang vom schönsten Streit: Sie verzweifelt an seiner Verschwiegenheit und Borniertheit und er an ihrer Hysterie. Dabei liegt es »nur« daran, dass beide jeweils von sich auf den anderen schließen und dabei gradlinig aneinander vorbeireden.

Genauso wie meine Schwester und ihr Verlobter in diesem Moment.

Mahmut will ausweichen, Kinga will mit ihm reden. Er lässt sich darauf ein, aber nicht, ohne ihr das Gefühl zu vermitteln, eine Zicke zu sein. Was im Grunde kein *richtiges* Sich-darauf-Einlassen ist. Ich verstehe, was meine Schwester stört an Sätzen wie »Sei doch nicht so anstrengend«, »Jetzt musst du schon wieder alles totreden« und »Mecker nicht immer rum«. Es braucht übrigens keine:n Partner:in, um diese Sätze zu hören. Es reichen Eltern, Lehrer:innen, Nachbar:innen, Menschen.

»Vielleicht bin *ich* nicht zu kompliziert, sondern *du* zu *un*kompliziert.« Kinga stemmt die Hände in die Seiten. Sie ist aus dem Alter raus, in dem sie glaubt, was andere darüber sagen, wie sie ist, und sie ist schlau genug, um zu hinterfragen, was sie in ihrer Kindheit bereits zu glauben gelernt hat.

Kinga und Mahmut scheinen nicht nur unterschiedliche Vorstellungen davon zu haben, wie viele Gäste kommen, sondern auch, wer diese Gäste sind. Soll die nette Tante Ebrar eingeladen werden, muss schließlich auch die garstige Asel kommen dürfen, sonst ist der familiäre Frieden in Gefahr. In diesem Sinne sollte auch der Sitzplan durchdacht werden. Trennt man die Familien zu sehr voneinander, feiern wir am Ende zwei parallele Hochzeiten. Entscheidet man sich, Gegenteiliges zu tun, entsteht womöglich eine explosive Mischung, die nur schwer zu kontrollieren ist. Hinzu kommen die Ansprüche besagter Gäste an bestimmte religiöse Traditionen, die nicht nur die Trauung an sich betreffen, sondern auch die Speise- und Getränkewahl. Eine polnische Hochzeit ohne Schnaps und Schweineschnitzel? Schwierig, schwierig.

Mittlerweile bereue ich, dass ich das brennende Streichholz geworfen habe, das diesen Streit entfacht hat. Aus diesem Grund beschließe ich mich aktiv in das Abwenden eines ausgewachsenen Fastehestreits einzubringen. Nicht dass das Thema damit aus der Welt wäre, aber zumindest muss ich es mir heute nicht länger anhören.

»Ich habe Hunger«, werfe ich darum geschickt in einer Atempause der beiden Zankteufel ein. Zwei Köpfe zischen zu mir herum. Mahmut blinzelt unnatürlich oft, so als würde ein Schlafwandler aus seinem Delirium erwachen und erst mal in der Realität ankommen müssen. Kinga nimmt die Bratpfanne runter. Ich sehe ihr an, dass sie ihre aufgequirlten Gefühle erst mal unter Kontrolle bringen muss.

»Kochen wir zusammen oder …« Ich lasse die zweite Satzhälfte ganz bewusst unausgesprochen in der Luft hängen, weil ich weiß, dass Mahmut danach greifen wird. Er kocht gern, aber ungern in Gesellschaft. Also zumindest in der von Kinga und mir, weil wir gern die Ruth Moschner geben und jede Küche in eine Kocharena verwandeln. Der Esstisch wird zum Jurypult, und wir kommentieren jedes Gericht mit einer schlechten Nachahmung des rheinischen Dialekts von Reiner Calmund.

»Ich will, dass ihr euch wie normale Menschen für mein leckeres Essen bedankt«, hat Mahmut sich das letzte Mal herrlich aufgeregt. »Und nicht, dass ich euch en de Täsch lecken soll, weil's euch so leckersch schmecke.«

Während Mahmut schon die notwendigen Kochmesser sortiert und eine Pfanne vorwärmt, betreibt Kinga noch Kiefergymnastik. Ich lege meinen Arm um ihre Schultern und führe sie behutsam in Richtung Tür.

»Ich habe gerade das Bedürfnis, etwas kaputt zu machen«, flüstert Kinga mir zu. »Zum Beispiel irgendwas oder *irgendwen* mit Eiern zu bewerfen.«

»Nimm doch Tomaten«, erlaube ich mir erst darauf einzusteigen, nachdem wir die Türschwelle übertreten haben. »Vegane Straftaten sind mir lieber.«

In diesem Moment ertönt ein Klingeln. Kinga sieht sich suchend um, bis ihr auffällt, dass ihr Handy in der hinteren Hosentasche klemmt.

»Ja, hallo?« Ihre Begrüßung klingt gelangweilt, während wir uns gemeinsam auf das Sofa fallen lassen. Doch schon in der nächsten Sekunde steht sie wieder kerzengerade im Raum, und auch ihre Stimme verschiebt sich um mindestens eine Tonlage nach oben: »Die Polizei? Was will denn die Polizei von mir?«

Ich sehe Kinga fragend an, doch sie scheint mich gar nicht wahrzunehmen. Kurz überlege ich, ob das ein schlechter Scherz ist. Doch Kingas eben noch vom Streit gerötete Wangen werden kreidebleich, und sie klingt atemlos. So eine gute Schauspielerin ist meine Schwester nicht.

Aus ihren knappen Ein-Wort-Antworten kann ich kaum entnehmen, worum es geht. Umso aufgeregter frage ich nach, als sie endlich auflegt.

»Wir … Wir sollen Mama in der Polizeiwache am Nordgraben abholen.«

• • •

Ich bin stolze Besitzerin des Südbahnhofs, der Goethe- und der Bahnhofstraße. Und doch habe ich keine Chance gegen jemanden, der unter anderem die Park- und Schlossallee zugebaut hat. Jemanden, der West-, Haupt- und Nordbahnhof für sich beansprucht, genauso wie das Wasser- und das Elektrizitätswerk. Jemanden wie Mama.

Mama offenbart ungeahnte Qualitäten als Monopolistin und einen aggressiven Spieltrieb. Als Kind war ich eingeschnappt, wenn sie mich bei Gesellschaftsspielen offensichtlich hat gewinnen lassen. Nun sehne ich mich fast nach dieser Zeit zurück. Mama war nie eine schlechte Verliererin, aber dafür entpuppt sie sich als umso üblere Gewinnerin.

Kinga und ich versauern im Gefängnis, während Mama dank unfairen Würfelglücks das komplette Spielbrett aufkauft.

»Du könntest wenigstens mal eine Kaution springen lassen«, murre ich, während sie vor Freude ganz rote Wangen bekommen hat. Mama hört mir im Rausch der Endorphine gar nicht zu.

»Eine Sechs!«, jubelt sie, als wäre das was Neues.

»Zofia hat recht. Hilf uns mal, Mama.« Kinga stützt ihre Wange auf der geballten Faust ab. »Wir sind doch Familie.«

»Jeder ist seines Gluckes eigene Schmitt.« Mama schüttelt grinsend den Kopf. Sie ist stolz auf ihr deutsches Sprichwort. »Hättet ihr eben besser aufpassen müssen.«

● ● ●

13

kopfgield • Kopfgeld, das

Eine auf das Ergreifen eines:einer Gesuchte:n ausgesetzte Geldprämie • zawieszona premia pieniężna za schwytanie osoby poszukiwanej

Während Kinga und ich Straftaten mit Gemüse nur planen, hat Mama ernst gemacht. Sie nimmt ihre Aufgabe als unser Vorbild nun mal nicht auf die leichte Schulter.

Während wir durch die Polizeiwache laufen, hören sich meine Schritte unnatürlich laut an, irgendwo meine ich ein Kettenrasseln zu vernehmen. Ich erwarte, dass die Polizistin uns gleich in einen langen, von Eisengittern gesäumten Gang führt, wo wir an den Dalton-Brüdern, den Piraten Messerjocke und Blutsvente und Kater Karlo vorbeispazieren.

»In Deutschland waren Eisenkugel und Kette als Fußfessel größtenteils ungebräuchlich«, beginne ich zu referieren, um mich zu beruhigen. Die Fun Facts aus dem Studium habe ich mir schon immer besser merken können als das Wesentliche. »Man erachtete hierzulande die Eisenkugel als zu unpraktisch bei der Arbeit. In den USA wurde sie aber tatsächlich bis in die 20er- und 30er-Jahre des letzten Jahrhunderts eingesetzt.«

Die Polizistin sieht etwas verwirrt aus, Kinga aber legt mir beruhigend die Hand auf den Rücken.

»Sie ist Lehrerin«, erklärt sie der Beamtin mit einer Selbstverständlichkeit in der Stimme, als würde ich nicht am Rand meiner nervlichen Belastungsgrenze tanzen. Normalerweise wäre das eine perfekte Grundlage für Kinga, um sich über mich lustig zu machen. Doch jetzt gerade fühlt sie sich ganz als große Schwester, und ausnahmsweise bin ich richtig froh darüber.

»Da vorne um die Ecke, und dann sind Sie da.« Ich bin fast überrascht, wie leicht die Polizistin es uns macht, unsere Mama aus dem Knast abzuholen. Na gut, »Knast« ist übertrieben, die Flure der Wache unterscheiden sich kaum von denen meiner Schule. Es riecht sogar ähnlich, nach einer Mischung aus Schweiß und Snickers. Ich hätte zumindest ein paar schwere Eisentüren und einen drohenden Unterton in der Stimme erwartet. Stattdessen lässt die Polizistin Kinga und mich stehen.

»Komm«, treibt Kinga mich an. Als wir um besagte Ecke biegen, sind unsere drei Panzerknacker tatsächlich nicht zu übersehen, aufgereiht auf einer Bank, die aussieht, als könnte sie auch in unserer Turnhalle stehen. Offenbar waren die drei nicht mal einen Vernehmungsraum wert.

Heike bemerkt uns als Erste: »Da sind sie!«

Alle drei stehen auf, doch kaum eine schafft es, Kinga und mir direkt in die Augen zu sehen. Mama atmet erst erleichtert aus und dann höchst beschämt und angespannt wieder ein.

»Und ihr habt wirklich nichts getrunken?«, fragt meine Schwester zur Begrüßung. Es klingt fast so, als würde sie hoffen, dass Alkohol die Erklärung für all das hier ist. Doch die drei Frauen schütteln die Köpfe. Mama schüttelt sich auch ein paar Tränen aus den Augen.

»Och, Mamuschka!« Kinga und ich nehmen sie gleichzeitig in den Arm.

»Schon gut«, flüstert meine Schwester in ihr Haar. »Wir sind nur sauer, dass du uns zu dem Spektakel nicht eingeladen hast.«

Mahmut hat den Fahrservice übernommen und wartet vor der Polizeiwache im Auto auf uns. Da Heikes Tochter uns vor dem Revier in die Arme läuft, müssen wir nur noch Annette nach Hause bringen. Dann fahren wir zum Tatort, wo Mama und ihre Komplizinnen von der Polizei eingesammelt worden sind: in ihrer und Papas Wohnung im Märkischen Viertel.

Als wir dann inmitten der Verwüstung stehen, finde ich es fast schon harmlos. Vielleicht habe ich mich bereits an den Anblick aus den Fugen geratener Wohnungen gewöhnt.

Annette, Heike und Mama müssen allerdings ganz schön laut dabei gewesen sein, die Wohnung in ihre Einzelteile zu zerlegen, denn in der Nachbarschaft ist man Ruhestörungen gewöhnt, und trotzdem hat jemand die Polizei verständigt. Mama und ihre Freundinnen wurden zur Identitätsprüfung und weil sie völlig aufgelöst waren mit auf das Revier genommen. Dort stellte sich dann heraus, dass Mama die Mieterin der Wohnung ist und keine Einbrecherin. Von dem Schock hat sie sich mittlerweile gut erholt. Schon im Auto hat sie angefangen, uns von der stümperhaften Arbeit der Beamten zu berichten, und durchweg die abfällige Bezeichnung »Glina« benutzt, was Polnisch ist für »Lehm« – unangenehm anhaftend und in alle

Fugen (der Gesellschaft) dringend. Vielleicht wird es Zeit, dass wir ihr das deutsche Äquivalent »Bullen« beibringen. Oder vielleicht auch besser nicht.

»Kaum dass der junge Kerl meinen polnischen Akzent herausgehört hat, wollte er mir gar nichts mehr glauben«, murrt Mama, während sie mit verschränkten Armen im Ohrensessel Platz nimmt, dessen Polster völlig zerfetzt sind. »Blöde Rassisten. Ich kann doch mit meiner Wohnung machen, was ich will.« Da sitzt sie nun in dem Sessel, der perfekt an Papas Gesäßstruktur angepasst sein müsste. Zu ihren Füßen liegt die Fernbedienung, die Papa so oft aus der Hand gefallen ist, wenn er mal wieder vor seinem geliebten Plasmabildschirm weggedöst ist. Die Fernbedienung, der er zeitweise mehr Aufmerksamkeit schenkte als uns, weshalb einige Knöpfe bereits klemmen. Vor allem der Knopf, der den Teletext öffnet. Mein Papa ist der einzige Mensch auf der Welt, der noch Fernsehen schaut, um Teletext zu lesen. Traurig, dass ich mich ihm ausgerechnet in diesem Moment nah fühle, in dem ich das längliche Plastikgehäuse in der Hand halte.

»Wie hast du das geschafft?« Kinga hat sich mittlerweile in der Küche umgesehen und bringt einen völlig verbeulten Kochtopf mit, der nur noch einen Henkel hat.

»Ach, das war ganz einfach.« Mama lehnt sich in dem Sessel zurück. »Der Boden hat den Job fast ganz allein übernommen.«

»Das erklärt auch die gesprungenen Fliesen in der Küche.« Kinga stellt den Topf beiseite und kniet sich neben den Korb, in dem sich ehemals Wohnzeitschriften stapelten, die wir meist an Raststätten auf dem Weg nach Polen gekauft haben. Jetzt türmen sich an derselben Stelle Papierfetzen.

Es rührt mich zu sehen, dass das einzig Zerreißbare, das nicht zerrissen wurde, die Bilder sind, die Kinga und ich Mama gemalt haben, als wir klein waren. Seitdem hat kein Kunstwerk den Ehrenplatz am Kühlschrank oder eingerahmt an der Wand verlassen. Auch nicht gestern. Ich starre auf ein Bild, das unsere ganze Familie zeigt. Unsere Nasen sind Dreiecke, und alle haben die Hände hinter dem Rücken verschränkt, weil ich Hände nie so malen konnte, dass sie schön aussahen. Es ist eines von den gelungenen Bildern und war deshalb ein Geschenk für Mama. Papa hat immer nur die hässlicheren Bilder bekommen.

Schmunzelnd wende ich mich wieder meiner Mutter zu. Sie ist gerade dabei, kleine Wölkchen aus Schaumstoff zu rupfen, der aus der Polsterung des Ohrensessels herausquillt. Man muss keine psychologischen Fachkenntnisse besitzen, um sich erschließen zu können, warum sie das Bedürfnis hatte, ihr eigenes Zuhause in seine Einzelteile zu zerlegen. Trotzdem habe ich das Gefühl, dass diese Frage wenigstens einmal ausgesprochen werden sollte.

»Mama ... Warum genau musste das sein?« In meinem Kopf klang die Frage vorsichtig formuliert, ausgesprochen ist das schon weniger der Fall. Zu spät.

Plötzlich reißt Mama keine Wölkchen mehr, sondern faustgroße Schaumstoffstücke aus Papas Sessel heraus: »Heike sagt, ich stecke im Maya fest, wenn ich mich der Vergangenheit nicht stelle.«

Hätte ich mir denken können, dass das etwas mit Heike zu tun hat. Nur Annette will noch nicht ganz in dieses Bild passen.

»Im Maya?«, frage ich, ohne zu wissen, ob ich die Antwort überhaupt hören will.

Mama zerrupft den Schaumstoff gedankenverloren und lässt ihn achtlos auf den Boden schneien. »›Maya‹ ist ein anderes Wort für ›Leiden‹, hat sie mir erklärt.«

»Und warum sagt sie dann nicht einfach ›Leiden‹?«, fragt Kinga blauäugig nach.

»Weil sie Heike ist«, antworte ich und nehme Mama den Schaumstoff aus der Hand, bevor Frau Holle vorbeikommt und sie als Azubine abwirbt.

Meine Schwester blickt derweil unverändert stutzig drein. »Aha.«

»Na ja, und als ich dann hier war und all den Erinnerungen gegenüberstand … Da bin ich wütend geworden.« Mama zuckt mit den Schultern. Sie sieht aus wie ein kleines Kind, das im Sandkasten zu schmollen beginnt, weil die neue Schippe gar nicht so cool ist wie gedacht. Kinga und ich tauschen einen Blick, der irgendwo zwischen Fassungslosigkeit und Belustigung liegt.

»Lass mich raten …« Meine Schwester richtet die umgefallene Kommode wieder auf, wobei die linke Tür abfällt. »Papas neuen Fernseher zu zerschlagen hat am meisten Spaß gemacht.«

Endlich sieht Mama uns in die Gesichter. Sie schaut zwischen mir und Kinga hin und her, unsicher, ob sie unserem leisen Kichern trauen darf oder ob es ein erstes Anzeichen für sich anbahnenden Wahnsinn ist.

»Ich konnte mich nicht zwischen dem Fernseher und dem Hähnchenbräter entscheiden, den eure Babcia uns geschenkt hat«, flüstert sie. »Nur bei der Massagedecke hätte ich mich zurückhalten sollen. Von der hatte ich auch was.«

»Das war *meine* Massagedecke!«, beschwere ich mich mit in die Seiten gestemmten Armen.

Und damit ist die Sache gelaufen. Es gibt kein Halten mehr. Mir wird ganz schwindelig von dem plötzlich gesteigerten Gasaustausch und der starken Beanspruchung meines Zwerchfells. Es fühlt sich an, als würden Mama, Kinga und ich uns mit unserem eigenen Lachen therapieren. Zum ersten Mal höre ich, wie ähnlich wir drei klingen, wie wir zwischen dem Prusten zu Schnappatmung neigen und dass unser Gekicher auf die gleiche unangenehme Weise in schmerzvolle Höhen abdriftet. Mama, Kinga und ich lachen so laut, dass ich Angst habe, jemand ruft erneut die Polizei.

14

szuflada • Schublade, die

**Ein herausziehbares Fach in einem Möbelstück •
wysuwana komora w meblu**

Dank Herrn Svobodas Hexenschuss habe ich in letzter Zeit ganz schön oft die 10b vertreten und dabei die Liebe zum Oxymoron für mich entdeckt. Denn Oxymora sind die Klimbimschublade, in die mein Gehirn komplizierte, undurchsichtige Erkenntnisse stopfen kann, wenn es sich mit einer korrekten Einordnung überfordert fühlt, aber die Dinge auch zu wichtig sind, um sie zu schreddern. In der Klimbimschublade liegen sie gut, bis ich mich so weit fühle, sie noch einmal herauszunehmen und mit Muße zu betrachten. Bis dahin dürfen sie in all ihrer Widersprüchlichkeit so bleiben, wie sie sind.

Das Leben selbst ist das schönste Oxymoron.

An manchen Tagen fühlt es sich nach Müssen an, an anderen Tagen fühlt es sich nach Dürfen an. Und eigentlich immer nach Können. Alles kann, nichts muss.

Es gibt auch Zeiten, da fühlt sich das Leben für mich nach zu viel des Könnens an. Dann landet sogar das in der Klimbimschublade. Also das Können, nicht das Leben. So lange, bis ich mich wieder daran erinnere, dass das Können nur ein Angebot des Lebens an mich ist und ich selbst entscheiden darf, ob ich es annehme oder nicht. Ob ich Lust habe, es aus der Schublade zu holen, oder ob es da lieber bleiben soll.

Gerade wird mir das Denken zu kompliziert. Ich denke schon wieder zu viel und fühle zu wenig. Also: kurz mal umswitchen. Was fühle ich gerade?

Hmm.

Ja …

Doch.

Vielleicht …

Ein Schokosandwich. Eindeutig. Ich fühle ein Schokosandwich, wie die Cafeteria es schuf. Denn warme, geschmolzene Nuss-Nugat-Creme schmeckt so viel besser als kalte. Wobei das Löffeln aus dem Glas auch ein ganz eigenes Feeling ist.

Nachdem ich es gefühlt habe, erscheint es mir auch beim Drübernachdenken völlig logisch. Das Gefühl wird immer stärker, es übermannt mich. Das ist ein gutes Beispiel für eine Situation, die nichts mehr mit Dürfen zu tun hat. Ich darf mir jetzt kein Schokosandwich gönnen, ich muss.

Pling.

»Bin in fünf Minuten da.« Anton sammelt mich heute mit dem Auto ein, und wir fahren ins Planetarium. Da Mama gerade bei Heike ist, muss ich mir keine Sorgen machen, dass sie ihn vor der Tür stehen sieht. Vielleicht sollte ich ihr auch so langsam mal erzählen, dass Anton und ich uns in letzter Zeit häufiger sehen. Dass wir jeden Tag schreiben.

Andererseits wird sie mich mit so viel Hoffnung belasten, dass nicht mal zehn Gäule mich dann noch voranbringen.

Vielleicht darf das auch erst mal ein Geheimnis bleiben. Etwas Kostbares, das nur zwischen Anton und mir existiert.

Mindestens genauso kostbar wie die Nuss-Nugat-Creme, die gerade aus meinem Sandwich heraustropft und zischend auf dem heißen Eisen meines Sandwichmakers verläuft.

Ich lasse Anton zwar ein paar Minuten warten, aber dafür bringe ich eine Entschädigung mit. »Eins für dich, eins für mich.«

Anton sieht nicht weniger gierig aus als die pubertierenden Chaoten, die ihre ganze Pause in der Schlange der Cafeteria verbringen.

»Autsch!« Er beißt so gierig zu, dass er sich die Zunge verbrennt.

»Aufpassen, ist heiß!«

»Ach, echt?« Anton startet das Auto mit gequältem Gesicht. Das Sandwich nehme ich ihm noch mal ab, bis er sich in den laufenden Verkehr eingefädelt hat. Nun kann auch ich meinen ersten Bissen nehmen.

Warum sagt man eigentlich »Schmetterlinge im Bauch« und nicht »Schokolade im Bauch«?

Ich schmule verstohlen zu Anton hinüber, der konzentriert all seine Multitaskingfähigkeiten einsetzt, um Schokolade im Bauch mit unfallfreiem Fahren zu verbinden.

Ich bin noch nicht verliebt, nein. Aber verknallt vielleicht.

Mein Blick geht aus dem Fenster.

Im Dunkeln Auto zu fahren ist wie in einer Filmszene zu leben. Die melancholische Heldin schaut nachdenklich aus dem Fenster und beobachtet die vorbeiziehenden Häuser. Augenscheinlich weiß sie nicht, dass die Drehbuchautoren sich ein spektakuläres Happy End für sie ausgedacht haben. Die

Regentropfen werden vom Fahrtwind an unserem nach vorne fliegenden Wagen vorbeigeschleudert. Sie hinterlassen waagerechte Schlieren an der Scheibe.

Die melancholische Heldin beißt skeptisch in ihr Schokosandwich. Vielleicht ist das Problem an Happy Ends auch, dass wir meinen, jeder von uns hätte nur eins verdient. Als wenn das Leben mit dem Einsetzen des ersten Happy Ends vorbei wäre. Sobald es da ist, halten wir daran fest, anstatt uns die Chance auf viele weitere zu lassen.

• • •

»Wie war das eigentlich damals für deine Eltern?« Als meine Freundin Merle mich das zum ersten Mal gefragt hat, wusste ich nicht mal, was sie meint. »Na, nach Deutschland zu kommen.«

Mittlerweile habe ich eine kleine Sammlung an Anekdoten, die ich zu diesem Anlass zum Besten geben kann. Meine Lieblingsanekdote ist das Joghurträtsel.

Das Joghurträtsel hat mir klargemacht, wie glücklich ich mich schätzen kann, die Ankunft in Deutschland in Windeln verschlafen zu haben. Das Joghurträtsel zeigt, wie anstrengend Integration sein kann, aber auch, wie schön.

Integration bedeutet Begeisterung im Supermarkt vor der schier endlosen Auswahl im Schlaraffen-Aldi. Integration bedeutet fünfzehn Minuten lang vor einem Supermarktregal zu stehen und den wilden Gesten der Verkäuferin auszuweichen, die mit Worten nicht zu erklären vermag, was sie sagen will. Integration bedeutet, sich die Beleidigung in bunten Farben auszumalen, die man hinter ihren vielen scharfen R- und gezischten S-Lauten vermutet. Integration bedeutet, erleichtert auszuatmen, als die Verkäuferin endlich abwinkt und den Fluchtweg Richtung Kasse frei macht. Integration bedeutet, sich anschließend zu Hause darüber zu wundern, warum der Joghurt so stichfest ist, und beim ersten Löffel im Mund zu bemerken, dass hier irgendwas ganz und gar nicht stimmt. Integration bedeutet, sich von seinen Kindern dafür auslachen zu lassen, dass man anstelle von Joghurt saure Sahne gekauft hat und zu dumm war, die Erklärungsversuche der Verkäuferin richtig zu deuten. Danke für den Versuch.

Es war gar nicht so einfach, diese Sammlung an Anekdoten aufzubauen. Denn wenn ich mit meinen Eltern darüber rede, wie es für sie war, in Deutschland anzukommen, sagen sie meistens nicht mehr als »anstrengend, aber schon in Ordnung«. Maximal ergänzen sie, dass es keine großen Probleme gegeben habe und dass die Deutschen sie gut empfangen hätten. Ich muss schon aktiv nachfragen und ihnen die Informationen geradezu aus der Nase ziehen, um mehr zu erfahren.

Das Erfahren und Teilen der Geschichte meiner Eltern hilft mir, meine eigene Geschichte zu verstehen. Es schenkt mir einen Teil meines eigenen Narrativs. Also danke, Mama und Papa, fürs Teilen. Danke, Merle, fürs Nachfragen und Zuhören.

• • •

»»Jedem Anfang wohnt ein Zauber inne‹, hat Hermann Hesse geschrieben, und dabei nicht bedacht, dass es Schulanfänge gibt.« Nachdem Pegah ihren Text vorgelesen hat, traut sie sich nicht, aufzuschauen. Schade eigentlich, dann würde sie nämlich die beeindruckten Blicke sehen, die ihre Mitschüler:innen sich gerade zuwerfen.

»Das war wirklich großartig, Pegah!« Ich stehe auf und trete vor meinen Pult um meinen Worten mehr Bedeutung und

Ernsthaftigkeit zu verleihen. »Witzig, charmant, ironisch. Ich würde dir dafür gerne eine Eins eintragen.«

»Echt?« Endlich sieht sie mich an. Die Wangen noch gerötet von der Konzentration und Aufregung.

Ich nicke zufrieden, weil mir mein Job in solchen Momenten wesentlich mehr Spaß macht, als wenn ich Jenny dabei erwische, wie sie im Schulgebäude die von Silvester übrig gebliebenen Knallfrösche zündet. »Ich bin zwar nicht eure reguläre Deutschlehrerin, aber Herr Svoboda wird noch zwei oder drei Wochen mit seinem Hexenschuss zu tun haben und hat mich deshalb darum gebeten, ihm regelmäßig Feedback zu geben.«

Plötzlich gehen viel mehr Hände in die Luft, als ich frage, wer seinen Text jetzt vorlesen möchte. Die Aussicht auf eine gute Note löst den Keil, der die Motivation der Schüler:innen verklemmt. Als Nächster liest Gino seinen Text vor, der aus lauter Aneinanderreihungen von »Dieser Moment, wenn ...«-Sätzen besteht. Sie erinnern mich stark an die Facebook-Täfelchen, die eine Zeit lang von allen geliket wurden. Manchmal kränkt es mich fast, dass die Schüler:innen denken, wir Lehrer:innen wären so leicht zu verarschen. Genauso wie Tanja meint, ich würde nicht sehen, dass sie gerade ihre Physikhausaufgaben für die nächste Doppelstunde macht und sich dabei auch noch von Pegah vorsagen lässt.

Wieder bleibt mein Blick an Pegah hängen. Das Mädchen hat in den letzten Wochen einen riesigen Sprung gemacht. Annettes Idee mit der Hausaufgaben-AG hat doch tatsächlich gefruchtet. Offiziell zugeben darf ich es zwar nicht, aber die junge Iranerin ist eine meiner Lieblingsschülerinnen, deshalb freut es mich umso mehr, sie bei ihren Fortschritten zu beobachten. Vielleicht kann ich in meinem Beruf *doch* etwas verändern. Es sind diese selten guten Momente, die man einfach auskosten muss. In diesem Fall bin ich so sehr mit dem Auskosten meines Erfolgsgefühls beschäftigt, dass ich nicht merke, dass Gino mit dem Vorlesen fertig ist.

Zum Glück erlöst mich die Pausenglocke. »Auswertung dann in der nächsten Stunde!«

Heute muss ich mich beeilen, nach Hause zu kommen, weil Mama, Kinga und ich noch Pläne für den Tag haben. Beim Einpacken meiner Sachen stelle ich mir die ganze Zeit vor, wie es sich anfühlen muss, sie mit aller Kraft an die Wand zu schmeißen oder auf den Boden zu deppern. Mama muss einen Heidenspaß gehabt haben. Mein inneres Ohr hört das Peitschen des Hefters, das Plätschern des Stifteregens und am lautesten das Knallen des Buches, das ich mir laut Svoboda ausleihen sollte. Der Typ schmiert doch seine:n Arzt:Ärztin! So lange hat keiner mit einer ollen Verrenkung zu kämpfen. Wahrscheinlich hat er keinen Bock auf seine Arbeit und will sich so viel wie möglich von mir abnehmen lassen. Die dumme Referendarin lässt sich leicht ausnutzen. Vor drei Tagen rief Kollege Svoboda an und trug mir auf, »Ein Zimmer für sich allein« von Virginia Woolf in der Schulbibliothek auszuleihen, um es schon mal vor den Schüler:innen anzusprechen. Um ehrlich zu sein, habe ich nicht die Originallektüre, sondern die mit Interpretationshilfe für Dummies mitgenommen. Außerdem gibt es auf YouTube gute Erklärvideos, in denen der Inhalt mithilfe von Playmobilfiguren nachgestellt wird. *Natürlich* kannte ich Virginia Woolf auch schon vorher und wusste ungefähr, worum es geht, aber eben nur ungefähr.

Unwillkürlich muss ich bei dem Titel an Pegah denken. Ihr hat es tatsächlich geholfen, einen Rückzugsort zu haben. Mal

Abstand von den Pflichten zu nehmen, die andere ihr auferlegen. Die Nachmittage in der Hausaufgaben-AG verschaffen Pegah die nötige Ruhe und Konzentration. Was andere Schüler:innen als Strafe ihrer Eltern oder Lehrer:innen empfinden und worin sie einen Ort der Langeweile sehen, ist für Pegah die reinste Oase, ein willkommener Ort. Hier kann sie sich nur auf sich konzentrieren.

Hatte Mama jemals in ihrem Leben so einen Ort?

»Kinga, Mama, jedem Anfang wohnt ein Zauber inne!« Als ich meine Wohnung betrete, decken die beiden bereits den Mittagstisch. Noch während ich mich ausziehe, teile ich die neueste Erkenntnis des Tages mit ihnen. Nach einer Stärkung wollen wir ins Märkische Viertel fahren und Mamas Zuhause wieder herrichten. Eigentlich wollten wir höchsten zwei, drei Tage vergehen lassen, bevor wir uns an die Arbeit machen, doch irgendetwas hat uns abgehalten. Vielleicht war Mamas Zuhause in letzter Zeit kein Zuhause mehr, und wir haben deshalb keinen Drang verspürt.

»Hast du was genommen?« In einem unbeobachteten Moment poliert meine Schwester in Mamas Rücken ein Messer mit ihrem T-Shirt. Als diese sich von mir ab- und Kinga wieder zuwendet, legt sie das Messer flink auf dem Tisch ab.

»Nein, Schwesterherz, ich habe nichts genommen.« Zur Abwechslung beschließe ich, sie nicht zu verpfeifen. Kinga hat Glück, dass es Wichtigeres zu besprechen gibt. »Aber dafür habe ich eine Idee.«

»Die kannst du auch beim Essen mit uns teilen. Die Klöße werden kalt.« Mama marschiert mehr, als dass sie geht. Sie will sich mit den Klößen im Flur an mir vorbeiquetschen, um das

Essen ins Wohnzimmer zu bringen, doch ich halte sie an den Schultern fest.

»Mama, wir renovieren!«

»Ja, Myszka, deshalb solltest du jetzt auch was essen. Damit wir gleich Kraft haben.«

»Nein, ich meine, wir renovieren *so richtig*.«

»Du hast *doch* was genommen. Gib's zu!« Kinga gießt bereits Getränke in unsere Gläser. »Schön die konfiszierten Joints der Schüler:innen rauchen … Das macht ihr Lehrer:innen doch bestimmt alle so.«

Ich rolle mit den Augen, gleich zweimal, damit meine Schwester es auch wirklich mitbekommt. »Wenn die Wohnung schon verwüstet ist, können wir sie doch gleich völlig neu gestalten. Dann erinnert auch nicht mehr alles an …«

Die Stille, die sich ausbreitet, weil ich ins Stocken gerate, ist unerträglich.

Kinga rettet mich: »Alles klar, Tine Wittler. Ich bin dabei!«

»Das ist doch viel zu viel Aufwand …« Mama verschränkt die Arme vor der Brust, nur um sie im nächsten Moment schon wieder Richtung Küchentür auszustrecken. »Lass mich jetzt erst mal den Rotkohl abschmecken, ja?«

Schon eine knappe Stunde später stehen wir vor IKEA. Mahmut, Kinga, Mama und ich starren auf die vier gigantisch großen gelben Buchstaben auf blauem Grund.

»Das grenzt an Entführung«, murmelt Mama.

Ich grinse zufrieden. »Wer am Steuer sitzt, kann auch entscheiden, wo es hingeht.«

»Duftkerzen!«, ruft Mahmut und zückt einen Chip, um uns mit einem Einkaufswagen auszustatten. »Den werden wir nicht brauchen.« Mama wehrt sich genau *so* lange gegen die Vorstellung, tatsächlich deftig zu shoppen, bis die elektronische Drehtür uns im Mekka der schwedischen Möbelbaukunst ausspuckt. Kaum dass sich der Duft von Sperrholz und Köttbullar in ihrer Nase breitgemacht hat und die mit Blumentapeten ausstaffierten und bis ins kleinste Detail arrangierten Settings in greifbare Nähe gerückt sind, ändert sich Mamas Einstellung.

Wir bewegen uns wie ein Laufteam beim Marathon durch das mit Pfeilen gekennzeichnete Labyrinth: Wenn dem Vorderen die Puste ausgeht, lässt er sich nach hinten fallen und eine Weile im Windschatten mitziehen, wodurch die Nummer zwei zur neuen Spitze wird. Wir kämpfen uns vorbei an BÖRJE, dem Stuhl, DRÖMMAR, der Küchenplatte, und HANNES, dem Tisch. Liebäugeln kurz mit IVETOFTA, der Laterne, entscheiden uns dann aber für KULLAR, die Tischlampe.

»Das nehme ich schon mal für mein erstes Enkelkind mit«, platziert Mama subtile Botschaften am Wegesrand, die meine Schwester kurz hyperventilieren und blass werden lassen.

»O ja, lass uns das blaue Höckerchen mit den Noppen drauf kaufen!«, trete ich mit ruchloser Freude noch mal nach. »Die hatten wir als Kinder auch. Erinnerst du dich, Kinga? Das wäre doch was für eure Kleinen.«

Mama nickt geschäftig. »Wir nehmen gleich zwei. Zwillinge liegen bei uns in der Familie.«

Sie hat sich warmgelaufen. Wir sitzen Probe, messen Tischlängen aus und bewerten die Strahlkraft von weiteren Tischlampen. Mahmut zieht schwungvoll mit einem leisen Ratschen einen Mustervorhang aus seiner Schiene, Mama schiebt ihn genauso schnell wieder zwischen die anderen Mustervorhänge zurück: »Hat niemand gesehen.«

Selbstverständlich lassen wir auch keine der bekannten Floskeln aus, die zu einem vernünftigen IKEA-Rundumerlebnis nun mal dazugehören. Floskeln wie »Für den Preis kann man echt nicht meckern« und »Dann warte doch einfach im Auto!«. Letztere Aufforderung bekommen sowohl Kinga als auch ich zu hören. So tapfer wir auch durchzuhalten versuchen, als wir Mahmut und Mama zwanzig Minuten lang dabei zusehen müssen, wie sie sich nicht entscheiden können zwischen zwei Sukkulenten, um letztlich keine mitzunehmen, können wir uns unsere bissigen Kommentare und ein genervtes Schnalzen nicht verkneifen. Mama hebt ihr Kinn, hakt sich bei Mahmut unter, und die beiden ziehen hocherhobenen Hauptes in die Tiefen des Möbel- und Einrichtungs- und Was-weiß-ich-noch-alles-Hauses von dannen. Gerade noch so erinnert Mahmut sich daran, Kinga und mir über die Schulter ihr Vorhaben zuzurufen: »Wir gehen nur mal kurz gucken!«

Kinga und ich haben Mahmut und Mama in der Dekoabteilung verloren. Anstatt sie ausrufen zu lassen, haben wir es uns kurz vor den Kassen in zwei Gartenstühlen gemütlich gemacht. Früher oder später müssen sie hier vorbeikommen.

»Ich brauche einen Hotdog, wenn wir hier durch sind.« Kinga wippt so sehr auf und nieder, dass ich Angst habe, die Lehne könnte brechen. »Und den begrabe ich unter so vielen Röstzwiebeln, wie ich will. Soll Mama ruhig meckern, dass man dann nichts mehr von der Wurst schmeckt.«

»Danke, dass du mich da unterstützt hast.«

»Ehrensache, ist doch auch eine megagute Idee.«

»Finde ich auch.«

Ich beobachte ein Pärchen dabei, wie es verzweifelt den

Gang auf- und abläuft und kurz vor der Trennung steht, weil jeder dem anderen die Unfähigkeit vorwirft, die passenden Teile zusammenzusammeln. Ich will ihnen zurufen: »Das ist nicht eure Schuld, es liegt an IKEA.« Aber das verkneife ich mir, dann wäre die Gratisvorstellung womöglich gleich vorbei.

Er: »Gang 43, Regal 18.«

Sie: »Nein, das war *Gang* 18, *Regal* 34.«

Er: »Du meinst 43.«

Sie: »Ich meine, was ich sage.«

Er: »Da vorne ist Regal 43.«

Sie: »34!!!«

Vertieft in diesen amüsanten Anblick, sehe ich den Themenwechsel nicht kommen.

»Ich muss dir was sagen.« Etwas in Kingas Stimme hat sich verändert, sodass ich gespannt aufhorche. Sie hat sogar aufgehört, den Gartenstuhl als Schaukelstuhl zu missbrauchen.

»Was ist los?« Demonstrativ wende ich mich meiner Schwester zu.

Kinga atmet hörbar aus. »Die Klinikleiterin hat angerufen.«

»Wer?«, frage ich dämlich, vermutlich, weil mein Hirn mir einen zeitlichen Puffer verschaffen will. Damit ich wenigstens noch ein paar Sekunden lang in meiner Schutzblase leben kann, in der Papa kein Thema ist. In der ich mich nicht der Frage stellen muss, wie ich als seine Tochter weitermachen will.

»Die Klinik sagt, dass er so weit ist, Besuch zu empfangen.« Auch Kinga scheint sich netteren Gesprächsstoff vorstellen zu können. »Und sich auch darüber freuen würde.«

»Diesmal hat es länger gedauert«, stelle ich fest und weiche damit einer Antwort auf die Frage aus, die im Raum steht, ohne dass sie da jemand hinstellen muss. Sie ist gekommen, um zu bleiben. Ohne Einladung.

»Stimmt, das letzte Mal war er wesentlich schneller trocken.« Kinga nickt. Papa hat uns diese ganze Scheiße schon einmal angetan. Das letzte Mal hat es noch wie ein kleiner Fleck auf seiner ansonsten weißen Weste ausgesehen, aber diesmal klafft an derselben Stelle ein faustgroßes Loch.

Kinga und ich schweigen. Vermutlich hängt sie gerade ebenso ihren Gedanken nach wie ich.

»Hast du es Mama schon gesagt?«

»Nein.«

Wieder Schweigen. So als müssten wir für jedes einzelne Wort unsere Kraftreserven neu auftanken. Früher haben wir die Klangkraft unserer Rülpser miteinander verglichen, da hat der Inhalt dieses Gesprächs schon eine andere Qualität.

»Eigentlich sollte ich es ihr nicht verschweigen«, versucht Kinga eine Entschuldigung, doch eine Entschuldigung, die mit dem Wörtchen »eigentlich« beginnt, ist eigentlich keine.

»Aber uneigentlich ist Mama nicht gerade sehr stabil«, helfe ich ihr. Vielleicht ergeben zwei halbstarke Entschuldigungen eine starke. »Sie beginnt gerade erst damit, mal an sich zu denken.«

Meine Schwester atmet hörbar durch die zusammengebissenen Zähne ein. »Warum gibt es eigentlich nur für die Patient:innen schicke Kliniken am Wasser? Nie für die Angehörigen?«

Ich komme nicht dazu, ihr eine Antwort zu geben, denn im selben Moment spazieren Mahmut und Mama um die nächste Ecke und direkt auf uns zu. Im Gegensatz zu dem Pärchen mit den Findungsproblemen sind sie bestens gelaunt. Im Einkaufswagen stapeln sich Servietten, Duftkerzen, Grünzeug und anderes Geraffel. Kinga und ich tauschen noch einen kurzen Blick, der alles sagt und doch nichts. Warum liefert das Leben einem keine Anleitung mit Inbusschlüssel für solche Situationen?

»Ich glaube, du hast die Tür verkehrt herum angeschraubt.« Mahmut schaut Kinga über die Schulter.

»Du bist selbst verkehrt herum angeschraubt.« Meine Schwester droht ihm mit dem Schraubenzieher. »Kümmere dich mal um die Türknäufe.«

Die Konzentrations- und Geduldsspanne von uns Wiśniewska-Frauen gleicht in etwa der meiner Schüler:innen, die von Instagram, TikTok und stakkatoartig geschnittenen YouTube-Videos verzogen sind. Unser nach Abwechslung gierendes Fassungsvermögen kollidiert mit Mahmuts zenartiger Geduld und seinem Perfektionismus. Er liest die Montageanleitungen so langsam und gründlich vor, dass ich gedanklich schon längst nach Hause gegangen bin, bevor auch nur eine Schrankwand steht. Kinga, Mama und ich wollen einfach loslegen. Wir können es kaum erwarten, dass die neuen Möbel stehen und vor allem, dass die Arbeit hinter uns liegt. Zumindest der Teil, der heute erledigt werden kann, denn Mama hat das halbe Möbelhaus leer gekauft, und einiges wird erst noch geliefert. Während Kinga und ich uns also unter Mahmuts schneckenartiger Anleitung mit dem Aufbau herumschlagen, räumt Mama den Schrank leer, der ausgewechselt werden soll. Zumindest beschäftigt sie sich mit dem Inhalt, den sie bei ihrer kürzlichen Ausschreitung noch nicht im Wohnzimmer verteilt hat. Kaputte Gegenstände werden in blaue Müllsäcke gefüllt, und Mama mistet auch sonst radikal aus. Sie ist wie immer so angeknipst und flink unterwegs, dass man meint, jemand hätte auf »doppelte Geschwindigkeit« gedrückt. Sie verteilt dabei so viel Nervosität, dass meine Schwester und ich sie kurzerhand in die Küche verfrachten, wo sie ihre neuen Geschirrsets abwaschen soll.

»Stimmt, ja! Meine Tulpengläser!« So viel zum Thema Konzentrationsfähigkeit. Mama schnappt nach der neuen Aufgabe wie ein Labradorwelpe nach einem Spielzeug. »Mit denen stoßen wir an, wenn hier alles steht.«

• • •

Blechern knallen die Coladosen aufeinander, wobei der Inhalt beinahe ineinander überschwappt. In einem Anflug von Nostalgie hat Mama die Dosen oben aufgeschnitten und zu Gläsern umfunktioniert, mit denen wir Kingas Auszug feiern wollen. Mama betont mal wieder, dass Papa und sie bei ihrer Auswanderung aus Polen nicht mehr als einen Koffer mitnehmen konnten. Sie tut das nicht, um uns Dankbarkeit einzureden, sondern aus Dankbarkeit dem eigenen Leben gegenüber, das es heute so viel besser mit ihnen zu meinen scheint als früher.

Meine Eltern hatten bei ihrer Ankunft im Übersiedlerheim nicht mal Geschirr, und so mussten sie kreativ werden: Das Sonntagsessen wurde auf Papptellern serviert, die Frühstücksmilch in zu Gläsern umfunktionierten Coladosen ausgeschenkt. Kinga müsste eigentlich nicht mehr auf solche Alternativen zurückgreifen, die Aussteuer, die Mama sowohl für meine Schwester als auch für mich anlegt, seit wir zwölf sind, reicht theoretisch für acht Haushalte. Trotzdem stehen wir hier in ihrem leeren Kinderzimmer, mit Coladosen statt Gläsern in der Hand, und warten auf Papa, der gerade den letzten Karton ins Auto bringt.

Ich war mir sicher, dass Mama weinen würde. Doch anstatt die leisesten Anzeichen von Trauer zu zeigen, hat sie fleißig mit angepackt und das Zimmer Stück für Stück leer geräumt, als könnte sie Kinga gar nicht schnell genug loswerden. In meinem Fall stimmt das übrigens. Endlich bin ich die olle Kröte los. Niemand mehr, der mir meine Müllermilch leer trinkt, sich heimlich an meinen Textmarkern bedient oder extra die Toilettenspülung betätigt, wenn ich unter der Dusche stehe.

»*Das hat länger gedauert, als ich gedacht hätte*«, murmelt Mama. »Erstaunlich, was alles in ein Zimmer reinpasst.«

»Da hat sie recht.« *Ich lege meiner Schwester den Arm um die Schulter.* »Mein persönliches Highlight war der Fund des No-Angels-Posters im Inneren deines Kleiderschranks.«

Unwirsch schüttelt Kinga meine Umarmung ab. »Wie oft denn noch? Ich hab das da nicht versteckt, ich muss das vergessen haben. Das ist uralt.«

Erst letzte Woche durfte ich mich von ihr auslachen lassen, weil ich mir eine gerahmte Autogrammkarte von Sido auf den Schreibtisch gestellt habe. Kinga meint, dass Menschen, die das Fansein übertreiben, selbst einfach zu langweilig seien. Sie verstehe nicht, warum man sich die Wände mit Postern volltapeziere. Meine Vermutung, sie sei nur neidisch, streitet sie natürlich ab, das Poster hat sie aber nicht im Müll entsorgt, sondern in einem Karton verstaut. In unsere Zankerei vertieft, bekomme ich erst spät mit, dass es neben uns zu schniefen begonnen hat.

»Och, Mama …« *Kinga tritt von hinten an ihre bebenden Schultern heran und umschließt ihre Taille mit den Armen. Jetzt, wo der arbeitsame Trott nachgelassen hat und die blanken Raufasertapeten Klartext sprechen, kommen die Emotionen hoch.* »Ich bin doch nicht aus der Welt. Ihr habt es nicht weit bis zu meiner neuen Wohnung.«

Aus dem Schniefen wird ein Schluchzen und letztlich ein Tränenmeer.

Und da trifft auch mich plötzlich die eiskalte Erkenntnis, sie packt mich unwirsch am Kragen und zieht mich zurück. Keine Kinga mehr, die ich für die leer getrunkene Müllermilch anpampen kann, um nach einem schlechten Tag die Frustration rauszulassen. Keine Kinga mehr, der ich im Gegenzug für geklaute Textmarker die Zackenschere wegnehme. Keine Kinga mehr, die ich pitschnass mache, indem ich sie frisch aus der Dusche gestiegen umarme, um mich für das Betätigen der Toilettenspülung zu revanchieren.

Ich sehe meinem Niedergang beim Werden zu. Die Tränen sind da, bevor ich mich wehren kann, und so stehen wir da, Kinga, Mama und ich. Mit nassen Wangen und zu einem Knäuel aus sich umschlingenden Armen verstrickt. Für einen kurzen Moment treffen sich unsere schutzlosen Blicke, als wären wir uns noch nie so nah gewesen.

»Was ist passiert?«, fragt Papa, als er in die Wohnung kommt, um mit uns anzustoßen. Er redet meistens, bevor er denkt. Anstatt zu antworten, öffnen wir unsere Umarmung.

Papa ist mit einem Schritt bei uns. »Meine Mädchen ...«

● ● ●

15

fajerwerk • Feuerwerk, das

Eine pyrotechnische Darbietung, vorwiegend am Nachthimmel, die sich durch Licht-, Farb- und Knalleffekte auszeichnet • spektakl pirotechniczny, głównie na nocnym niebie, charakteryzujący się efektami świetlnymi, kolorystycznymi i hukiem

Mama beschließt, noch dieselbe Nacht wieder in der Wohnung im Märkischen Viertel zu verbringen. »Dann kann ich morgen früh gleich weiterdekorieren und -aufbauen.«

Ganz bewusst bemühe ich mich darum, meine Freude über ihren Plan nicht allzu sehr zu zeigen. Aber die Aussicht darauf, heute Abend das Geschirr nicht abzuwaschen, im Bett zu essen und den Klodeckel offen stehen zu lassen, euphorisiert mich auf eine ungeahnte Weise. Ich kann machen, was ich will, ohne dass sich jemand beschwert. So fühlt sich Freiheit an.

Das Radio im Auto wird voll aufgedreht. Nicht mal der aufgesetzte und übertriebene Slang des Moderators kann mich aufregen. Ich singe in den schiefsten Tönen mit und verwechsele das Lenkrad meines Fiats mit einem Schlagzeug. Ich höre nicht mal auf, gute Laune zu haben, als ein schmieriger Typ mir meinen Parkplatz klaut. Er hat ein Felllenkrad, das ist bemitleidenswert genug. Schon eine Straße weiter werde ich fündig und entdecke beim Aussteigen sogar noch einen Euro zu meinen Füßen. Da muss ich dem Parkplatzdieb fast schon dankbar sein. Auf dem Weg in meine Wohnung unterdrücke ich den Drang, die Hacken meiner Sneakers bei einem Luftsprung aneinanderzuschlagen, so wie es Dorothy mit ihren magischen roten Schuhen in »Der Zauberer von Oz« macht. »Es ist nirgendwo so schön wie daheim«, höre ich sie in meinem Kopf sagen.

Kaum dass meine Tür hinter mir ins Schloss gefallen ist, streife ich meine Schuhe von den Füßen, ohne die Schnürsenkel zu öffnen und ohne mich zu bücken und kicke sie quer durch den Flur. Summend lasse ich Briefe und Prospekte liegen, wo sie mir eben aus der Hand fallen. Ich öffne den Kühlschrank und schiebe mir erst eine gerollte Scheibe Käse und dann ein Stück Schokolade in den Mund, noch bevor ich etwas Vernünftiges zum Abendbrot gegessen habe. Dann wird die Jeans gegen den Jogger getauscht, ohne dass ich erklären muss, dass Letztere sich so gut anfühlt, gerade *weil* sie Flecken hat und ein Loch am Po.

Mit dem Rest der angebrochenen Schokolade pflanze ich mich auf das Sofa und schließe die Augen. Ist das nicht herrlich?

Diese Stille. Kein klapperndes Geschirr, kein genervtes Schnalzen, keine Anweisungen, wie man Kleidung falten sollte oder dass das Waschbecken sofort von Zahnpastaresten befreit werden müsse.

Ich höre meinen eigenen Atem. Sogar das Schlottern der alten Fenster, wenn ein Windstoß vorbeizieht. Viel zu herrlich.

Fernseher an. Bei »Galileo« zeigen sie zur Abwechslung mal nicht Jumbo, der sich durch die ganze Republik futtert, sondern starten den ernsthaften Versuch, Bildung zu betreiben. Sie erklären das »Empty-Nest-Syndrom«, dass der Begriff Ende der 60er-Jahre in den USA geprägt wurde. Es meint den Moment, wenn die jungen Vöglein das Nest verlassen. Angeblich soll der Mensch, im Gegensatz zu den Vögeln, darunter leiden, wenn die eigenen Kinder ausziehen. Kann ich mir nicht vorstellen. Muss doch ein prima Gefühl sein, wenn die Kinder flügge werden. Oder nicht?

»Praktischerweise fiel die Entdeckung des ›Empty-Nest-Syndroms‹ in denselben Zeitraum, in dem Tranquilizer, moderne Antidepressiva und andere pharmazeutische Präparate den Markt überschwemmten«, verkündet der Sprecher und legt dabei seinen investigativsten Unterton auf. Irgendwas haben Sendungen wie »Galileo« an sich, dass sie wie Glutamat in Chipspackungen funktionieren. Man bleibt dran, obwohl man längst keinen Hunger mehr hat und weiß, es ist genug. Zum Glück können meine Schüler:innen mich gerade nicht sehen. Gerade letzte Woche habe ich sie gebeten, sich nicht alles Wissen nur aus YouTube zu ziehen. Kopfschüttelnd zappe ich weiter und bleibe bei »Bares für Rares« hängen, was natürlich viel besser ist. Normalerweise habe ich Mama als Ausrede neben mir. Da es sich um eine ihrer Lieblingssendungen handelt, kann ich den TV-Genuss unter »Mutter-Tochter-Zeit« und »Pflege unserer Beziehung« verbuchen.

Irgendwie ist der Spaß beim Zuschauen geringer, wenn Mama nicht danebensitzend meint, mit ihren Schätzen vom

Flohmarkt ein Vermögen machen zu können. Normalerweise würde sie jetzt von dem Goldring erzählen, den sie einer ahnungslosen Händlerin an der Zionskirche für 50 Cent abgeluchst hat. »Es war ein Regentag, und ich wäre fast zu Hause geblieben. Außer mir hat niemand den Schatz erkannt. Auch dein Vater wollte mir nicht glauben.« Mama würde betonen, was für eine tolle Händlerin Susanne Steiger sei und dass Ludwig Hofmaier keine Ahnung habe, nur hässliche Hemden. Sie selbst würde zu jedem Gegenstand eine absolut falsche Schätzung abgeben.

Ob Mama gerade auch »Bares für Rares« guckt?

Ich könnte sie anrufen. Fragen, wie es ihr geht, was sie macht.

Jetzt hör aber mal auf und genieß die Freiheit!

Um meinen Kopf stoßzulüften und den melancholischen Unsinn aus meinen grauen Zellen herauszuflechten, öffne ich das Fenster und beuge mich so weit hinaus, wie es nur geht. Drei Stockwerke unter mir spazieren die Leute durchs Hansaviertel, auf dem Weg nach Hause, in den Supermarkt oder noch schnell beim Chinesen vorbei.

Ich beobachte einen Typen dabei, wie er sich, gelehnt an eine Straßenlaterne, die Hundescheiße von den Lackschuhen wischt. Er sieht aus wie ein BWL-Student, der gern im Weekend feiern geht und sich schamlos einen Belvedere mit Wunderkerzen drin bestellt. Wütend starrt er einem kleinen Mischling hinterher, der in diesem Moment mit seiner Besitzerin an der Leine an ihm vorbeigehetzt kommt, so als stünde dieser Hund stellvertretend für all die Kackhaufen dieser Welt.

»Puffi, warte!«, schreit das Mädchen, während ihm die Kapuze vom Kopf rutscht, deren Innenseite mit so viel Plüsch gefüttert ist, als hätte man dafür gleich drei Puffis geopfert. Vielleicht will Puffi deshalb nicht auf sie hören. Er praktiziert späte Rache für seinesgleichen.

Puffi kommt erst zum Stehen, als ihm Gulasch begegnet. Gulasch kenne ich gut, denn er gehört meiner Nachbarin Frau Meller, und außerdem löst sein Anblick so viel Mitleid in einem aus, dass man ihn nicht so schnell vergisst. Selbst der BWL-Student hat aufgehört, mit Blicken töten zu wollen. Gulasch wurde von einem Auto angefahren und hat seitdem nur noch ein Auge. Seine Hinterpfoten werden von einem kleinen Wägelchen ersetzt.

»Du bist ja ein Süßer!« Zwar kenne ich die Frau mit dem Hundepelz nicht und weiß nicht, wie sie klingt, aber ich bin mir sicher, dass ihre Stimmlage gerade stark nach oben gerutscht ist. Das macht man doch so unter Lügnern und Hundefreunden. »Wie heißt du denn? Ja? Na, wie? Wie?«

»Gulasch.« Frau Meller scheint nichts Sonderbares dabei zu finden, dass die Plüschkapuzenfrau mit ihrem Hund redet, anstatt mit ihr. Wahrscheinlich, weil sie zu sehr damit beschäftigt ist zu betonen, dass Gulasch seinen Namen schon *vor* dem Unfall hatte. Ich bin kurz davor, von meinem Stalkingspot aus hinunterzurufen, dass es andernfalls auch nicht schlimm wäre, da makabrer Humor durchaus seine Fürsprecher habe. Zum Glück beiße ich mir rechtzeitig auf die Zunge. Fehlt nur noch, dass ich Streife spaziere und Falschparker in die Pfanne haue wie der alte Achim von über mir. Schnell schließe ich das Fenster und lasse mich wieder auf das Sofa fallen. Horst Lichter zwirbelt gerade an seinem Bärtchen herum und lässt einen von Kölsch und Schmalz getränkten Kommentar nach dem anderen ab. Ich kann die Worte »Schmuckstück« und

»Händlerkarte« nicht mehr hören und will nach der Fernbedienung greifen, wobei mein Blick an einem Kratzer auf der Tischoberfläche hängen bleibt. Schwermütig streiche ich mit der Fingerkuppe über die Kerbe. Ein Souvenir, das Mama mir in betrunkenem Zustand hinterlassen hat. Ein Kloß bildet sich in meinem Hals, was ein klares Zeichen dafür ist, dass ich jetzt einfach ins Bett gehen sollte. Ich bin übermüdet, eine andere Erklärung gibt es nicht für die Rührseligkeit, mit der ich gerade die Herrlichkeit meiner frisch gewonnenen Unabhängigkeit verdränge.

Beim Anblick von Mamas Zahnbürste im Bad ist es dann um mich geschehen. Mir kommen die Tränen. Das bedeutet: Katzenwäsche fürs Gebiss. *Völlig* übermüdet muss ich sein. Kein Wunder, als Lehrerin hat man viel zu viel zu tun. Mein Weinen klingt ungewohnt laut in dieser ungewohnt leeren Wohnung. Weil niemand da ist, der den Wasserkocher anschmeißt, um einen Tee zu kochen und mich zu trösten.

Ich schmeiße mich auf mein Bett wie ein Popstar ins Publikum. Anstatt einer jubelnden Menge empfängt mich nur das Knarzen der Sprungfedern und das schluchzende Flüstern meiner eigenen Stimme: »Herrlich, oder?«

Den gestrigen Abend verbuche ich unter »nie passiert«. Stattdessen schwinge ich die Beine aus dem Bett und beschließe mich flink für den Tag herzurichten, damit ich vor der Arbeit noch kurz bei Mama vorbeischauen kann. Natürlich nur um zu gucken, wie es ihr geht.

Ich habe die Türklinke bereits in der Hand, da erreicht mich ein Anruf. Das Display verrät mir, dass es meine Schwester ist, die sich meldet.

»Naaa? Aaaaalles fit im Schritt?«, frage ich, zugegeben, etwas zu motiviert.

Kinga riecht die Lunte natürlich sofort: »Alles okay bei dir?«

Auf die Skepsis in ihrer Stimme antworte ich mit einem wenn möglich noch auffälligeren Schnaufen: »Ja, klaaar. Was sollte niiiicht okay sein? Hmmm? Wie kommst du darauf?«

»Keine Ahnung. Vielleicht, weil du plötzlich jedes Wort so laaang zieeeheeeen muuusst, als würdest du Walisch sprechen.«

»Tzz, das stimmt üüüüüber...«, ich halte inne. »Schwachsinn!«

Lieber kürze ich die Sache zu meiner eigenen Sicherheit ab. Hätte ich die Hände nicht voll mit Thermobecher, Schlüssel und Handy, würde ich jetzt die Arme verschränken.

»Na, wenn du das sagst.« Kinga ist nicht überzeugt, doch zum Glück hängt sie sich nicht weiter an meinem sprachlichen Ausflug in Disneys Tiefsee auf. »Ich rufe an, weil ich deinen Rat brauche.«

Auf einen Schlag wachse ich um mindestens drei Zentimeter. Es ist selten, dass Kinga meinen Rat erbittet.

»Was gibt es denn?« Ich bemühe mich darum, weder freudig noch nach Wal, sondern einfach nur souverän zu klingen. Souverän wie eine ratgebende Schwester eben. Also, eigentlich versuche ich, mich wie Kinga anzuhören. »Du klingst besorgt.«

»Bin ich auch. Es geht immer noch um die Nachricht der Klinikleitung.«

»Wir haben gestern ganz schön verdrängt, noch mal darauf zu sprechen zu kommen«, nicke ich ins Telefon.

»Was wollen wir denn jetzt machen?« Kingas Atmen wird

schwerer. »Es einfach ignorieren oder antworten? Wenn ja, was antworten?«

»Die Frage ist nicht, was wir machen *wollen*, sondern was wir machen *sollten*.«

Der Satz klingt schon mal total nach erwachsenem und gutem Rat. Schön moralisch korrekt, auf Abreißkalender druckbar – kurz: wie das, was man nicht hören möchte. Wo ich schon mal in Fahrt bin, mache ich gleich weiter, bevor ich mich daran erinnern kann, dass mein Rat für uns beide gilt, und ich mich mit meiner Ehrlichkeit selbst in die Scheiße reite.

»Hat Mama nicht ein Recht darauf zu erfahren, was Sache ist?« Ich schlucke. »Wir haben deine Nummer deshalb in der Klinik hinterlegt, weil Mama verpasste Anrufe hortet, ohne zu wissen, dass sie es tut.«

»Mama und Technik.« Meiner Schwester ist das Augenrollen anzuhören.

»Nicht ablenken, Kinga.« Ich kann jetzt nicht mehr zurück.

»Ich will aber ablenken.«

»Lass uns mit ihr reden.« Hätte ich die Hände nicht nach wie vor voller Gegenstände, würde ich mir auf die Schulter klopfen für so viel Konsequenz. Ich würde mich gut machen als große Schwester, vielleicht sollten Kinga und ich öfter mal Rollen tauschen.

»Na gut …«, lenkt sie ein. »Morgen sagen wir es ihr.«

Eine Woche später haben wir es ihr immer noch nicht gesagt. Dafür habe ich mich mittlerweile wieder daran gewöhnt, allein zu wohnen. Der Mensch ist ein Gewohnheitstier – zum Glück und zum Unglück.

»Der Rest ist Hausaufgabe!«, höre ich meinen Ruf durch die

Klasse schallen. Bevor ich verkniffener als jede »Tagesschau«-Moderatorin Krieg, Klimakatastrophe und Rechtsruck in die letzten zehn Minuten der Schulstunde quetsche, nur damit noch fünf Minuten für den Sport bleiben, gebe ich lieber Hausaufgaben auf.

»Auch die Rückseite des Arbeitsblattes?«, hakt Lasse im Rauslaufen noch mal nach, als würde er die Antwort nicht schon längst kennen. Er gehört zu den Schülern, die kaum Antworten geben, aber ewig auf zähen Floskeln herumkauen und erwarten, dass wir Lehrer:innen sie ohne Weiteres schlucken.

»Ja, auch die Rückseite.« Ich reiße mich zusammen, um nicht genervt zu klingen. »Hättet ihr während der Stunde nicht so viel abgelenkt, wäre das nicht nötig gewesen.«

Lasse sollte allein dafür einen Notenpunkt Abzug bekommen: Schlauer wäre es nämlich gewesen, die Rückseite einfach nicht zu bearbeiten und im Nachhinein meine ungenaue Anweisung zu bemängeln. Wenn Lasse schon faul sein will, dann wenigstens schlau faul. Und wenn er sich schon dumm stellen muss, dann wenigstens selbstbewusst dumm.

Nicht nur im Klassenraum, auch im Lehrer:innenzimmer herrscht Wochenendstimmung. Meine Kolleg:innen tauschen sich über ihre Pläne aus. Thomas will sowohl den kompletten Samstag als auch den Sonntag in der Boulderhalle verbringen, Alexandra erntet Kürbisse in ihrem Brandenburger Kleingarten, Leslie besucht eine Lesung, zur »Inspiration« für ihren Instagram-Blog. Im Klartext: Sie geht Gags klauen.

Und was macht Annette?

»Ich freue mich schon darauf, dich zu sehen!« Sie umarmt mich ohne Vorwarnung. Plötzlich ist sie einfach da. »Das wird mit Sicherheit nett bei Małgorzata.«

Meine Mutter hat uns zu einer Einweihungsparty morgen eingeladen. Es kommen außer mir und Annette auch noch Heike, Mahmut und Kinga. Juhu. Es entstehen verschiedenste Horrorszenarien in meinem Kopf. In jedem einzelnen spielen Heikes Chakrasäfte eine entscheidende Rolle.

Zum Glück erwartet Annette keine Antwort von mir. Sie läuft direkt weiter, um eine Kollegin daran zu erinnern, dass sie ihr noch einen heißen Tipp für eine Reportage schuldet, die es nur noch an diesem Wochenende in der Arte-Mediathek zu sehen gibt.

Ich könnte ein paar Empfehlungen für »Galileo«-Reportagen beisteuern, aber irgendwas sagt mir, dass mein Publikum hier diese nicht zu schätzen wüsste. Sowieso möchte ich nur noch nach Hause, aber um nicht ganz unkollegial zu wirken, bleibe ich noch zwei Minuten zu einem Feierabendplausch neben Alexandra stehen. Eher passiv lausche ich ihren Plänen, auch über das Eintreten ins Rentenalter hinaus Lehrerin bleiben zu wollen. Thomas kommentiert Alexandras Vorhaben mit der Frage, warum sie sich »die Bekloppten« *noch* länger antun wolle. Es soll wohl ironisch klingen.

In diesem Moment reißt sich Annette von Leslie los und verteilt Lobkarten an uns, als wären wir ihre Schüler:innen: »Weil ich meinen Lieblingskolleg:innen noch etwas Schönes für das Wochenende mitgeben möchte!« Unwillkürlich frage ich mich, ob Thomas mit »den Bekloppten« überhaupt die Schüler:innen gemeint hat.

16

landrecht • Landrecht, das

Überwiegend im Mittelalter vorkommende Bestimmung, die alle möglichen Rechtsbereiche betraf, wie z. B. das Straf-, Privat- und Verfassungsrecht • określenie przepisów dla wszystkich możliwych dziedzin prawa, takich jak prawo karne, prywatne i konstytucyjne, występujące głównie w średniowieczu

Um nicht mit leeren Händen zu erscheinen, machen Kinga, Mahmut und ich auf dem Weg zu Mama bei Edeka halt. Es ist der Edeka, in dem Mahmuts Onkel Achmet als Filialleiter arbeitet. Deshalb trifft sich Mahmuts halbe Familie immer an der Backtheke im Edeka Çetin, und es gibt so viele Puddingbrezeln für Baba und Co., wie Baba und Co. tragen können. Obwohl wir ihm versichern, gleich (bei einer polnischen Mutter!) zu Kaffee und Kuchen eingeladen zu sein und der Ofen wahrscheinlich seit vierundzwanzig Stunden in Betrieb ist, will Onkel Achmet uns nicht mit leeren Händen gehen lassen. Den Strauß Blumen und die Schachtel Mon Chéri, die wir gerade erst erbeutet haben, übersieht er geflissentlich. Er fühlt sich als stolzer Gastgeber dazu verpflichtet, seine Privilegien für uns und vor uns geltend zu machen. Während er die Verkäufer anweist, die halbe Theke einzutüten, unterhalten wir uns mit Tante Zeynep und mit Onkel Yusuf, Cousine Elif, mit den Nachbar:innen Eymen und Defne, von der ich leider vergessen habe, in welchem genauen Verwandtschaftsverhältnis sie zu Mahmut steht. Sie alle haben im winzigen Café neben der Backtheke Platz genommen und hören sich Onkel Achmets Visionen bezüglich des Ausbaus der Kühlregale an.

»Und was habt ihr heute noch Schönes vor?«, fragt Cousine Elif, bevor sie mit gespitzten Lippen einen Schluck von ihrem Latte macchiato nimmt.

»Wir fahren zur Einweihungsfeier unserer Mutter«, erklärt Kinga. »Sie ist zwar nicht umgezogen, aber hat sich neu eingerichtet.«

Mahmut nutzt die Gelegenheit: »Deshalb müssen wir jetzt auch los. Wir wollen ja nicht zu spät kommen.«

Viele Abschiedsküsse später sitzen wir wieder im Auto.

Erst als uns die Blechverkleidung von der Außenwelt trennt, traut Mahmut sich zu sprechen. Er kommt mit Worten und Armen ins Rudern: »Tut mir wirklich leid, sie können ganz schön aufdringlich sein und ...«

»Hey!« Ich drücke ihm von der Rückbank aus die Schulter. »Wir wissen alle, wie das ist. Hier muss sich niemand für seine Familie entschuldigen.«

»Apropos: Auf ins Märkische!«, ruft Kinga, während Mahmut dankbar in den Rückspiegel lächelt.

•••

Mit dampfender Teetasse in der Hand genieße ich den Anblick meiner ersten eigenen Wohnung. Zwar hätte ich mich auch vorher schon als ordentlicher Mensch bezeichnet, aber gestern habe ich wirklich den ganzen Tag damit verbracht, abzuspülen, zu saugen, zu wischen und zu polieren. Und weil sich das so schön erwachsen angefühlt hat, habe ich Frau Utrecht zu einer Einweihungsfeier eingeladen, um damit anzugeben, wie erwachsen ich geworden bin, und mich dafür zu bedanken, dass sie mir ein teures Geschirrset und einen alten Kühlschrank aus ihrem Keller gespendet hat. Na gut, Mama hat gesagt, das gehöre sich so, und noch im selben Atemzug gefragt, ob sie beim Dekorieren helfen dürfe. Girlanden und son Zeug. Das war aber eher eine rhetorische Frage. Jetzt sind wir also verabredet, drei Stunden bevor Frau Utrecht vorbeikommt. Es klingelt – fühlt sich gut an in der eigenen Wohnung –, und ich öffne meiner mit Putzeimer und Waschmitteln bewaffneten Mama die Tür. Dekorieren scheint ein Codewort für »Grundreinigung« zu sein.

»Da bin ich!« Sie stapft energiegeladen an mir vorbei und direkt durch in die Küche, wo sie ihre Sachen auf den Fliesen ablädt. »Ich hoffe, ich habe an alles gedacht.«

»Denkst du, ich habe keine Putzeimer?«

Anstatt zu antworten, geht sie ins Bad, um loszulegen. Mama ist eine Maschine.

»Mama, was verstehst du noch mal unter ›dekorieren‹?«

Immer noch keine Antwort. Soll mir recht sein. Gleich wird Mama, überrascht von der Vorbildlichkeit ihrer Tochter, selbiger die Anerkennung zukommen lassen, die ihr gebührt. Sie muss schon hinter die Fußleisten schauen, um noch Staub zu finden. Selbstsicher grinsend setze ich mich in der Küche auf einen Schemel und nehme einen vorsichtig geschlürften Schluck meines Ingwertees. Weniger vorsichtig lehne ich mich zurück, nur um gleich darauf mit rudernden Armen wieder in eine aufrechte Position zurückzukehren, da der Schemel natürlich keine Rückenlehne besitzt. Noch während ich damit beschäftigt bin, mir den Teefleck mit gespitzten Lippen vom Oberteil zu saugen, höre ich Wasserrauschen.

»Hast du den Badvorleger auch abgesaugt?«, tönt es aus dem Badezimmer. Mist.

»Ja-haa!«, rufe ich.

»Hast du?«

»Ja!« Ich stiefele zu Mama, die gerade dabei ist, den Vorleger über der Badewanne auszuklopfen. Ich sehe Dreck und Staub auf weißem Grund, jede Menge davon. »Na ja ...«

Kopfschüttelnd lässt sie mich allein im Bad zurück und marschiert zurück in die Küche, um die passenden Gerätschaften zur Beseitigung aller Indizien der Unfähigkeit ihrer Tochter auszuwählen. Dabei wird sie abgelenkt. Als ich ihr zeitverzögert folge, steckt sie bereits schrubbend mit dem halben Oberkörper im Spülbecken.

»Ich wusste, dass ich was zu Hause vergessen habe«, bellt sie. »Hast du Scheuermilch?«

Perplex deute ich auf eine Unterschranktür in ihrem Rücken. Mama streift sich die quietschgelben Plastikhandschuhe ab, die fast ihren ganzen Arm einschweißen und mich irgendwie an eine Badeente erinnern.

Ich will die Badeente gerade darauf hinweisen, dass ich auf die Schranktür rechts und nicht links gedeutet habe, als sie bereits etwas ausmacht, das ihre volle Aufmerksamkeit braucht.

»Du kriegst hier noch Schmalzfliegen«, schnattert sie los und zieht, hinter einer seichten Wolke aus Mehl versteckt, die Backzutaten aus meinem Schrank. »Die musst du doch verschließen!«

»Es heißt Schmeißfliegen«, korrigiere ich Mama, als hätte ich nicht bis vor einem Monat selbst noch »Schmalzfliege« gesagt. »Und wenn überhaupt, bekomme ich Mehlmotten oder Mehlfliegen. Schmeißfliegen finden nämlich eher Obst interessant – oder Vergammeltes.«

Im deutschen Wortschatz meiner Eltern haben sich ein paar falsche Freunde breitgemacht, die sie im Zuge der Erziehung fleißig mit uns geteilt haben. »Hauschuh«, »Mazorella« und »Norwegien« zum Beispiel.

»Schmalzfliege macht doch viel mehr Sinn …«, brummt Mama, woraufhin ich meinem Lehrerinnenhirn einen erneuten Widerspruch verbieten muss. Klugscheißermodus off. Mama öffnet die richtige Schranktür und zieht die Scheuermilch heraus.

»Du kannst schon mal überall die Lampen ausmachen, damit wir die Glühbirnen gleich vom Staub befreien können.« Während sie sich noch schnell am Abfluss zu schaffen macht, folge ich ihrer Anweisung, weil alles andere ohnehin zwecklos ist. In wenigen Stunden kommen die Gäste, und so enttäuscht ich auch bin, weil ich wirklich dachte, mal alles richtig gemacht zu haben – jetzt sollte ich keine Diskussion anfangen. Erst recht keinen Streit.

Als ich nur eine Minute später alle Schalter betätigt habe und in die Küche zurückkehre, sieht der Abfluss bereits aus, als wäre da nie etwas anderes als Desinfektionsmittel durchgeflossen.

»Wie ist das möglich?« Ich kann mein Erstaunen nicht zurückhalten. »Ich dachte, das wäre schon so patiniert.«

In einer Geste stummen Stolzes zuckt Mama mit den Schultern, während ich mich beinahe vom Glanz des Stöpsels geblendet fühle.

Dann heißt es back to business.

»Du kannst dich gern um die Fenster kümmern«, verteilt Mama die Aufgaben. »Ich gehe ins Bad zurück.« Auf dem Weg dahin steigt sie im Flur auf einen Stuhl und wischt die Glühbirne ab. Sie erklärt mir währenddessen lautstark, was ich machen soll, falls sie einen Stromschlag bekommt. Ich dürfe sie nicht direkt berühren, sondern solle am besten ein feuchtes Tuch benutzen, um sie von der Lampe wegzuziehen.

»Mama, das will ich nicht hören!« Panisch beginne ich nach einem geeigneten Handtuch zu suchen, mit dem ich mich präventiv bewaffnen kann. »Komm da am besten runter. Scheiß auf die Glühbirne!«

In diesem Moment klingelt es.

»Na endlich, das ist Papa.« Mama deutet auf die Wohnungstür. »Der hat schon wieder so weit weg geparkt, dass wir genauso gut zu dir hätten laufen können.«

Ernüchtert betätige ich den Türöffner und frage mich, wer in meiner Familie eigentlich den größten Schaden hat. Mama und Papa nehmen sich auf jeden Fall nicht viel.

• • •

Als wir drei bei Mama eintrudeln, wohl gemerkt fünf Minuten zu früh, ist meine Lieblingskollegin bereits da. Annette hat ihre Lobkarten dabei, der Abend ist gerettet. Sie ist gerade dabei, das von ihr mitgebrachte, natürlich selbst gebackene Brot in der Küche zu platzieren, das problemlos auch bei der Brotback-WM mithalten könnte, sollte es eine geben. Auf den Rücken des Laibs ist ein Muster aus verschlungenen Ähren eingeritzt, wodurch die dunkelbraune Kruste ein ganz eigenes Ästhetiklevel erreicht. Da können Onkel Achmets Puddingbrezeln nur schwer mithalten.

»Schmeckt euch mein Essen nicht, oder warum bringt ihr euer eigenes mit?«, beschwert sich Mama wie erwartet bei Kinga, Mahmut und mir. Mahmut macht den niedlich naiven

Versuch, tatsächlich zu einer gestotterten Antwort anzusetzen, doch Kinga hält ihn am Arm fest. Mit einem beruhigenden Blick bedeutet sie ihm, dass man manche Unwetter einfach abwarten muss. Gütigerweise lenke ich von dem Puddingbrezel-Gate ab, indem ich mich doch tatsächlich voreilig erdreiste, die Wohnung, die den größten Teil meines Lebens mein Zuhause war, auf eigene Faust erkunden zu wollen. Mama hält uns mehr oder minder wie Legehennen in der Küche fest, damit wir auf Heike warten und alle zusammen eine von ihr initiierte Führung unternehmen. Es ist das einzige Zimmer, in dem sie, bis auf neue Geschirrtücher und zusätzliches Besteck, nichts verändert hat.

Leider kommt Heike zu spät, weshalb wir uns erst einen fünfzehnminütigen Vortrag über Sauerteig und anschließend einen fünfundzwanzigminütigen über Keramik anhören müssen. Annette ist nämlich so eine tolle Gästin, dass sie nicht nur Brot, sondern auch eigenhändig getöpferte Vasen und Kerzenständer dabeihat. Als Einweihungsgeschenk. Die hässlichen Dinger bezeichnet sie als »kreativen Output«. Kinga gibt sich leider wenig Mühe, ihr höhnisches Kichern zu unterdrücken, weshalb ich sie beinahe blaukneifen muss. Zum Glück scheint Annette durch ein Gespräch mit Mahmut abgelenkt zu sein, der sie allen Ernstes fragt, wo man in Berlin »so schön töpfern« könne. Ich hoffe für ihn und meine zukünftigen Geburtstagsgeschenke, dass er nur höflich sein will. Derweil torpediere ich meine Schwester mit einer kleinen, aber feinen Auswahl an humorigen Beleidigungen. In solchen Momenten machen sich die polnischen Sprachkenntnisse besonders verdient, so kann ich meine Schwester risikolos und geschützt vor den Ohren anderer wahlweise als Ziege (Koza), Affe (Małpa) oder Plagegeist (Niedogodność) bezeichnen. Anstelle von Schadenfreude sollte sie mir lieber echte Anteilnahme entgegenbringen, schließlich muss ich Annette jeden Tag bei der Arbeit ertragen.

Apropos Annette: Wie man aufgrund des Verbs »scheinen« bereits vermutet hat, hat meine Lieblingskollegin ihre Ohren überall und das gleichzeitig. Und offenbar reicht ihr das Heraushören eines Tonfalls, ohne die eigentlichen Wörter überhaupt zu verstehen. »Also, das entspricht ja nicht meiner Love Language.« Hüstelnd wendet sie sich von Mahmut ab, der wiederum dazu übergeht, Mama beim Abschmecken ihrer gefühlt dreihundertsechsundsiebzig Speisen zu helfen. Ein fragender Blick meinerseits in Kingas Richtung verrät, dass die ebenso ahnungslos ist wie ich.

»Deiner *was?*«, muss ich mich deshalb erkundigen.

»Love Language.« Annette macht so überdeutliche Lippenbewegungen, dass man meinen könnte, sie singe sich ein. »Ich finde es auch falsch, sich witzig gemeint zu beleidigen, wenn man sich so nahesteht. Was ist das Ziel davon?«

»Es entspannt einfach, wenn man sich und den anderen weniger ernst nimmt.« Dass ich ihr ernsthaft antworte, ist die eigentliche Dummheit.

»Ah, ah, ah.« Annette lässt ihren Zeigefinger wie den Zeiger eines Metronoms hin- und herschnellen. »Auch ironisch gemeinte Boshaftigkeit erzeugt unterschwellig Aggressionen, wirkt somit destruktiv und hemmt die Wirkungsweise inklusiver Prozesse.« Da hat wohl jemand brav Fachbegriffe aus den Pädagogikseminaren auswendig gelernt und will sie unbedingt alle in einen Satz quetschen. Kein Wunder, dass die Schüler:innen so oft über sie lästern. Während ich mir vornehme, Annette bei nächster Gelegenheit Scrabble zu schenken, wandert ihr Blick zufrieden durch den Raum. Vermutlich zählt sie die Ohren, die gehört haben dürften, wie schlau sie ist.

Endlich klingelt es an der Tür. Wären es Kinga oder ich, die sich eine knappe Stunde verspätet hätten, wir hätten uns ordentlich was anhören dürfen.

»Heike, meine Liebe! Ich freue mich so, dich zu sehen!« Mama nimmt ihre neue Freundin so herzlich in den Arm wie eine alte Bekannte. Natürlich hat auch sie Salz, Brot und ein Geschenk dabei.

»Dann zeig uns mal die Wohnung!«, rufe ich zerknirscht. Anfangs trieb mich die reine Neugierde an, mittlerweile vor allem mein Harndrang. Nicht mal zur Verrichtung der Notdurft gewährte Mama mir Zutritt ins Bad. »Wir können es kaum erwarten.«

Stolz beginnt Mama in Kingas altem Kinderzimmer, das Papa und sie nach Kingas Auszug in ein Schlafzimmer umfunktioniert haben. Bis dato haben sie auf dem ausklappbaren Sofa im Wohnzimmer genächtigt. Ich erkenne den Raum kaum wieder. Die Tapete scheint das Einzige zu sein, was geblieben ist. War ich gedanklich schon so sehr bei den Hotdogs, dass ich nicht mitbekommen habe, wie Mama sich bei IKEA auch ein neues Bett ausgesucht hat? Wo kommen die ganzen Pflanzen her? Und seit wann steht Mama auf Traumfänger?

»In diesem Zimmer hat sich vergleichsweise wenig geändert.« Mama setzt sich auf die Bettkante, schlägt die Beine übereinander und wartet taktisch klug auf unsere Komplimente, anstatt sich selbst welche zu machen. Mama sollte sich bei »mieten, kaufen, wohnen« bewerben. Drauf geschissen, ob sie eine maklerische Ausbildung besitzt oder nicht: Die Frau kann verkaufen.

Alle sind begeistert. Heike betont gleich mehrmals, wie »traumhaft« der Traumfänger aussehe und wie sehr er das »i-Tüpfelchen« in diesem Zimmer sei. Der geht also auf ihre Rechnung. Hätte ich mir auch gleich denken können.

Weiter geht's mit dem Bad – endlich! –, von dem ich nicht viel mitbekomme, weil ich zu sehr damit beschäftigt bin, sehnsüchtig auf die Toilette zu starren. Geschwungenes Design, einladender Sitzkomfort, schneeweiß getönt. Ich bitte darum, einen Moment mit ihr allein sein zu dürfen, einmal Probe zu sitzen. Aber Mama verwehrt mir, mich aus der Gruppe zu entfernen, bevor die Führung beendet ist.

»Soll ich alles doppelt und zweifach erklären?« Normalerweise finde ich ihre wütenden Versprecher süß, doch mittlerweile höre ich überall nur noch Plätschern, das Wasser durch den Durchlauferhitzer und die Rohre fließen.

Mama lenkt die Herde über den Flur in Richtung Wohnzimmer.

»Reinspaziert!« Mit großer Geste lässt sie die Tür aufschwingen.

»Sesam, öffne dich!«, flüstert Kinga mir zu.

Das Wohnzimmer sieht schon mehr so aus, wie ich es mir vorgestellt habe. Den neuen Schrank und die Kommode haben wir mit ausgesucht, und ansonsten hat Mama mehr gepimpt als ausgetauscht. Zu meiner Überraschung musste eines der Kreuze dran glauben und wurde durch eine Pinnwand ersetzt, die sich vom Style her gut auf einem Pinterest-Account machen würde, hingen nicht ausschließlich Kingas und mein nackter Babyhintern dran.

Derweil erreicht der auf meiner Blase liegende Druck unerträgliche Ausmaße. Es fühlt sich an, als würde sie von kleinen Kobolden als Trampolin missbraucht werden. Während Kinga sich aus der Karaffe einschenkt, höre ich das Wasser überdeutlich von rechts nach links schwappen, den Schweiß über meine Stirn perlen und Mahmuts Schnauben überdeutlich laut. Fluchtpläne sind aber weiterhin zwecklos.

Ich fürchte, dass ich hetzen muss, wenn Schlimmeres vermieden werden soll: »Jetzt bin ich aber mal gespannt, was du aus meinem alten Zimmer gemacht hast.«

Mama wirkt, als hätte sie nur auf ihren Einsatz gewartet: »Folgt mir.«

Wieder dieselbe große Geste, wieder das viel zu langsame Schritttempo. Alles zugunsten des Spannungsbogens, nichts zugunsten meiner Blase. Kann eine zu volle Blase zu einer Blutvergiftung führen? Ich zwinge mich, nicht darüber nachzudenken. Mein Handy aus der Küche holen kann ich ja ohnehin nicht, um möglicherweise Anton danach zu fragen. Schnell noch mein Zimmer abhaken und dann …

»Krass!« Kinga spricht mir aus der Seele. »Hier ist ja wirklich alles neu!«

Der Anblick meines ehemaligen Kinderzimmers überrascht mich so sehr, dass ich mich noch stärker darauf konzentrieren muss, dem Blaseninhalt nicht vor Schreck freien Lauf zu gewähren.

Bislang hat mein ehemaliges Zimmer mehr oder weniger ausgesehen, wie ich es verlassen habe. Sogar mein Tagebuch war noch im Geheimfach im Kleiderschrank versteckt, und an den Fenstergriffen baumelten meine selbst geflochtenen Scoubidou-Bänder. Es war zu einer Mischung aus Gäste- und Klimbimzimmer geworden. Andere haben eine Klimbimschublade, Mama und Papa hatten eben ein ganzes Klimbimzimmer.

Jetzt hat Mama ein Hobbyzimmer. In der linken Raumecke befindet sich ein neuer Schreibtisch mit Nähmaschine drauf und drei Regalbretter voller Hängepflanzen direkt darüber. Der Tisch wird von einer Schneiderpuppe bewacht, die bereits in bunte Stoffe gehüllt ist. Mein offenes Bücherregal wurde durch einen zweiflügeligen Glasschrank ersetzt, der freie Sicht auf Mamas Kerzen- und Vasensammlung bietet und stilistisch zum bestehenden Kleiderschrank passt. Mama hat den Hometrainer aus dem Keller geholt, der dort seit zwei Jahren verstaubt.

»Seit wann malst du?« Kinga muss sich sichtlich das Lachen verkneifen, als sie vor der noch weißen Leinwand auf einer Staffelei haltmacht.

»Was nicht ist, kann ja noch werden.« Mama ist sichtlich stolz und suhlt sich in den Komplimenten ihrer anderen Gäste. Namentlich Heike und Annette. Denn Mahmut ist von der großen Veränderung gar nicht überrascht, weil Mama ihn als heimlichen Helfer auserkoren hatte. Was er uns auch überdeutlich wissen lässt, indem er zu jedem neuen Teil und seiner Montage eine Geschichte parat hält. Jetzt fällt es uns wie Schuppen von den Augen: Ganz allein und ohne Fahrer wäre Mama all das auch kaum möglich gewesen.

Ich beteilige mich vergleichsweise gering an der allgemeinen (wieder: vor allem Heikes und Annettes) Begeisterung. Zwischen all den »Ahhs!« und »Ohhs!« bleibt nur wenig Platz für meine Nerven. Zum einen, weil meine Blase nach wie vor unangenehm drückt. Zum anderen, weil ich mich auf eine kindliche Weise ausradiert fühle. Natürlich bin ich froh, dass Mama in der Umgestaltung der Wohnung so aufgegangen ist, und mir war klar, dass mein Kinderzimmer nicht ewig bestehen bleiben würde, doch irgendwie wäre ich gern vorbereitet gewesen.

»Ich bin beeindruckt«, ringe ich mich schließlich trotzdem zu einem Kompliment durch.

Mama legt mir einen Arm um die Schulter. »Bei Gelegenheit gehen wir die Kisten im Keller durch, ich habe alles von dir aufbewahrt.« Meistens sagt Mama genau das Richtige, wenn sie nicht mal bemerkt, dass es etwas Richtiges zu sagen gibt.

Ich schmatze ihr einen dicken Kuss auf die Wange: »Darf ich jetzt auf Klo?«

Während Annette Mama feierlich gleich drei Lobkarten auf einmal überreicht und Mahmut ebenfalls eine absahnt (wie mir scheint, tatsächlich nicht ohne Stolz), verschwinde ich im Bad.

Zufrieden schließe ich die Augen und unterdrücke ein lautes, befriedigtes Ausatmen.

Keine Arie dieser Welt wäre in diesem Moment so wohlklingend für meine Ohren wie das brausende Geräusch meines Urinstrahls. Wobei ich sowieso kein Fan von Arien bin. Selbst als Musiklehrerin fällt es mir oft schwer zu sagen, ob der Gesang wirklich gut ist oder einfach nur schrill und laut.

»Zofia?« Auch Mamas Stimme ist mal wieder hoch, laut und quietschend. Mit ihrem stets flatternden Gaumensegel, der ausgedehnten Gähnweite und den an Belastung gewöhnten Stimmlippen wäre sie eine tolle Opernsängerin.

»Zofia?!« Man ist wirklich nirgendwo vor ihr sicher. »Bist du ins Klo gefallen?«

Ich spüle.

Mamas Klopfen wird immer eindringlicher. Falls es mit der Opernkarriere nicht klappt, kann sie auch zum SEK. Aus

Angst, sie könnte die Tür eintreten, antworte ich: »Was ist denn?«

»Dein Handy vibriert.« Etwas in ihrer Stimme lässt mich aufhorchen. Sie klingt wie 2014, als sie auf dem Sommerfest in der Nähe vom Flughafen den Hauptgewinn erlost hat.

»Und?«, frage ich vorsichtig.

»Anton ruft an.«

• • •

Socken sind längst politisch geworden, eigentlich weiß das mittlerweile jedes Kind. Je nachdem, wo oder wie sie getragen und eingesetzt werden, vermitteln sie klare Botschaften. Knallrosa unter Lackschuh und blauer Anzughose, stehen sie für pure Lebensfreude. Mit aufgedruckter Pizza aus Doc Martens predigen sie Berliner Hipstertum. Verkehrt herum oder verschiedenfarbig rechts und links getragen, sind sie ein Zeichen für einen verschlafenen Wecker. Bestehend aus einem Material, das so tut, als wäre es Merinowolle, deuten sie auf Fernsehabendfans und schwitzige Füße hin. Weiße Socken in Sandalen stehen für einen Alman. Ausnahme: weiße Tennissocken in Adiletten, die stehen für ein ironisches Selbstverständnis. Weggelassen und durch Sand zwischen den Zehen ersetzt, bedeuten sie Urlaub. Zusammengeknüllt in Ecken können Socken Beziehungen und in den Sportschuhen eines Sechzehnjährigen steckend ganze Geruchsnerven zerstören. An Türklinken hängend, stehen Socken für aktuell passierenden Sex.

»Aber doch nur in Studierendenwohnheimen!«, verteidigt sich Kinga, die mich bei meinem potenziellen ersten Mal mit Luis gestört hat. Sie ist in mein Zimmer getreten, ohne anzuklopfen. Da lagen wir: ein Kerzenmeer, Kelly Clarkson im CD-Player, offene Hosenschlitze. Was soll ich sagen? Die Indizien waren eindeutig.

»Nirgendwo hat man hier seine Privatsphäre!« Allein bei dem Gedanken kehrt die Röte zurück in meine Wangen. Luis ist peinlich berührt sofort abgezischt.

»Ich konnte ja nicht wissen, dass du da bist.«

»Ich wohne hier!«

»Ja, aber Mama meinte, ihr seid alle außer Haus, und ich solle meinen Zweitschlüssel nehmen, um den Toaster abzuholen, den sie für mich aussortiert hat.«

»Und was machst du dann in meinem Zimmer?!«

»Nachgucken, ob Kelly Clarkson bei euch eingebrochen ist …«

»O Mann.« Ich stütze das Gesicht erschöpft in meine Hände. Ganze 39,99 Euro hat mich mein erster Hunkemöller-BH gekostet. Luis hat nicht mal die Träger zu sehen bekommen. *»Dabei hatte ich alles so gut geplant.«*

Mama und Papa fahren heute für eine Nacht zu Freund:innen die direkt an der polnischen Grenze leben, um sich einen schönen Abend zu machen, günstig zu tanken und Kippen für die Verwandtschaft mitzubringen. Ich verbringe das Wochenende offiziell bei Merle und ihren Eltern.

»Ich muss schon sagen, das hätte ich dir gar nicht zugetraut …« Meine Schwester legt mir eine Hand auf die hängenden Schultern. Anerkennung schwingt in ihrer Stimme mit. *»Darf ich denn fragen, wie dieser Luis so …«*

»NEIN, DARFST DU NICHT!« Ich schlage ihre Hand beiseite, schiebe sie aus meinem Zimmer und schließe die Tür hinter ihr. *»KANN MICH BITTE JEMAND ZUR ADOPTION FREIGEBEN? STECKT EURE NEUGIERIGEN NASEN IN EURE EIGENEN ANGELEGENHEITEN!«*

● ● ●

Mama tänzelt um mich herum wie Rumpelstilzchen ums Feuer. »Ich hab's gewusst, ich hab's gewusst, ich hab's gewusst!«

Weil sie das sehr laut sagt, wollen nun natürlich sofort alle alles wissen, und Mama *meint*, alles zu wissen.

»Wer zum Teufel ist Anton, und warum weiß Mama mehr als ich?« Kinga sieht neugierig zwischen Mama und mir hin und her.

Mahmut rutscht sogar noch weiter auf der Sofakante vor: »Ja, genau! Wer ist dieser Anton, und warum wissen wir nichts von ihm?«

»Anton ist Arzt ohne Grenzen.« Rumpelstilzchen aka Mama nutzt endlich ihr Sitzfleisch, wofür es gedacht ist, und lässt sich auf den neuen Ohrensessel fallen. Die Beine elegant übereinandergeschlagen, lehnt sie sich genüsslich zurück. »Anton ist ein toller Junge. Und ich habe Zofia mit ihm verkoppelt.«

»Du hast uns weder verkoppelt noch verkuppelt!« Hätte ich mein Handy doch nur zu Hause gelassen oder besser darauf aufgepasst. Dann wäre mir diese unangenehme Fragestunde inmitten von Mama und ihren Gästen erspart geblieben, und wir würden uns immer noch über traumhafte Traumfänger und die hohe Blickdichte des Materials der neuen Vorhänge unterhalten.

»Ich habe doch gleich gewusst, dass das passt!« Mama sieht mich gar nicht an, sie starrt zufrieden Löcher in die Luft, so als würden sie gerade weitere Visionen meiner Zukunft ereilen. »Ihr seid genau gleich, du und Anton. Beide schlau, habt Arbeit mit Kindern, studierte Menschen unter sich.«

»Na, du weißt mal wieder, worauf es ankommt«, murre ich.

»Und dann habt ihr auch noch beide diese komische Macke mit ohne Fleisch.«

»Kann mich jetzt mal jemand aufklären?« Kinga verschränkt die Arme. »Bitte?!«

»Ja, genau. Kann uns mal bitte jemand aufklären?« Mahmut droht vom Sofa herunterzurutschen. Er macht einen verletzten Eindruck. Mama und Mahmut mögen mittlerweile beste Freunde sein, aber diesen Platz musste er sich hart erkämpfen. Ich erinnere mich an den Satz: »Den werden wir schon noch los.« Und jetzt kommt da dieser Anton und steigt auf der Hitliste angehender Schwiegersöhne im Herzen meiner Mutter direkt auf Chartplatz Nummer eins ein.

»Anton ist Frau Utrechts Enkelsohn, nicht mehr und nicht weniger«, bemühe ich mich mit aller Neutralität zu erklären und sowohl die Entgleisung meiner Stimme als auch das Aufsteigen von Hitze in meinen Wangen zu verhindern. Ich spiele mit dem Milchkännchen, schiebe es hin und her und lasse es Pirouetten drehen. »Anton ist also genaugenommen ein Fremder und damit an diesem Tisch kein Thema.«

»Ich spüre hier plötzlich eine ganz besondere Energie im Raum.« Heike ist keine große Hilfe. »Die Liebe ist die Hoffnung der Welt im Kampf gegen Einsamkeit und Hass.«

Ich bin umzingelt von lauter Experten, die mein Liebesleben zu ihrem Forschungsgebiet machen. Dass ausgerechnet Annette mir einmal wie die angenehmste Person im Raum vorkommen würde, hätte ich nicht gedacht. Wobei das Auflösen ihrer Schweigsamkeit sicher auch nur eine Frage der Zeit ist. Mama jongliert sich derweil durch die Nachfragen ihrer Gäste: »Ich habe mir schon gedacht, dass da was ist mit Anton, weil er folgt ihr schon lange auf Instagram.«

»Du bist ja gut informiert«, schnaube ich ungläubig, dabei habe ich ihr die Spitzelakten doch selbst überreicht.

»Danke.« Sie macht eine wegwerfende Handbewegung. »Meine Myszka wollte mir bestimmt nicht erzählen, weil ich wusste von Anfang an, dass sie passen zusammen.«

»Das hattest du bereits erwähnt«, will ich gerade sagen, doch Kinga fährt mir über den Mund.

»Wie sieht er aus?« Sie könnte diese Frage auch an mich richten anstatt an Mama.

»Warte, ich kann dir zeigen sein Instagram.«

»Perfekt!«

Ja. Perfekt. So perfekt wie das Präteritum, würde Herr Svoboda sagen.

»Jetzt weiß ich, wo sie ist gewesen, wenn sie hat gemacht ›Überstunden‹ …« Mama lässt ihre Salzstange durch die Luft schwingen wie einen Taktstock. Sie und Kinga schieben ihre Knie verschwörerisch zusammen.

»Hat sie das? Sie hat gelogen?«

»Ich verzeihe ihr. Zofia ist verliebt.«

Annette schiebt Mama eine Lobkarte über den Tisch zu.

Dass in unserer Familie gern *über* Leute geredet wird anstatt *mit* ihnen, selbst wenn sie mit am Tisch sitzen, ist normal. Auch dass Vermutungen als Tatsachen gehandelt werden, gehört dazu. Vor allem aber, dass jeder mal beleidigt wird, schließlich darf auch jeder mal beleidigen. Vielleicht war ich bislang zu selten in der Rolle der Verunglimpften, ansonsten hätte ich dieses System schon früher stürzen wollen. Leider wird es von denen getragen, die kein akutes Bedürfnis verspüren, etwas zu ändern.

Es ist wie beim Scoubidou-Bänder-Knüpfen in der vierten Klasse. Damals hat Mama nicht verstanden, was ich mit Scoubidou-Bändern meinte, und hat mir Paketkordeln mit in die Schule gegeben. Teresas Lachen, als ich das Knäuel in der großen Pause aus meinem Ranzen holte, habe ich noch heute im Ohr. Im Gegensatz zu damals stellt Kinga sich heute nicht auf meine Seite. Es wäre, zugegeben, auch ein merkwürdiges Bild, wenn sie Mama einen Schlag mit dem Nogger Choc auf die Schulter verpassen würde. Trotzdem bin ich von meiner Schwester am meisten enttäuscht, da ich für sie gekämpft habe, als sie Mahmut unserer Familie vorstellen wollte. Na gut, »kämpfen« ist vielleicht zu viel gesagt. Ich habe meine Schadenfreude auch nicht *ganz* hintangestellt, aber ich habe die Sache als überwiegend stille Beobachterin zumindest nicht schlimmer gemacht.

Kinga schreit: »Erzähl mir mehr!«

17

balkon • Balkon, der

Begrenzter vorspringender Teil außen an einem Gebäude, den man vom Inneren des Hauses aus betreten kann • ograniczona, wystająca część budynku, do której można wejść z wnętrza domu

Als die Gäste weg sind, bleiben Kinga und ich noch bei Mama, um ihr mit dem Abwasch zu helfen. Mahmut übernimmt den Fahrservice und bringt Heike und Annette nach Hause.

Endlich kann ich aufatmen. Mir schwirrt der Kopf. Am liebsten hätte ich allen ihre vielsagenden Blicke aus den Gesichtern radiert.

Immerhin trat zum Ende des Abends hin Erholung für mich ein. Die Gesprächskurve bewegte sich von Anton weg, hin zu Schwiegersöhnen und Ehemännern im Allgemeinen. Heike und Annette begannen über ihre Männer zu lästern. Ja, auch Annette. Ich lachte das erste Mal ehrlich über einen ihrer Witze.

Auch wenn Mamas Freundinnen sich während ihrer Ausführungen über Anton noch als Verfechterinnen der Hausfrauenromantik aufgeregt Luft zufächelten, ließen sie sich mit der Zeit zu herrlich ehrlichen Aussagen hinreißen. Wobei auch Mama nicht weniger eingespielt in diese Gesprächsrunde einstieg. Spätestens da tauschten Kinga und ich die ersten verwunderten Blicke.

»So habe ich sie noch nie erlebt«, flüstert meine Schwester mir zu. Während Mama im Wohnzimmer Geschirr stapelt, stehen wir am Waschbecken. Kinga dreht den Wasserstrahl noch stärker auf, sodass das Plätschern und Rauschen unsere Stimmen übertönt. »Sie hat Papas Alkoholproblem angesprochen, ohne mit der Wimper zu zucken.«

Obwohl ich wochenlang mit Mama zusammengelebt habe, war mir diese Entwicklung auch entgangen. Normalerweise gilt bei uns zu Hause das mafiöse Credo: Was in der Familie passiert, bleibt in der Familie.

»Heike und Annette scheinen einen guten Einfluss auf Mama zu haben.« Kinga hat so viel Seife in die Spüle gekippt, als würde sie mit dem Schaum spielen wollen, anstatt abzuwaschen. »Meinst du, wir sollten es ihr sagen?«

»Wem was sagen?« In diesem Moment betritt Mama die Küche, rechts und links mit jeweils einer Tortenplatte bewaffnet. Kinga und ich sollten aufpassen, was wir als Nächstes tun.

Andererseits haben wir eh keine Wahl. Ich schwinge das Geschirrtuch über meine Schulter und stelle das Spülwasser ab. »Mama, können wir bitte auf dem Balkon eine rauchen?«

Kingas Kopf schießt zu mir herum, immerhin ist normalerweise sie es, die erste Schritte macht, die die Kontrolle übernimmt. Mama guckt nicht weniger verwundert.

Schon als sie den Mund nur öffnet, sehe ich den Widerspruch kommen: »Also, du weißt ganz genau, dass Rauchen ...«

»MAMA! IHR HABT DEN GANZEN TAG ÜBER MEI-

NEN KOPF HINWEG BESTIMMT.« Schreien als Therapie. Ich kann es empfehlen. »JETZT BIN ICH MAL DAMIT AN DER REIHE, DEN TON ANZUGEBEN.«

Mama zuckt zusammen, Kinga fällt eine Gabel zurück ins Spülbecken, wo sie mit einem Platschen im gesammelten Dreckwasser landet. Sie sind es nicht gewohnt, dass ich laut werde, aber gerade fühlt es sich so an, als könnte zumindest ich mich gut daran gewöhnen.

»Na gut.« Mama nickt. »Aber wo kriegen wir die Zigaretten her?«

Ich sehe zu Kinga, die guckt wie eine Kommunionsschülerin.

»Jetzt tu nicht so.« Ich verschränke die Arme vor der Brust. »Du kannst so viele Airwaves kauen, wie du willst, man riecht, dass du ab und an eine paffst.«

»Du irrst dich, ich ...«

»Mahmut hat mir gesagt, dass ihr seit dem Stress auf Martas Hochzeit abends gern zur Kippenschachtel greift.«

»Das Plappermaul kann einfach nicht die Klappe halten!« Kinga schmeißt sich stöhnend ihr Geschirrtuch über den in den Nacken gelegten Kopf. »Männer ...«

»Heute ist offizieller Tag der Geständnisse, also entspann dich.«

Mama nuschelt irgendwelche obligatorischen Mamasätze. Irgendwas von wegen »ungesund« und »Lungenkrebs« und »nicht mein Einfluss«. Trotzdem ist sie die Erste von uns auf dem Balkon.

Wir starren auf die spektakuläre Skyline Berlins mit Ausblick auf den Fernsehturm, was man von einer Wohnung im Märkischen Viertel nicht unbedingt erwartet. Der Balkon meiner Eltern ragt raus in Richtung der Spielplätze, die anderen

Plattenbauten liegen in unserem Rücken. Lediglich ein paar Seitenwände drängeln sich von rechts noch in unser Sichtfeld, sie sind bunter geworden seit den Sanierungsarbeiten vor zwei Jahren. Das Meer aus Grau hat sich verwandelt in einen Flickenteppich aus warmen Gelb-, Rot- und Blautönen. Früher hat man von hier aus direkt in die DDR sehen können.

Ich stelle mir vor, wie Mama und Papa abends gemeinsam auf dem Balkon saßen, nach seinem Feierabend und wir angeknipsten Schwestern endlich im Bett. Wenn selbst in einem Haus mit über sechzig Mietparteien Ruhe eingekehrt und ein junges Paar, in dem Alter, in dem ich heute bin, aber schon mit zwei Kindern, verheiratet und gemeinsam ausgewandert, versuchte, ein bisschen Eheleben zu leben. Vielleicht haben sie sich ein paar Kerzen angemacht anstelle der batterieschwachen Lampions an den Blumenkästen, die uns an diesem Abend als Lichtquelle dienen. Vielleicht haben sie sich die Kuscheldecke geteilt, die eine überdimensionale Polenflagge darstellt und die nun Mama ganz allein über den Schultern liegt. Mama hat diese Decke früher versteckt, weil sie meinte, die Nachbar:innen könnten denken, wir seien zu nationalstolz, und das mit Unangepasstheit gleichsetzen. Aber in der Dunkelheit, in ihren heimlich zweisamen Momenten, war Nationalstolz vielleicht erlaubt. Mama und Papa waren sich schon immer einig, wenn es darum ging, wie sie sich integrieren, was sie in Deutschland, was sie für Kinga und mich erreichen wollten. Vielleicht haben sie auf dem Balkon sitzend einige Deutschvokabeln miteinander gepaukt. Sich gemeinsam Worte wie »verkoppeln« anstatt »verkuppeln« oder »Schadenkleister« anstatt »Scheibenkleister« falsch beigebracht. Vielleicht haben sie auch einfach nur geschwiegen. Sich geküsst? In meiner Vorstellung fährt

Mama sich durch die Dauerwelle ihrer damals noch volleren Haare. Papa rückt seine Brille mit den daumendicken Gläsern zurecht. Zwischen Mamas Zeige- und Mittelfinger klemmt eine Kippe, so wie jetzt. Papa hingegen nippt an seinem Tyskie.

Bis hierhin hat das Bild gut funktioniert und Spaß gemacht. Aber den Papa von damals gibt es nicht mehr. Es sind ein paar Tyskie zu viel geworden.

Stattdessen sitzen Kinga und ich nun neben Mama. Still blasen wir Rauchschwaden ins Märkische Viertel. Drei glimmende kleine Punkte in der Dunkelheit, wie Glühwürmchen, die sich auf einen Balkon verirrt haben.

Heimlich beobachte ich die zwei wichtigsten Frauen meines Lebens, wie sie im Wechsel die Rauchschwaden in die Nacht entlassen. Etwas, was zumindest in Mamas Fall schon mit vollständigem Kontrollverlust gleichzusetzen ist. Doch auch Kinga braucht Kontrolle mehr, als sie zugeben will, und im Gegensatz zu Mama mehr, als ihr bewusst ist. Was den Umstand erst so richtig gefährlich macht, denn Kontrollgewinn und Kontrollverlust liegen nah beieinander. Wenn man nicht jedes Mal genau hinsieht, kann man schon mal das eine mit dem anderen verwechseln. Man verliert sich in der Sucht, in der Flucht, im Sichkümmern um andere. Vielleicht enttarne ich ihre Kontrollverluste deshalb so leicht, weil ich sie von mir selbst kenne. Auf Papas Kontrollverlust reagierten wir mit Kontrollsucht und werden sie bis heute nicht los. Als säßen wir auf einer Wippe und könnten sein toxisches Verhalten einfach austarieren. Gift mit Gift bekämpfen. Nicht sehr smart, wenn wir Romeo und Julia fragen.

● ● ●

Schon als Papa mit der Reha begann, hat Mama keinen Zweifel gelassen. Es war von Anfang an klar, dass er zu uns zurückkommt. Nur war mir nie klar, wie es sein würde, wenn er zurückkommt.

Es ist scheiße schwer. Ein Gefühl wie Anfahren im dritten Gang. Alte Rituale fühlen sich unnatürlich an, Papa ist blasser und dünner geworden, Mama und er gehen stoisch miteinander um. Und doch lassen sie unnachgiebig die Kupplung kommen.

Mama hat keine Sekunde gezweifelt, dass wir das Richtige tun, und deshalb lasse auch ich keine Zweifel zu. Ich decke den Tisch wieder für vier, hänge Herrenhemden auf die Wäscheleine und kaufe nicht mehr nur noch Shampoo mit Lilienduft.

»Das wird gut werden«, hat Mama am Vorabend von Papas Rückkehr in mein Haar geflüstert, als ich nicht einschlafen konnte. »Ich freue mich auf euren Vater, er hat in der Klinik viel gelernt.«

Wir haben ihn in seiner Kur oft besucht und wieder gemeinsam gelacht, es hat sich manchmal angefühlt wie früher. Manchmal auch nicht.

Genauso ist es in den letzten vier Wochen bei uns zu Hause abgelaufen. Anfangs haben sich nur Momente normal angefühlt, mit der Zeit wurden daraus Stunden, mittlerweile fühlen sich ganze Tage wie früher an.

»Was haltet ihr davon, wenn wir zusammen ausgehen?« Dass Papa sich unternehmungslustig zeigt, fühlt sich nicht wie früher an. Aber er war ja auch nicht in der Klinik, damit sich alles wie früher anfühlt.

Kinga, Mama und ich nicken in einstimmig ehrlicher Freude.

Wird Zeit, aufs Gaspedal zu treten.

● ● ●

Mama und Kinga wollen nichts Unvorhersehbares, sie wollen nicht verantwortlich sein für etwas vermeintlich Negatives, sie wollen nicht schuld sein. Ich durchschaue das genau, weil ich selbst so bin.

Aber was verpassen wir, wenn wir die Kontrolle nie verlieren?

Ich nehme noch einen tiefen Zug von meiner Zigarette.

Es ist eine Sehnsucht nach Unbeschwertheit, die gestillt werden muss, aber nicht gestillt werden kann, wenn wir so weitermachen. Wenn ich meine Sehnsucht nach Unbeschwertheit stillen will, gucke ich »Let's Dance«, lasse mich bespielen mit Trash. Wenn Kinga ihre Sehnsucht nach Unbeschwertheit stillen will, kehrt sie zu den Büchern zurück, die Papa uns als Kinder vorgelallt hat. Zu einer Zeit, als wir noch nicht verstanden, dass er besoffen war wie ein einsamer Bauer, und Mama vor der Tür weinte, weil sie nicht wusste, wie sie ihn, ohne eine Szene zu machen, von seinen Kindern wegbekommt.

Papa hat unsere Definition von Kontrollverlust geprägt, aber es ist nicht die Einzige, die es gibt. Vielleicht sollten wir noch mal nachschlagen, anstatt uns unserer Wahrheiten so sicher zu sein. Vor allem Kinga und ich haben in den letzten Wochen mit der Weisheit auch die Arroganz mit Löffeln gefressen und daraus die Energie geschöpft, Mama zu einem Rollentausch zu zwingen. Mama, das Sorgenkind, wir, die Helikoptertöchter.

Ich meinte, Mama vor allem beschützen zu müssen, alles besser zu wissen, und habe mit dem Bestreben, ihr Notwendiges beizubringen, die Chance verpasst, selbst von Mama zu lernen.

Im Gegensatz dazu sind Heike und Annette Mama in den

letzten Wochen auf Augenhöhe begegnet. Zusätzlich haben sie ihr etwas geboten, was Kinga und ich ihr nie werden bieten können: Freundschaft ohne Familienbande. Sie teilen eine Lebenswelt miteinander, von der wir als Töchter kein Teil sind, kein Teil sein können. Ich hätte nie gedacht, dass ich das mal denke, aber ... gut, dass es Annette und auch Heike gibt.

»Also, worüber wolltet ihr mit mir reden?« Die Mischung aus polnischer Sprache und Zigarette im Mundwinkel lässt Mama irgendwie mondän erscheinen. Zumindest, wenn ich die Crocs ausblende, die sie über ihre Kuschelsocken gezogen hat.

Kinga und ich nicken uns stumm zu, dann erzählt Kinga, dass die Entzugsklinik mittlerweile schon dreimal angerufen habe. Mama zeigt keine Anzeichen von Ärger, weil wir erst jetzt mit dieser Information herausrücken. Sie wird lediglich still und nachdenklich, wobei ich nicht weiß, ob ich das besser finde. Kinga fährt fort, dass Papa sich bei dem Entzug wohl ganz gut schlage und die Leitung betone, wie wichtig die Unterstützung der Familie sei.

»Aber wir müssen auch nicht hin, du entscheidest«, sage ich und zünde eine zweite Zigarette an, damit sich die heutige Ausnahme auch lohnt. Oder aber, weil es mich nervös macht, dass Mamas Antwort auf sich warten lässt. Solange sie nichts erwidert, beginnt mein Kopf sich die Frage zu stellen, was *ich* eigentlich schlimmer fände. Papa wiederzusehen würde bedeuten, meine aufwendig zurechtgeschusterten Ablenkungsroutinen abzulegen, auf denen es sich die letzten Wochen recht komfortabel durch den Alltag spazieren ließ. Ihn nicht wiederzusehen würde bedeuten ... ihn nicht wiederzusehen.

Ganz langsam drückt Mama ihren Stummel in dem gläsernen Aschenbecher aus, der sonst nur für Besucher:innen herausgeholt wird. Die Hand, die eben noch die Zigarette gehalten hat, liegt plötzlich auf meiner Wange. Mit dem Daumen streicht Mama sachte an meiner Nasenwurzel entlang.

»Es ist euer Vater, ich kann das nur für mich entscheiden.« Selbst in der Dunkelheit, die lediglich von den batterieschwachen Lampions durchbrochen wird, erkenne ich, dass Mamas Augen sich mit Tränen gefüllt haben. »Egal wie ich entscheide, ihr müsst mir versprechen, dass ihr eure Entscheidung unabhängig von mir trefft.«

»Als wenn das so einfach wäre.« Kinga schnaubt aus tiefster Seele. Es ist kein abfälliges Schnauben, eher ein verzweifeltes. Mama klappt daraufhin die über ihren Schultern liegende Kuscheldecke auf, was sie wie einen Phoenix aussehen lässt. Kinga und ich rutschen an sie heran und unter die gespannten Fittiche, in denen uns all ihre Wärme empfängt. Ich mache mich ganz klein.

»Mir war klar, dass früher oder später ein Anruf kommt.« Mama streicht sachte durch mein Haar. »Und natürlich habe ich mir schon Gedanken darüber gemacht, wie ich es fände, wenn es so weit wäre.«

Stille.

»Und?« Dieses kleine, leise Wörtchen kostet mich all meinen Mut.

Mamas Brust hebt und senkt sich plötzlich in längeren Zügen. Sie atmet so laut aus, dass es sich anhört, als würde sie immer noch rauchen.

»Ich muss jetzt an mich denken«, sagt sie den wahrscheinlich stärksten Satz, den ich je aus ihrem Mund gehört habe. »Ich liebe euren Vater, und ich habe ihm nicht das Eheversprechen gegeben, um ihn in schwierigen Zeiten zurückzulassen, um so feige zu sein wie …«

Er es oft war. Mein Kopf ergänzt, was Mama nicht vor ihren Töchtern auszusprechen wagt.

Kinga und ich rücken noch näher an Mama heran, so eng, als würden wir zu einer Einheit verschmelzen wollen.

»Aber ich fange gerade erst an, mich selbst wieder ein Stück weit kennenzulernen. Es geht mir so gut wie schon lange nicht mehr.«

»Und das hast du dir verdient«, flüstere ich, woraufhin Mama ihre Tränen nicht mehr zurückhalten kann. Meine Schüler:innen würden sagen, Mama ist ein *bad ass*. »Du kannst stolz auf dich sein.«

»Ich bin stolz auf uns.« Mama gibt Kinga und mir einen Kuss auf den Hinterkopf. So sitzen wir einige Minuten lang da und weinen gemeinsam. Irgendwann, ich weiß nicht wann, lehnen Kinga und ich uns zurück, weil es zwar schön war, sich einen kurzen Moment lang wie eine Einheit zu fühlen, aber weil wir es am Ende nun mal nicht sind.

Wir Schwestern tauschen einen schutzlosen Blick. An diesem Ort, mit diesen Menschen, können wir es uns erlauben.

Gerade als ich fragen will, ob wir nicht reingehen wollen, weil es langsam kalt wird, fällt mein Blick auf Kingas Dekolleté. Bei der kurzen Verschmelzungsaktion ist die Kette mit dem Verlobungsring aus ihrem Pullover gerutscht. Dort hat sie ihn anfangs vor unseren Eltern versteckt. Zum Zeitpunkt der Verlobung wussten Mama und Papa noch nicht mal von Mahmuts Existenz. Der Anblick der Kette ist an sich nichts Verwunderliches, Kinga hat sie selbst nach dem Geständnis nicht abgenommen und den Ring an den Finger gesteckt – aus

Gewohnheit und auch, weil es ihr gefiel. »Den Ehering werde ich schließlich noch lange genug tragen. So lange gönne ich mir die Fingerfreiheit.«

Als Kinga meinen nachdenklichen Blick bemerkt, tastet sie nach der Kette und lässt sie etwas zu gehetzt wieder in ihrem Ausschnitt verschwinden. Zum ersten Mal greift Kinga nach der Schüssel mit den Erdnussflips und stopft sich eine volle Hand in den Mund. Sie kaut so lange darauf herum, dass es irgendwann nur noch Luft sein kann.

»Kinga?«

»Hmm?«

»Was ist das für ein Ring neben deinem Verlobungsring?«

ENDE

Danksagung

Der wichtigste Dank gilt meinen Lektorinnen Nina Schnackenbeck und Pascalina Murrone. Für eure Kompetenz, den Zuspruch und nicht zuletzt die gute Laune, die ihr nach jedem Telefonat bei mir hinterlasst.

Danke Heide Kloth, Kathrin Betka, Laura Hage, Tabea Worthmann, Anna-Marie Mamar und Magdalena Mau. Ihr rockt. Danke Luzia Ellert für ein Buchcover, das mir aus der gemütlichen Seele spricht. Danke Max Sonnenschein, dass du ein schönes Autorinnenfoto von mir geschossen hast. Danke an meine liebsten Brausköpfe, dass ihr mich vor Glückstrunkenheit nimmernüchtern macht.

Oder wie Zofia sagen würde: Danke Anke, Tschö mit ö und bis Danzig.